少年屠龙传6

一个平凡少年成长为屠龙英雄的热血传奇

管平潮 著

ZHEJIANG UNIVERSITY PRESS
浙江大学出版社

目录

第九十四章

血色黎明

“好好好，哈哈!”短暂的沉寂后，雷华晖老将军率先爆发出一阵大笑，击掌赞道，“果然‘英雄出少年’！小苏此语一出，仗未打，已注定天雪军败局矣。不过呢，老夫还有一点修正意见。”

“老将军请说!”苏渐连忙谦恭地说道。

“反着来的思路非常好，不过呢，反着来的人，不能仅仅是冰梵殿下，还得加上我，甚至加上你。”老将军捻须说道。

“对对！大将军所言极是!”苏渐立即道，“按他们想象，虽然此战可能以冰梵殿下为主，但雷老将军新投，又是多年老将帅，肯定也会参与决策的。”

“我这个小人物呢，虽然不是什么将军，但也露过脸，他们估计也知道我是冰梵的老友了。所以呢，反着来的人，还真得算上老将军和我。”

所谓“一窍通，百窍通”，有了好的思路之后，接下来的各种排兵布阵都只是细节问题。这样，整个幽州城的作战规划都好像豁然开朗了。

于是，当拿到一个几近完美、很可能毕其功于一役的作战计划后，雷冰梵兴奋地说，若是此战果然成功，定要给苏渐记个首功！

定计之后，又过了三天多的时间，整个幽州攻防战的大幕，就真正拉开了。

和二皇子雷冰烨等讨伐军将帅预想的一样，幽州城第一次就出动了雷华晖老将军。当天雪大军接近幽州城北三十多里时，雷华晖的帅旗便出现在天雪军大阵的面前。

看到他来，雷冰烨和盖世雄他们还是有点慌的。

“人的名，树的影”，雷华晖作为天雪军中第一人，其威慑力绝非常人可比。

而和雷冰烨等人想象的一样，幽州城交给雷华晖统领的兵数果然很多，听斥候回报，有上万之众。

雷冰烨想，换成自己是大哥，见十万天雪大军而来，自然心生害怕，要把大部分兵力交给经验丰富的老元帅，把宝押在他的身上。

而且，雷华晖率大军出城三十多里来正面迎敌，也非常符合雷冰烨的想象，毕竟他这个大哥，从小到大都非常犀利嘛。

于是，当他和盖世雄、夏侯怒风几人，发现对手的一举一动全都在他们的预料中时，不由得大喜过望。

当然，面对前护国大将军的大军，雷冰烨还是非常谨慎的，他不仅自己出动了一万多精锐，还拉上了盖世雄的一部精兵，合计将近三万人，开始正面迎击雷华晖的军队。

不同于围城战，那可能需要十倍的兵力；眼前的旷野之战，三倍之数就能算极为优势的兵力了。

从这一点也看出，雷冰烨和盖世雄等人在雷老将军的积威之下，也铆足了劲儿，意图一战而胜。

果不其然，和他们的预期一样，别看前大将军威名赫赫，实际过程中也看得出在努力排兵调度，但很可惜，在完全劣势的兵力之下，就连雷华晖也一样败了。

一万多幽州军，气势汹汹而来，雷冰烨大军一到，竟是一触而溃，抵抗了还不到半个时辰，就四散奔逃了。

当然，一开始看到这结果，雷冰烨、盖世雄和夏侯怒风还有些不敢相信，总觉得以雷华晖的能力，不该败得这么快，至少再支撑半个时辰没问题。

所以，他们也担心是不是“诈败骄兵”之计，追击时十分小心。

这一路追下去，他们发现幽州军竟然真的败了！

对手们一路丢盔弃甲，抛弃各种辎重物资，尤其兵将们四散而逃、散入乡野的仓皇劲儿，绝对是真的逃兵啊！

如果这种情况还是诈败的话，那他们简直能登台去当戏子名角了！

这时，雷冰烨等人终于相信，雷华晖是真的败了。

人的心理，就是如此容易失衡。

他们之前对雷华晖有多忌惮、多恐惧，这时候就变得有多狂妄、多轻敌。

这也是人之常情。过度的自卑和恐惧，伴随的往往是极度的骄傲和自大。

强烈的情绪对比之下，雷冰烨等人的心理终于失衡了。

这之后，他们对自己的战果不再怀疑。

他们对幽州军开始连番胜利，幽州城外围的城镇据点，被他们接连攻下。

这当中，虎牢关也几次派出援军，但都被盖世雄分兵打了回去。于是再次不出雷冰烨等人的意料，那“金面狐”孙天翰果然显露出老狐狸的做派，开始收缩兵力，闭关不出，再也不提对雷冰梵的支持了。

对这样的战果，雷冰烨等人自然十分得意，这时的自信心简直要膨胀到天上去。

这时候，他们不仅看不起雷华晖，还看不起雷冰梵、孙天翰。每次帅帐议事时，他们都要说这些人盛名之下，其实难副；他们的时代已经过去，二皇子殿下和麾下一帮英杰的时代，正在到来。

本来，幽州城就布下了一个大局，让雷冰烨这帮人产生了错觉；而人性上的一个弱点，也帮了大忙。

很多时候，有些事情未必就是那样，但小团体中，几个人越说越高兴，各种添油加醋，判断也就离事实真相越来越远了。

志得意满、每天心情都极其愉快的二皇子，根本没注意到，在己方这一连串的胜利之下，其实并没有真正杀伤对方多少有生力量。

比这更严重的是，他们同样没意识到，在一连串的胜利中，自己的军队也已经开始分散；原本看起来很多的十万大军，在“势如破竹”之中，正被幽州城四面八方的复杂地理环境给渐渐地切割开来……

对这一情况，他们也不是没有丝毫察觉，但在膨胀到极点的心态下，他们得出了截然相反的结论：

幽州城的有限兵力，正被二皇子大军一连串的成功战役，给切分得七零八落！

当然他们也不是没有发现，每一次具体的战斗，己方能出动的兵力已经越来越少了。

但这时候他们依然失去应有的警惕，同样得出了截然相反的结论：

据统计，对面的幽州城军卒，剩下的残军越来越少！

所以，综合种种判断，他们认为，大皇子一党，已成瓮中之鳖了。

这时候天雪军一方的所有人，都觉得二皇子的“监国”头衔前面再加上“太子”二字，已经为期不远了。

这一点，对天雪军的将领十分重要。

“一人得道，鸡犬升天”，这一次是二皇子平生头一回出征，一旦幽州城被打下，这些追随之人得到的都是实打实的“从龙之功”，一辈子的荣华富贵都不用再愁了。

还别说，这帮人快顶破天的自信，某种程度还是有一定的作用。

毕竟战争在计谋之外，还要看士气和气势。天雪军从上到下因为盲目自信而气势如虹。

只不过无论天雪还是幽州战胜，对某一群人来说，都没有太大的区别。

确切地说，这是两群人。

在幽州大地上鏖战之时，对垒双方在战前战中，都抓捕了大量的混血者。

天雪国一方将他们编为“污血营”，幽州城将这拨人叫“混血营”，虽然叫法略有不同，但本质是一样的。

在双方布局阶段的前期拉锯战中，无论天雪污血营，还是幽州混血营，全都被利用为前驱，在双方主力开战前，先到阵前厮杀，看看能不能靠他们冲垮对方的阵线。

如同军营名称的差别，幽州一方对待混血者还相对友善，但天雪国就完全当他们是奴隶了。

天雪国的污血营，在阵前被布置的，往往都是些不可能完成的任务，其本质就是用他们卑贱的生命，来消耗敌人的资源。

要是训练有素、装备齐全也就罢了，偏偏这些污血者，全都是临时被抓来的，没经过任务训练就投入战场，拿的也都是些烂刀锈矛，根本称不上有任何战斗力。

在这种情况下，他们能消耗的敌人十分有限。从这一点意义上来说，污血营士兵们承担的任务，就是“送死”。

承担送死的使命，已经极为悲惨；污血者们更悲惨的命运，还在后面。

随着天雪国讨伐军的推进，很快他们就要打到幽州城下。被一连串假象迷惑的雷冰烨等人，此时的自信心更是膨胀到极点。

觉得稳操胜券、很快就能结束战斗的雷冰烨，随手便安排好了污血营残兵的命运：

污血营存活下来的残兵，将在幽州攻城战开始后不久，由负责监管的雪彪军统一进行屠杀！

二皇子做出这个决定的理由是，这些污血者战斗力太过低下，要是真正的攻城决战开始时还留在战场上，肯定会拖累天雪军的主力。

不得不说，二皇子这个命令流露出来的，是他仁厚外表下，宛若毒蛇般的内心。

对这个注定了的残忍命运，许多污血营之人还懵然无知。

人的承受底线，也是无限之低的。即使先前受到不公平的对待，被驱赶去送死那么明显，现在还存活下来的污血者幸运儿们，大多还存着一丝幻想。

残破的兵营里，他们幻想和憧憬着，打完最后这一仗，仁善之名在外的二皇子殿下，能因为他们的努力卖命而发怜悯之心，让他们重获自由。

这群可怜的人完全不知道，正是这位他们寄托希望之人，已提前下达了对他们的屠杀命令。

大部分待宰的“羔羊”茫然无知，还在准备着即将到来的幽州攻城战，但有小部分混血者，似乎嗅出了这丝不祥的预兆，加紧了本就在暗中一直进行的秘密活动。

污血者的兵营，位于整个天雪军大营的边缘，而且毫无疑问地破破烂烂。

就在雷冰烨预定的幽州攻城战前一夜，大营边缘的污血者破烂营地里，忽然有一人趁着夜色悄悄地潜来。

很明显，这人和污血营的混血战士们早就认识，还十分受他们的尊敬。

当他从外面的荒野潜来时，混血战士们不仅没有示警，反而恭恭敬敬地将他迎入营地的篝火旁。

当来人轻轻地摘下用来掩藏行迹的黑色罩帽时，那跳动的篝火火焰，映亮了他一头的灰发。

在他抖动罩帽、想抖出里面的碎草叶时，一个明显有着较高地位的中年混血者武士，分开人群，凑到灰发之人面前，压低声音说道："亚飒大人，幽州军那边的同胞，联系得怎么样了？"

"他们同意了。"有着苍白阴郁脸色的混血少年，沉声答道。

"太好了！"中年头领喜形于色，立即把这个消息口口相传，告诉自己的同胞们。

很快，这个好消息就如一层层的涟漪，虽然没见到有什么大的动静，却已经传遍了整个污血者兵营。

到这时候，由于亚飒之前带来的情报，已经没有人心存侥幸了。

因为亚飒告诉他们，通过可靠的渠道，他得知二皇子已下了命令，在幽州攻城战开始不久后，就会对他们下手。

通过一年多来的活动，亚飒明显已经在混血者群体中获得了极大的尊重。所以尽管他带来的这个屠杀消息骇人听闻，但还是取得了众人的信任，连最心存侥幸的混血者，也抛弃了最后一丝幻想。

他们听到消息后，毫无疑问地陷入了极度的恐慌，但幸运的是，以往已经表现得无所不能的亚飒大人，这次也毫不例外地给他们带来了一个求生的方案。

这时候他们已经没有任何其他选择，于是决定听从亚飒的建议，联合幽州军那边的同胞们，在明日例行的战前混血者互斗中，突然起义。

他们坚信，只有双方的混血者同胞联合起来，才能让这样逼不得已的逃生方案，成功的可能性大一点。

现在，在这些混血者的眼中，带来唯一生存希望的灰发少年，就如同大慈大悲的菩萨一样。

一年多来，他们中很多人，已经听说或见证了亚飒的事迹；这群人坚信，同为混血者的“亚飒大人”，就是上天派来拯救整个混血族群的圣灵。

如果不是这样，小小年纪的亚飒大人，怎么可能会有神鬼莫测的智慧、神鬼莫测的武技，还有那把神鬼莫测的兵器？

所以，当亚飒穿行于污血者兵营中，详细交代第二天的行动细节时，几乎所有人都向他投以崇敬的目光。

察觉出大伙儿对自己的崇敬，亚飒的内心，百感交集。

以前他和苏渐等兄弟在一起，从来都是处于从属辅助的地位；现在他受众人景仰，感觉当然很好，但不知道为什么，亚飒的内心深处，更怀念那些配合苏渐的日子。

昨天夜里，他潜入到幽州城的兵营，跟那些混血同胞最后一次确认行动细节时，还正巧碰到雷冰梵和苏渐巡营。

亚飒看见，昔日亲密无间、并肩战斗的好友，正身着华丽战袍，在军士们的簇拥之中，从兵营中昂然走过。

当他们走近他的藏身之处时，亚飒几乎有一种冲动，想冲出人群，和这两位以前家人一样的同窗好友打个热情的招呼。

只可惜，当苏渐和雷冰梵走近时，他只能默默地向后挪动，将整个人更好地隐藏在火把照不到的阴影里。

咫尺之遥，已若海角天涯。

当眼睁睁地看着他们从眼前走过，渐行渐远，消失不见后，本已心硬如铁的少年，忽然有了一种想哭的冲动……

在污血营中几乎所有人都尊重、信服亚飒之时，却有一人，对他的所作所为不以为然。

亚飒想着心事，怅然若失；一位姿容俊美的青年，在火把照不到的阴影里，对他冷眼旁观。

此人叫沈克敌，来自万花国，乃是人族与魅龙族的混血后代。

因为继承了魅龙的血统，沈克敌姿容俊美得有点过分，行为举止还天生带着一种魅惑和优雅，以至于以前走在大街上，那些家教极好的大家闺秀，都对他羡慕嫉妒不已。

而沈克敌无论何时何地，都喜欢穿一身白袍，所以认识他的人都叫他“白袍公子”。

现在虽然被编在污血营中，他身上的白袍已经污秽褴褛，但他除了正常的换洗，并不穿其他颜色的衣服。

白袍公子沈克敌，在熟人圈里，向来都是风度翩翩、看穿世情的代名词；但真正了解他的人就知道，在他魅惑英俊、玩世不恭的外表下，隐藏着一颗火热沸腾的雄心。

可以说，亚飒是到最近一两年，由于自身的悲惨遭遇，还有黑暗国师化身的幽玄刻意的引导，才有了现在的大志。但沈克敌天资聪颖，敏感得过分，从记事时起，就已经有了亚飒现在才有的觉悟。

正因觉醒得早，所以二十多年来，沈克敌无时无刻不在淬炼着自己的武技和谋略。

相比于天生过人的智谋，他的一身剑技也造诣非凡。他那一把机缘巧合下获得的“泪痕剑”，在这二十年里，在浸润了混血者苦难眼泪的同时，也浸满了迫害者的鲜血。

只是，虽然有着和亚飒相近的目标，今夜沈克敌看着亚飒时，内心却对他的计划嗤之以鼻。

沈克敌认为，在大军决战的两军阵前，他们力量弱小的混血者想要成功起义，完全没有可能。

虽然，亚飒的计划会合了双方的混血者，看似力量增强了不止一倍，但别忘了，到时候一旦起义爆发，来绞杀的可也是天雪与幽州双方的大军。

在这种情况下，按照亚飒的计划行事，大家必死无疑。

所以，别看其他人，甚至包括身旁自己的妹妹沈红袖，都对亚飒投以信服崇敬的目光，沈克敌却对灰发少年嗤之以鼻。

与此同时，他也一样看不起那些盲从的同胞。

这些人，受尽了压迫和苦难，固然值得同情，但在沈克敌看来，他们也失去了应有的理智和判断力。

如果不是这样，他们也不会因为亚飒顶着个“拯救者”的光环，就什么都听他的。

因为这种和其他混血者截然相反的判断，所以沈克敌现在的想法，和在场所有人都不一样；他的内心里一直在酝酿着一个更惊人的计划，那便是，“告密”！

当然，这并不是说他想彻底背叛自己的种族，而是他觉得，这是在当前必死无疑的绝境下，曲线拯救混血族类的办法，是没办法中的最好办法。

简单说就是，外表俊美、内心桀骜不驯的白袍公子沈克敌，为了自己种族的最终胜利，不惜一时背负骂名，踩着同胞的鲜血，打入敌人内部，以“背叛”和“出卖”带来功绩，出人头地，获得高官厚禄。

沈克敌坚信，以自己的资质，绝对能在人族的统治体制内爬得很高。

到那时，有了更高的身份，能动用更多的资源，再完成拯救种族命运的大计，成功的可能性就大了很多。

“亚飒，你太急了。”这就是人族魅龙混血者沈克敌，此时对亚飒的真正看法。

沈克敌显然对自己的计划极有信心，如果不是这样，以他的身手见识，即使在天雪大军的压迫下，也绝不可能这么长时间都困在污血营里。

当然，作为与众不同的智者，沈克敌觉得自己很孤独。

他也有心把自己的计划告诉身旁的胞妹沈红袖。

要知道他这位妹妹，不仅继承了魅龙族娇美的容颜，一身武技甚至都超过了他这个亲哥哥，人称“火舞灵蝶”。有好几次，都亏了她那条“火蝶长鞭”，才将他从生死边缘拯救回来。

所以，沈克敌觉得，如果自己的惊天计划能得到妹妹的支持，那胜算会大大增加。

只是，在他好几次想开口时，他看到了妹妹看向亚飒的眼神，话到嘴边，便又都缩了回去。

整个混血者的营地，终于陷入了安静。这时候只听得见幽州旷野的夜风呼呼刮过，还有篝火燃烧时，那木柴“哔剥”迸裂的声音。

现在已是盛夏之时，营地中的混血者们，但觉得随着阵阵风来，身上泛起了一阵阵寒意。

按理说不应该这样，即使天雪国地处北方，此时也大部炎热。现在这样的寒凉现象，和幽州地区的独特气候大有关系。

幽州处于南方星降高原之下，有着和北国其他地方迥然而异的气候。

星降高原上寒冷的风终年往下吹，让这里比别处更加寒冷；因为笼罩在高原的阴影中，这里的风向和气流的方向更加多变杂乱，造成了复杂多变的小气候，让这里忽冷忽热。

在这些日子里，有不少天雪讨伐军的士兵，因为不适应幽州特有的气候而病倒了。

不过这一点对污血营来说，倒没太多影响。这并不是说他们有着异于常人的疾病抵抗力，而是因为他们炮灰的身份，根本就没时间生病致死；在那之前，他们就已经倒在两军阵前了。

幽州特有的夏季清寒夜风，倒是让此刻污血营中人们的思绪，变得更加地清醒。

明天便是他们命运的最终裁决日，这样的时刻没有人能睡得着。

正当大家怀着心事，紧张地想着明日之事时，忽然听到一声刺耳的狂笑，整个营地的宁静忽然间被打破。

“哈哈！你们这些人在干吗？”伴随着一声刺耳的叫嚣，一个醉醺醺的天雪军督战官闯入了营地。

听到这动静，所有的混血者一惊，不约而同地转头朝他看去——当看到来人是谁时，很多人脸上都露出了憎恶和害怕的表情。

贸贸然闯进混血者营地的人，正是天雪军中负责监督污血营的督战官，名字叫刘豹。

刘豹这人本性就很暴躁，自从担任污血营督战官后，性子就表现得更加残忍和暴烈。

战争本来就能解放出人性邪恶的一面，更何况刘豹被上官告知，这些污血者污秽卑鄙，本就是炮灰和奴隶，对他们必须采取高压措施，根本不用客气。

这样一来，刘豹的凶恶本性被彻底释放，不管夜多深，营地多安宁，只要他喝醉了酒，必然会闯进污血营来打人取乐。

知道他这习惯，所有污血营之人深恶痛绝之余，却也是敢怒不敢言。

不过当刘豹在今夜这么一个特殊的夜晚闯入营地来时，众人的心情没有以往那么沉重。

他们都在想，只要熬过了今晚，明天按照拯救者亚飒的计划阵前起义，命好的话，就再也不用忍受像刘豹这种人带来的恐惧了。

因为内心有这样的想法，营地中的所有人，面对刘豹的闯入，表现得都比之前更加平静。

看到他们这样，醉眼蒙眬的刘豹有些异样的感觉，不过因为酒力的缘故，一时还没来得及起疑。

见众人沉默，他放肆地尖笑，癫狂叫道："哈哈哈，很好很好！一个个呆坐在这里，是在等死吗？！"

自作聪明地说出这样的话，刘豹心里浮现的，正是上官通知他明天阵前的屠杀计划的情景。

借酒撒疯的刘豹，本以为混血者营地中所有人并不知情，谁知道事实却正好相反。

他这句话一出，本来还有些平静的营地，立即发生了轻微的骚动；此时几乎所有人都在用仇恨愤怒的目光瞪着他。

"怎么了怎么了？！想造反吗？？"看见众人的反应，刘豹的凶性顿时被激发，大声叫嚷骂道。

很快他就觉得叫骂还不解气，于是一把拖过营地中一个五六岁的孩子，解开缠在自己腰间的皮鞭，重重地鞭打起来。

眼前这一幕，倒也是刘豹一贯的作为。

刚开始时，大家还不以为意，以为刘豹这厮只是循例发泄一下，这孩子受点皮肉之苦也就算了。

没想到，今晚刘豹这厮不知道发了什么疯，这顿鞭子竟打得极狠，时间也极长，在众目睽睽之下，打了二三十鞭之多，还没有停下来的意思。

刚开始时孩子还能喊疼，到了三十多鞭后，已经悄无声息，眼看人就要不行了。

目睹刘豹狂性发作，营地中所有人都眼喷怒火，恨不得冲上去将他碎尸万段。但蠢蠢欲动之际，他们却被亚飒用眼神制止了。

亚飒的阻止，从理智上来说，无疑十分正确，但那孩子的年轻母亲，看着自己的孩儿已经奄奄一息，再也没办法用理智压制自己。

骨肉连心，更何况明天拯救者就要带大家逃出生天，她很难接受在解脱的前一夜，自己的孩儿失去性命！

她终于忍不住，哀号着冲出人群，冲到刘豹面前，用双手抓住刘豹扬起的鞭子，苦苦哀求他饶自己孩儿一命。

还别说，今晚喝得烂醉的刘豹，打得兴起之时，如果没人抓住他的鞭子，真会把人打死。

当看到自己的鞭子被人抓住，刘豹在蒙胧醉眼一瞥间，看到抓住自己鞭头的少妇，那篝火耀映下的面庞，竟是有几分姿色。

于是，本来就要暴怒发作的刘豹，忽然神色一变，露出满脸淫亵的笑容。

只听他口齿不清地对少妇调戏道："小、小娘子……这小子是你的儿子啊……那、那也就是我刘豹的儿子了……你、你是想要我饶过他？"

虽然刘豹的话，让少妇羞辱万分，但听到最后一句，她还是满脸泪痕地使劲点了点头。

"要我饶过咱儿子也不难。"刘豹一边说着，一边欺近少妇，一伸手就将她的下巴托住，把她俊俏的面庞使劲往上一托。

他的动作没轻没重，少妇的脸被他这么猛地一托，顿时"啊"的一声呼痛出声。

"啧啧，这么吃不了重啊，果然跟朵花儿似的。"刘豹那张淫笑的脸，几乎快贴上少妇的面庞。

夜色中，只听他张狂地叫道："本将军说了，要饶过这小子也不难，只要你这做娘的，跟老子到一旁快活一番去！只要把老子伺候好了，何只饶过他的命？以后你这条命，我也照应了！"

刘豹淫亵地说出这番话时，那腥臭的口水都快喷满少妇的脸面了。

但比这腥臭口水更可怕的，还是刘豹说出的这番话。

少妇听了，立即面如白纸，下意识地转过脸去，朝亚飒隐藏的方向看去。

只可惜，火光跳跃，在她含泪的视野中，只有一片模糊的阴影，其他什么都看不见。

她还在痛苦犹豫时，刘豹已经不耐烦，一个重手将她拉过来，便往营地边缘的荒野中拖去。

少妇凄惨的哀号，瞬时回荡在污血者营地的上空。营地中众人一阵骚动，但营地边那些刘豹手下的督战士兵，却"唰"地一下抽出兵刃，朝混血者们冷眼相视。

光是督战士兵的威胁，还不足以弹压住愤怒的人群。这时候，又是亚飒在暗中的眼神和手势，让众人安静了下来。

见得如此，天雪督战兵放声大笑，心中对混血者的鄙视，又加深了一层。

幽州旷野中亘古吹拂的清寒夜风，将女子被蹂躏时的惨呼清楚地传来；寂静的深夜旷野里，刘豹放肆的淫笑和猥琐的污言秽语，传遍了整个混血者营地。

活人有泪，暗夜无言，整个天地此时一片漆黑，不知是对凡人悲惨命运的无动于衷，还是连老天对这样的惨剧都不忍相看。

天雪讨伐军的主力营地里，不是没人听到污血者营地中的这番动静。但听到的人，大多数只是摇摇头，置之不理；因为在他们的心目中，污血者根本不算是人。

而少部分人，甚至还羡慕刘豹这厮弄到了这样的美差；他们一边听着惨呼和淫笑，一边暗下决心，下次如果还有类似的职位，自己一定要去走走门路，碰碰运气。

当心满意足的刘豹踉跄着走出营地后，那少妇遍体鳞伤的躯体，被混血同族们盖上了衣服，重新抬回到篝火边。

看着奄奄一息的母子，包括亚飒在内，所有人的心都在剧痛。

原先还有少数人，对明天的起义计划感到害怕和绝望，但这时候，他们和其他人一样，胸中燃起滔天的怒火。

他们整夜地祈祷，祈祷明天拯救者的计划，一定要顺利。

度过黎明前最黑暗的时刻，苍穹第一缕曙光终于从旷野的东方照了过来。

天雪讨伐大军的幽州攻城战，从此刻起，正式拉开了序幕。

当然这时候还在幽州城防线的外围，距离护城河还有三四里地，但这个距离从军事上来讲，实在太近了，只是一两波冲锋的距离。

真正的大战展开前，天雪的污血营和幽州的混血营，照例被驱赶到阵前，展开了绝望的厮杀。

和以往任何一场炮灰战不一样，这一回双方打得心照不宣，比往日多了太多的从容和默契。

别看照样刀枪并举、喊杀震天，打得比之前任何一场都热闹，伤亡却极其轻微。

打作一团的混血者双方，最多靠近督战队眼皮子底下的人，稍微卖力地真打，互有杀伤；但督战队无法顾及的战场大部分区域，不用说死人了，连受伤的都极少。

不得不说，雷冰烨十分敏感；虽只是坐镇军中观战，但头一个觉得眼前的战斗有些不太对劲。

这种时候，反而是他这样见过战阵不多的人，相对不会被热闹的假象所蒙蔽。

“不对！”反复斟酌后，他终于脱口大叫道，“动手！快动手！”

一声令下，二皇子事先安排的大屠杀计划，提前开始了。

天雪军负责屠杀的，除了督战队，还有雪彪军和雪熊军的一两千人。这些军卒早有预谋，全都磨亮了刀剑，憋足了劲儿要大杀一场。

在这样装备精良、训练有序的正规军面前，污血营的战斗力简直就跟平民一样。

更何况，和世间大部分猎奴行为一样，他们大都是全家被掳来，老弱病残都有，因此跟全副武装的职业军人，完全不可比拟。

当雷冰烨一声令下，天雪军便如狼似虎地扑向阵前的污血营。在悬殊的力量对比下，即使混血者们事先做了准备，也立即陷入了一边倒的悲惨局面。

这一日，本就愁云惨淡，当雪亮的屠刀扬起时，那飞溅的鲜血将整个昏暗的沙场，涂染得更加血腥黑暗。正是：

浓重的腥气，弥漫四周。

殷红的鲜血，飞洒如雨。

“人为刀俎，我为鱼肉”，骤然开始的大屠杀强度，完全超出了大部分混血者的想象。

很多人看见，刚才还活生生的亲人，转眼就人头落地，鲜血喷了自己一身！

现实的悲惨，很难预先设想。片刻间两成多的混血者砰然倒下，再也看不到拯救者亚飒描绘的美好自由世界。

剩下的七八成人，虽然一时没死，但情况也非常不妙。

他们中大多数人，虽然还活着，心理却已经完全崩溃。

原本胸有成竹，现在脑海中却一片空白，他们甚至连逃跑的意念都丧失了，呆愣愣地等着天雪军来砍杀。

看见这样的惨状，对面的幽州军也被震惊了。

第九十五章

雄兵末路

本来幽州军还有后续的攻击计划，但这时候，在主将的指挥下，全体都后退了百步距离，想要看看对面到底发生了什么事。

因为已经被对面突如其来的屠杀震惊，这时候的幽州军，一时倒忘了指挥自己一方的混血军退却了。

毕竟，这些混血者，在他们心目中，也不过是低人一等的污秽炮灰而已。

不得不说，由于雷冰烨过于敏感的气质，提前下达了屠杀命令，所以使得亚飒这些准备起义的中坚力量有点措手不及。

而负责屠杀的天雪军，经过这几天的酝酿，又极为嗜血，因而在很短的时间内，就造成了这么惨烈的后果。

当屠杀者面前的青壮年混血者一扫而空后，那些随营的小孩童，就暴露在他们野兽般的视线里。

“不要杀我！不要杀我！”可爱的小孩儿们，早已被吓得大哭大叫，这时候直接暴露在屠夫们的视野中，他们更是发了疯般地求饶。

其中还有个聪明的小孩，也就五六岁的样子，见屠杀者们把视线投在自己身上，立即“扑通”一声跪倒在地。

他磕头如捣蒜，流着泪使劲地哀求道：“叔叔伯伯们，我们真的一直很佩服你们，很崇拜你们，你们都是大英雄！求求你们放过我们吧，我们还是小孩子！”

“哈哈哈！”离他最近的督战官刘豹，见小童这样，只是仰天一声狂笑，什么话也不说，举起雪亮的鬼头刀冲向了这个小童。

明晃晃的屠刀，猛然在小童头顶扬起，眼看就要斩落，恰在这时，一道乌黑色的刀光忽然如暗夜闪电般迅疾飞来，刚才还不可一世的刘豹，瞬间惨叫一声，抛掉了屠刀，捂着下体在地上痛苦地翻滚。

他身后的同僚，还没反应过来发生了什么事；他们下意识地朝刘豹捂着的裆下一看，立时发出一声恐惧无比的号叫！

原来，他们看见，原本战甲笼罩的刘豹裆下，此刻竟然空空荡荡，不用说那话儿了，连半个盆骨都不见了，整个裆部空空的，什么都没有，景象十分诡秘恐怖。

“怎么回事？！”

在他们恐惧茫然之时，亚飒的怒吼已瞬间传遍了整个战场：“混血同胞们，起义了！起义了！

“让我们并肩战斗吧，我们已经无路可退！

“那些卑贱的生活，污秽的栖息地，我们竟很热爱，而现在，他们竟要把这一切也都毁掉！

“叫我们‘污血者’？好！我们要把自己的热血，污染他们整个虚伪的大地！

“同胞们，杀啊！”

亚飒的战斗宣言，如同惊雷一般在战场上空震荡。

听到他的怒号，即使是失去战意的混血者们，也霎时热血沸腾。

“杀！杀！杀！”

所有混血者一齐发出了怒吼，如惊涛骇浪般席卷了整个战场。

于是，以亚飒为首，那些最忠实的追随者紧随其后，然后便是被屠杀激怒了的双方混血者，开始对天雪军阻拦他们离开的防线发起了猛烈的冲锋。

当起义者的洪流滚滚而来时，刚才胯下已被永寂之刃毁成黑洞的刘豹首当其冲，被踏成碎肉。

让人意外的是，原本准备稍缓告密的沈克敌，目睹了刚才的惨剧，这时候竟然也怒火万丈地一同起义了。

到这时候沈克敌才发现，什么曲线救亡，什么理智慎重，在悲惨的现实面前，完全是痴人说梦。

尤其看到雪亮的屠刀，竟然对苦苦哀求的孩童下手时，沈克敌筹划了那么久的“周详计划”，被自己的怒火瞬间一烧而空了。

有了武艺高强的“白袍公子”真心助战，混血者一方的起义，比原先又多了一分声势。

沈克敌和自己妹妹并肩作战，很快杀出一条血路，跟上了亚飒那群人，开始一起冲在最前面，为那些战力孱弱的同胞，开辟一条逃亡之路。

当泪痕剑的寒光蹿如雷电、火蝶长鞭的焰芒舞若火龙时，亚飒他们的压力顿时大大减轻。

感知到这一点，亚飒在百忙之中，回过头，冲沈克敌兄妹点了点头，以示感谢。

见他如此，沈克敌想起之前自己的异心，不免很是羞愧，连忙更卖力地冲杀。

片刻后，当离亚飒比较近时，沈克敌忽然听到灰发少年低声说道：“沈克敌，很好。你知道吗？如果你现在不是这么做，我会拿你第一个祭旗。”

沈克敌根本没料到少年说出这样的话来，一听之下，悚然而惊，不过还没等他冷汗流下，又听亚飒继续说道：“但今后，你沈克敌，就是我亚飒的左膀右臂。我会一直信任你。”

听得此言，沈克敌惊得一身冷汗之余，已变得心服口服，情不自禁地猛点一点头。

眼见双方的混血者兵营爆发了联合起义，天雪国和幽州城双方大军在最开始的震惊过后，都各派出一支军队，心照不宣地联合追击。

刚才亚飒带领混血者们突围了不少距离，但也主要仗的是出其不意。现在双方的正规军反应过来，开始追击，压力顿时大大增加了。

很快，队伍后面那些腿脚慢的混血者，被大军追上，砍翻在地。

见得如此，亚飒立即掠向队伍后方，一边奔走一边叫道：“大伙儿快走，我来断后！”

“亚飒不可！”

“大人不可！”

见他要承担这样九死一生的任务，所有混血者都大吃一惊，纷纷出言阻止。

“不用说了！”这时亚飒略停了停，扬起手一挥，大声说道，“诸位同胞，我亚飒今天把你们带上这条道路，就要证明我不是利用你们的鲜血来达到我个人的目的。所以，今天这个断后之责，我必须承担。你们不要说了，快走！”

说着话，他奋起脚力，朝队伍后方飞快掠去。

听他这么说，所有人都泪流满面，也不再多言，铆足了劲儿朝东边的荒野逃去。

亚飒刚才这番话，沈克敌听了后，变得更加惭愧。

于是，沈克敌和自己的妹妹相视一眼，便毫不犹豫地转过身，追随着亚飒的步伐，一齐朝身后的追兵杀去。

到了这时候，已经是最后的生死关头，完全不需要再保留实力。

于是，随着一声神秘而凄厉的鸣叫，亚飒瞬间星流化形，很快那些追兵便惊恐地看到，一只巨大无比的黑暗毒蝎，正在前面的追击道路上冉冉升起。

由于幽玄的调教，亚飒现在已经身具异能，也拥有了和苏渐同源的天魔之力。

只不过他的天魔之力，是来自黑暗国师的化身，苏渐的则直接来源于恶魔之王魅帝姒，所以此时亚飒的魔力还不如苏渐的纯正强大。

身具天魔力，再加上从苏渐那儿强取的永寂之刃，亚飒已是今非昔比；而“幽路天蝎”本就是冥系罕见的高等星流术，因此现在一旦被亚飒施展开，蓦然便爆发出无穷的威力。

霎时间，巨大的天蝎之钳，猛然挥舞，激射出幽绿色的毒光，触者皆麻痹倒地。

结合了永寂之刃的星流技“幽路斩”，威力更强，一路飞射时留下无数道永寂之刃的黑暗残像。

于是在保留幽路斩原有攻击力的同时,永寂之刃还让残像攻击路线上的一切灵力归于寂灭;那些追兵们的法技,霎时如同泥牛入海,消弭无形。

幽路斩只是幽路天蝎星流术中最入门的招数,更不用说亚飒从灵鹫学院和幽玄那里,还学到了更高级的"天蝎刺"、"千机变"和"炼狱冥焰斩"。

这些高级星流技,配合着永寂之刃和天魔力,一时间追兵路上天蝎逞威、冥焰滚滚,真叫挡者披靡。

靠着亚飒一人过人的武力,阵前起义逃跑的混血者军团,终于赢得了喘息之机,又往前猛跑出了五六里地。

不过这也接近亚飒的极限了。

因为消耗太大,他很快便不能维持星流化形,那凶悍无比的幽路天蝎,在某一刻嘶然而灭,不复成形。

一旦亚飒只能靠永寂之刃、天魔力,还有那些常规的冥系法术御敌时,战局便立即不妙了。

原本已经被打散的追兵,开始重新集结,归拢阵型,准备再次凶悍地冲杀追击。

雪上加霜的是,亚飒的强硬阻击,激怒了二皇子等人。恼羞成怒的雷冰烨悍然下令,命令前锋将樊奇率本部五百精锐追击。

当精锐前锋军滚滚而来时,亚飒筹划的逃亡计划,眼看便要告终结。

见此情形,亚飒叹息一声,回头望望那些仓皇逃窜、还没逃远的混血同胞,不由得潸然泪下。

这时候,他愈发地理解了先贤的那一句话:"出师未捷身先死,长使英雄泪满襟。"

"唉! 时也,运也,命也!"发出这一声慨叹,他即使灵力已近枯竭,依然一振手中永寂之刃,义无反顾地冲向对面那滚滚而来的大军。

此时此举,无异于自杀。

但这时亚飒已经顾不得,因为他觉得,即使大业未成,为了胸中之道,以身殉之,又有何妨?

自杀式的冲击时,他还感受到后面沈克敌兄妹也正冲来,便立即回头怒吼道:“你们回去!保护同胞,替我报仇!”

见他喝阻,沈克敌还要犹豫,亚飒又叫道:“沈克敌,这是我给你的第一道命令,你想违背吗?!”

听得此言,沈克敌身躯一震,转而双眼饱含热泪,拉住妹妹,转身朝后面奔去。

此后,整个偌大的天雪雄兵之前,就只剩下亚飒这么一个孤单的身影了。

“义之所在,有死而已!”

亚飒手握永寂之刃,离对面的大军越来越近,他心中也变得越来越宁静。

“不过一死。”

很快,他便和追击的大军只剩下十来步的距离,他甚至已经能看见最前面那天雪士兵的鼻毛,听见主将樊奇的狞笑。

不过,就在这时,亚飒突然看见,眼前铁板一块的追兵,忽然间四散分开,而他们的后方,烟尘滚滚,杀声震天!

“这是……”亚飒还没反应过来,对面的天雪追兵就彻底散开了。

“怎么回事?”本来这时候,是最好的逃跑时机,亚飒却一时呆住,愣愣地站在原地,想要看清到底发生了什么事。

此后那樊奇,明显已经顾不上他,掉转马头,向身后突袭他们的敌军杀去。

又过了一阵子,经过短暂而激烈的鏖战,樊奇统领的前锋军,终于彻底溃散了。

当天雪国追兵散去,亚飒才终于看见,原来对面杀散樊奇部的,正是在上一回人龙大战中一举成名的幽州雪狼骑。

见是这支冷酷凶悍的军队,亚飒刚放下的心瞬间又提了起来。毕竟现在无论天雪还是幽州,全是他的敌人。

正紧张间,亚飒忽然看见,对面这拨雪狼骑兵中,竟有他的一位熟人。

原来,当鏖战激起的烟尘逐渐散去,亚飒惊讶地发现,那苏渐正在雪狼骑军阵垓心，冷冷地看着他。

见是苏渐，亚飒忽然明白了些什么。

但他还不敢确定，因为他正好视线下移，看见了自己手握的永寂之刃。

要知道，上回和这位老友见面，还骗了他这把刀。

但很快，亚飒心中的疑问，便有了答案。

因为那苏渐，在战阵中冷冷地看了他几眼，并不停留，已率领着雪狼骑，缀在逃往本阵的樊奇残兵后面，喊杀追击而去。

按照当前的敌我分野，苏渐这回率军前来救援亚飒，并不合情理。

事实上对待混血起义者的态度，雷冰梵和他弟弟的态度差不多。

虽说并没有那么歧视，但雷冰梵始终认为"非我族类其心必异"，尤其亚飒还利用了兄弟情谊骗了苏渐，这更难让雷冰梵原谅和理解。

只是，当亚飒陷入绝境之时，苏渐跟他求情，并且在他拒绝之后，苏渐甚至厉声说，今日若是答应，那自己就欠他一个人情，还是可以用命相抵的人情。

见苏渐如此执着，还说出这样决绝的话来，雷冰梵纵然心中不愿，也只得叹息一声，允许苏渐调动机动性最强的雪狼骑，前去救援。

就在苏渐领兵出发之时，雷冰梵还是忍不住问他道："苏渐，你为什么要这么做？亚飒这混蛋，不念兄弟之情，居然欺骗你，你竟然还这么帮他？"

听得此言，苏渐略想一想，便回答雷冰梵道："雷兄，你也说是'兄弟'。既然做过兄弟，他都快死了，那就再被他骗一回，就当了却了这段兄弟之情。"

听他如此说，雷冰梵默然无语，不再阻拦，挥了挥手，让苏渐领兵出发了。

这段内情，此时仓皇逃窜的亚飒，并没有看见。

虽然没有亲眼看见，但聪明如他，对苏渐和雷冰梵之间可能发生的对话，一清二楚。

于是，奔逃之时，他下意识地点一点头，那本来已经很久没有悲伤神色的眼眸里，竟蓄满了泪水。

眼中含泪时，亚飒暗下决心，以后若成敌手，遇上苏渐，也当退避三舍。

在苏渐的暗中帮助下，亚飒这一阵前起义计划，终告完成。

在大军对垒的阵前，他成功地带走了大部分混血者，让他一举成名。

从今日起，亚飒将以这支出生入死的同族作为班底，转战各地，招纳更多受压迫的混血者。

一时间，亚飒混血军搅动风云，名动诸国，甚至远达龙境。

就在亚飒阵前起义之后，二皇子依照原计划，发起了对幽州城的攻击。

只是，在先前阶段的拉锯战中，雷冰烨的大军已经落入了幽州军的陷阱。

他的主力部队被一支支地分割开来，以至于攻击幽州城这样的大战，雷冰烨只能收拢一万多人的军队。

更要命的是，如此大战中，他的左膀右臂盖世雄和夏侯怒风，还不在他的身边。

相比他这一方的窘迫，雷冰梵统领的幽州守军却是士气如虹。

根本不需要银发皇子如何动员，雷冰梵只是跟全体将士说了一句："幽州城就在我们身后，我们已经无路可退了。"

于是幽州将士们的战斗情绪，一下子变得比最凶猛的雪原狼还要猛烈！

这次幽州攻城战的结果毫无悬念，雷冰烨不仅无功而返，还伤亡惨重，丢失了大量的辎重。

如果把战争比作生意，那这一回二皇子亏大了！上回他抢了许多雷老将军佯败丢下的物资，这回不仅吐了出来，还赔了至少一倍。

幽州攻城战也仿佛是一个契机，自此之后，好像连老天爷都站在了幽州城这一边，那星降高原带来的乱流天气，今年来得更早，也更猛烈。

于是经常突兀交替的寒流暖流，让不适应本地气候的天雪讨伐军，大量地病倒了。

由于幽州军有意地分割包围，各路天雪讨伐军的给养也变得越来越匮乏。

尤其要命的是，一直以来神出鬼没的雪杀组，不知道吃错了什么药，不断地袭击天雪讨伐军的补给线，还猎杀落单的士兵或小队。

面对这样的局面，雷冰烨不断派出信使向天雪城要求更多补给，同时也果断地对雪杀组发出招安，希望他们能调转矛头，攻击幽州军。

对这样的招安，雪杀组似乎置若罔闻，他们对天雪军补给线的袭扰，还变本加厉。

甚至，雷冰烨还从一些流言中听到，不少被雪杀组抢夺的军资，最后竟出现在幽州城的将士手中！

听到这消息，雷冰烨等人还是没怀疑雪杀组和幽州城有什么瓜葛。

他们觉得这很好解释，因为作为反叛组织，雪杀组自然希望天雪国越乱越好，于是进行了这样“锄强扶弱”的行动。

不管怎么说，在各种因素的叠加下，天雪讨伐军给养匮乏的局面越来越严重；这时候雷冰烨还变得越来越焦躁，缺乏给养的天雪军被他逼着不断冒进。

在天灾人祸的双重作用下，天雪军中出现了更多的饥饿和疾病。

因为得不到必要的保暖衣物，在最近的那场大雪之后，很多士兵甚至眼皮子都被冻坏、脱落了。

没了眼皮的存在，这些士兵再也无法入睡；他们唯一的结局，便是发疯了。

面对这样的局面，雷冰烨变得越来越烦躁，应有的警惕心，也终于降到了最低点。

现在的天雪大军，已经龟缩到幽州北方的绛雪城。

作为天雪国仅次于天雪、玄霜、幽州的第四大城，现在绛雪城成了讨伐军当前不利条件下最好的庇护所。

本来约定好，雷冰烨、盖世雄、夏侯怒风统领的三支主力，无论何时都不能同时离开绛雪城。但很可惜，雷冰烨本就急于求成，困守城中让他心理更加焦躁。雷冰烨再也按捺不住，几次三番让盖世雄等部同他一起出城寻求决战。

以盖世雄的丰富战功，他绝不会看不出，自己的主上这是冒进，但架不住雷冰烨的身份地位，以及一日强过一日的态度，盖世雄终于同意了二皇子的请求。那夏侯怒风，自没什么意见。

于是这一日，三支主力天雪军，在统帅们的军令下，次第离开绛雪城，南下寻找决战的机会。

用后世的话来说，雷冰烨这个举动，绝对是冒险主义；而且顾头不顾尾的做法，无论古今都是军事家的大忌。

但现在局面几近糜烂，雷冰烨的心态从最初的畏惧，紧接着的自大，已变成了现在的毛躁恐慌。

在这种负面情绪的支配下，他做出这样的举动，倒也不算很难解释。

当然，雷冰烨这样的冒险，也未必会失败，因为他们这三支主力，每一支都有两三万人；无论哪一支碰上幽州军，都很可能拥有兵力上的优势。如果不是这样，雷冰烨也不会下达这样的命令。

让他没想到的是，他皇兄统领的幽州军，一直在等待这样的机会。

当讨伐军三大主力同日离开绛雪城时，幽州军蓄谋已久的反攻，瞬间便爆发了！

雷华晖大将军亲自率军，不到半天时间，攻下了兵力空虚的绛雪城。

本来按“十倍围城”的规律，雷华晖部没这么快攻下城池，但老将军早已布局：上回在绛雪城中与太守仲思源相谈甚欢，已经用征战一生得来的本能经验，下意识地埋下了伏笔。

因此，当雷华晖兵临城下，只是向城上劝降一番，仲思源太守便大开城门，投降了。

在整个幽州攻防战中，绛雪城的战略位置极其重要。

如果天雪军占住绛雪城，便进可攻退可守，十分从容；一旦被幽州军占领，便断了冒险南进的天雪军后路。

正因如此重要，雷冰梵才特地请出雷老将军担任攻城主将，并且当城池还没攻下时，镇国将军孙天翰已派了一万虎牢军前来支援。

仲太守一开城投降，幽州军和虎牢军就立即合兵一处，近两万来人瞬间涌入城中，至此，绛雪城牢牢地扼守在了雷冰梵的手里。

听到这个噩耗，许多南征的天雪军将领，本能反应就是掉转兵锋，回师将绛雪城重新夺回来。

但这时候二皇子已经完全听不进建议。

在听到绛雪城失守消息后，雷冰烨暴跳如雷，红着眼跟部下们大叫，说丢了绛雪城不要紧，只要他们一鼓作气打下幽州城就行。

怀着如此美好的愿望，三支天雪讨伐军齐头并进，再次直扑幽州城。

只是，就如一直以来幽州军所做的那样，好不容易同步出征的三支天雪主力军，在相对漫长的进军途中，又被幽州军各种迷惑、袭扰、诱导，相互间渐行渐远了……

对雷冰烨、盖世雄、夏侯怒风三支讨伐军来说，其实战争经验最丰富的，还数盖世雄部。

因此，面对幽州军的各种袭扰，他受迷惑最少，行军速度最快。

在离开绛雪城之后的第三天，盖世雄已经率军逼近幽州城东北方三十里，那里有幽州军新修的最外围防线。

正当带着部属坚定不移地南进时，骑在一匹油光大黑马上的盖世雄，忽然发现行军路线的正前方，似有一人立在旷野里。

大军过处，普通百姓早就逃跑了，一路上很难见到什么闲杂人等，因此当发现前面旷野中有人时，盖世雄不免多看了两眼。

这一看不要紧，他忽然“噫”地惊讶一声，双目霎时凝聚如刀。

“竟是苏渐那小贼？”凝望确认之时，盖世雄又惊又喜。

当确认是苏渐无疑时，盖世雄大喜过望，朝左右副将叫道：“你们看，前面荒野中那厮，正是幽州城贼首之一苏渐！

“上回羊角镇，还不知道这厮身份如此贵重，竟是那造反皇子的左右手；这些天来，每每想起羊角镇放跑他之事，我便悔恨不已；没想到老天垂怜，又让我碰到这小子了！这一回，看他往哪儿逃！”

说着话，盖世雄一催战马，要向苏渐站立处冲去。

“将军等等！”他副将见状连忙叫道，“小心有诈啊，将军！”

“有什么诈？”智勇双全的猛将头也不回，不以为然道，“你看那旷野空阔，周围有无伏兵一目了然。你们要是担心，全军跟我一起冲吧，反正前面也是我部要攻击的方向！”

“大将军此言当属万全！”部将们口中奉承，摇动着各种令旗，指挥大军跟在盖世雄后面，一齐朝前猛扑。

因为只有苏渐一人的缘故，盖世雄追击之时，难免心情放松。

让他稍感意外的是，苏渐这厮腿脚极好，即使自己骑马狂奔，一时也赶不上他。

追击过程中，他一度也想放弃，觉得这么多兵马追赶一人，有些丢脸。没想到就在这时，苏渐奔逃的速度又慢了下来，他便咬了咬牙，继续追了上去。

整个追击的过程，也没持续多少时间，很快苏渐便在众人的追赶之下，冲上前面一座并不太高的山丘了。

对这里的地形，盖世雄早就仔细研究过，一看便知道苏渐冲上的山岭名叫“猛虎岭”。

别看这名字听着气派，却也不过是幽州城东北郊一座寻常的山丘。

如果非要说猛虎岭有什么特别，那就是岭上草木葱茏，虽然乔木不多，但各种低矮的灌木植被却是十分繁茂，正是此地特有的山丘草甸。

眼见苏渐慌不择路地冲上了猛虎岭，盖世雄不由得心中一喜，狞笑想道：“臭小子，你往荒野跑还好，现在跑上这山丘，还想往哪儿逃？”

追到这时候，盖世雄也有些心浮气躁了；眼看战果就在眼前，他毫不犹豫地率领大军冲上了猛虎岭。

此后他一马当先，将骑术发挥到极致，纵马山丘如履平地，一骑绝尘地朝山顶苏渐站立处冲去。

眼看就快追上苏渐，没想到已经跑到山巅的苏渐，却忽然催动灵力，幻化出神焰朱雀之形。

见得他施展星流化形，盖世雄不由得一愣，但很快便仰面朝上轻蔑叫道：“苏小贼，想仗着星流术跟本大将军决战吗？没看到我身后数万大军？真是蠢货！”

“谁说要跟你打？哈哈——”长笑声中，苏渐已展动“千羽幻光翼”，倏然划空而过，转眼已经飞下山岭去。

见他如此，盖世雄不由一怔。

正愣怔间，忽然身后大军一阵骚动，许多人都在叫："大将军，不好了，我们中埋伏了！"

盖世雄闻声一惊，忙勒马回看，恰见这时山下旌旗竖起，刀枪林立，转眼间伏兵四起，喊杀震天！

眼见伏兵四出，天雪众兵将惊惶不已，一时间人喊马嘶，乱作一团。

这时却听盖世雄大声喝道："众将士莫惊！本大将军在此，何需惊慌？"

大叫一声稳住阵脚后，盖世雄看着山下，扬起夺命金骨镗，遥指苏渐冷笑叫道："苏小贼，我说你是雏儿，便是雏儿！两军交战中，这高岭正是求之不得的地形；居高临下之时，本将军一发号令，万人一齐冲锋，管教你们这些叛贼全军覆灭！"

"苏小贼，怎么样？还不乖乖束手就擒。若是动作麻利点儿，本大将军还可发发善心，留你一个全尸。"

听得这嚣张无比的话，苏渐冷笑不已，并不作声，只是举起手中血歌剑，朝山上草木遥遥一指。

看到这个命令不是命令、招呼不是招呼的奇怪动作，盖世雄不由得一愣。

这时，本来昏暗的天空，恰好云开日出。

明晃晃的日头高悬天上，灿烂的阳光照下山坡；这时盖世雄等人再看苏渐遥指之处，赫然发现，猛虎岭上满山的草木，竟是油光闪烁，莹莹耀眼，这奇怪的场面就好像整座山峦，都被天神拿瓢盛油，猛泼了一遍。

见此情形，盖世雄大吃一惊，同时后悔不迭。他心说刚才只顾追人，怎么连山岭上这样的异状都没察觉？

自责之际，盖世雄却不知道，刚才云空昏暗，又追了好一阵，不仅是他，所有天雪军都心浮气躁、人慌马乱，哪有心情留意山岭风物有何异常？

这时还有懵懂愚蠢的天雪军兵，跟身旁人问道："老兄，你说这满山草叶都泼上油，干啥使的？难道等会儿要割下来炒菜么？"

见此情形，盖世雄惊悔交加之际，却也展露出无边的凶性。

绝境面前，他仰天长啸一声，宛如狼嚎，朝山下苏渐叫嚣道："苏贼！你这穿女人衣、作女人舞的臭贼，今日竟拿奸计陷害你盖爷爷！可惜你盖爷爷绝技通天，麾下两万精兵兵强马壮，你这等阴谋诡计岂会放在我等眼里！儿郎们，给我冲！"

随着他大手一挥，天雪军中顿时大旗摇动；所有天雪兵听到命令，全都刀枪并举，朝山下冲去。

困兽犹斗，盖世雄军这一波冲击，势头也极猛，漫山遍野冲下之时，天雪军马如同浪潮奔涌一般。

见他们如潮而来，苏渐只是横剑马上，冷冷相视；直到他们冲到一半时，苏渐才猛一挥手，霎时身后万箭齐发，朝蜂拥而来的天雪兵将射去。

蓄势已久的强弓硬弩，威力可想而知，天雪军兵纷纷倒下，尤其是冲在最前面的士兵被射杀最多。刚刚还如潮而来的天雪大军攻势，顿时便被遏制。

不仅如此，后续的箭雨继续如飞而至，于是刚才漫卷下山的人潮，转眼又倒卷回山上去。

见进攻失败，盖世雄恼怒之余，也在心里疑惑道："怎么这小贼没命人放火箭？那他泼这满山草木火油干什么？难道是心慈手软？哼，果然这小子是个雏儿！你心慈手软，别怪我心狠手毒！"

正发狠想着，他忽听苏渐又在山下大叫道："山上天雪众兵将听清，天雪皇听信奸佞，奋起不义之兵，致使兄弟相残；虽是不义之师，诸位也都只是受蒙蔽。

"你们看，满山草木俱泼火油，是识机惜命的，当立即放下武器，下山投降；否则一旦祝融舞起，有烧无类，灰飞烟灭之时，玉石俱焚之际，切莫叫屈！"

这番劝降言辞，看似彬彬有礼，暗含的威胁却真个动人心魄；被雷冰梵划拨苏渐麾下统领的幽州雪狼骑，这时听得这一番劝降，都暗挑大拇指，赞叹大皇子殿下的兄弟，果然不是凡人。

苏渐这番威胁劝降，显然也打动了山上被围的天雪兵马。

刚才一轮冲锋，他们已经看清了形势。今日要硬拼，显然很难逃出生天；更何况刚才敌人还都没用火箭，显然也是心存善念，没把事情做绝。

人就是这样，记打不记吃，现在苏渐使出雷霆手段，反而让天雪军觉得对方主将真是菩萨心肠。

身陷绝境之时，也没有太多犹豫，很多天雪士兵立即抛下兵器，就往山下跑去。

见得如此，盖世雄又惊又怒，立即命令督战队张弓射杀逃兵。

谁知逃兵越来越多，根本射杀不过来，也起不到任何震慑作用；过了一时，甚至连督战队自己的官兵，也都扔下弓弩，发一声喊，跟在前面的逃兵队伍后面，朝山下跑去了。

人都有从众心理，更有求生欲望。

转眼之间，苏渐甚至都没动用烧山手段，盖世雄麾下的两万兵马就跑了一大半了。

这种时候，也只有最死硬之人，才会继续留在盖世雄身边，准备誓死一搏，和幽州军鱼死网破。

眼见局势急转直下如此，盖世雄直惊得目瞪口呆。

刚开始他还有仗着本钱雄厚强行突围的底气，到这时已经没了任何希望。

当然他也不是没考虑过投降，但很快他便觉得自己这个想法不可行。

毕竟，他盖世雄，乃是二皇子的死党，上回还直接刺杀大皇子和苏渐，他不可能天真到认为对方没认出自己来。

更何况，对面这位姓苏的主将，上回自己好生一番羞辱，让他穿女人衣，作女子舞，在当前风俗礼教下，这仇简直比直接杀人还要大。

心中转念到这里，盖世雄忽然也有些后悔，后悔自己不应该把事做得太绝。

不过，作为身经百战的猛将，即使现在到了山穷水尽的地步，他还是不准备放弃。

于是，山上山下的兵将们，听得盖世雄咳嗽一声，清了清嗓子，中气十足地朝山下大喊：

“苏大人！苏将军！苏英雄！末将服了！”

“哼！”见他口头服软，苏渐冷笑一声，板着脸默然不语。

见他如此，盖世雄更是心惊，再也顾不得了，腆着脸叫道：“苏大人，不知您那边有女子衣物吗？其实平时小妾给末将歌舞，末将也多有揣摩；若作美人舞，应该也很擅长的……”

听得此言，苏渐还没什么表示，山上山下双方将士，立时一片哗然。

山下的幽州军，全都被盖世雄的无耻程度给震惊了；山上的死硬天雪残军，更没想到自己的大将军竟是个软蛋。

不管是震惊还是无语，山上山下两方大军，全都屏息凝神，等待苏渐的回答。

这一刻，猛虎岭上一片寂静，但那种让人窒息的感觉，比刚才双方冲杀时还要让人难受。

万众期待中，便见苏渐端坐马上，扬剑朝山上草木一指，慢条斯理道：“盖将军，我华夏国有个谚语，不知你听说过没？”

“是什么？快请赐教！”盖世雄急切问道。

“那就是：斩草不除根，来年是祸根。”苏渐从容说道。

第九十六章

自立为王

盖世雄一听，心底一片冰凉。

“好狠的家伙……”此时的天雪猛将，心里满是悔恨和绝望。

呆愣片刻，他也勃然大怒，凶性大发，双腿一夹，催动胯下战马，挥舞着夺命金骨镗，朝山下猛冲而来！

苏渐的话，更激起他体内的星毒之力，冲杀之时他势若猛虎，挡者披靡。

见他如此神勇，天雪死硬残军也士气大振，生死关头也拼尽了全力，跟在他后面朝山下猛冲而来。

眼见敌人重整旗鼓，竟快冲出猛虎岭草木能燃烧的范围，苏渐当机立断，从马上跃身而起，奋起“神焰朱雀”星流术，展动千羽幻光翼，赶在盖世雄冲出草木能燃烧的范围前，将他截住。

他们两人很快便撞在一起，那血歌剑和金骨镗金铁交鸣，神焰朱雀的金红光影和星毒灵液的碧蓝幽光交相辉映，两人兔起鹘落，你来我往，战在了一处。

虽然苏渐一时擒不住猛虎般的盖世雄，但盖世雄刚才一往无前的势头也被遏制住。

胶着对天雪残兵大大不利。

见主将陷入战团，天雪兵将刚才鼓起的余勇，立即便泄了。

他们这些人能硬撑到这时，全是因为心中对盖世雄的武力有着深度的迷信；同时他们对敌方的主将，也充满了蔑视。

在他们心目中，苏渐不就是上次羊角镇之役中，在他们主将手底下扮女人苟且偷生的懦夫吗？投降给他，实在不情愿。

只是到了这时，他们有些不妙地发现，原来心目中的懦夫，竟是这样心毒手辣的狠货；自己深度迷信的猛将，刚才苟且偷生的丑态就不说了，更要命的是眼前的场面证明，他的武力竟是不比苏渐强到哪里去。

这样一来，就有不少死硬分子陷入沮丧，进而绝望了。

别看苏渐在和盖世雄周旋，其实却留有余力，一直在注意观察天雪残军的动向。

一看到他们士气大泄，他立即不失时机地大叫道："天雪将士们，你们还在犹豫什么？难道真要给这无耻之徒陪葬吗？再不投降，我可真要下令放火了！"

形势比人强，在这一可怕的威胁下，顿时不少天雪残军心理崩溃，忙不迭地扔下兵器，哭爹喊娘地飞奔下山去了。

他们一下山，作为苏渐副手的唐求和红焰女，便立即命人截住了他们，拿过绳索将他们抹肩拢背地给捆上。

这一点也是苏渐先前交代的，毕竟撑到这时候才投降的，谁知道是不是居心叵测。

在苏渐的算无遗策下，到了这时候，盖世雄汹汹而来的大军，基本就算失败了。

只是，在任何时候，都不缺乏死硬到底之人；即使苏渐这样恩威并施，盖世雄的身边，还聚拢有上千名天雪官兵。

甚至，眼见同袍们纷纷投降，还有最死硬者又惊又怒，不顾生死地朝苏渐这边冲来。

一边冲来时，他们还一边大骂："苏贼，你个女人，爷们不信你真敢放火！"

"哈？"应付盖世雄之余，苏渐听到这叫嚣，仿佛听到这世上最好笑的笑话。

这时，在山下安置降兵的唐求，听到山坡上这叫嚣，也禁不住"扑哧"

一声笑出来，脱口叫道："你们啊，真有种！居然敢问阎王敢不敢勾魂！"

他话音未落，便听到苏渐冷酷无比的声音从山坡上传来："放火箭！"

一声令下，早已预备好的幽州弓箭兵，却没有立即发射火箭；第一个应声行动的，是那万年焰灵红焰女。

只见她头一甩，那火焰组成的猩红发丝中，一团炫烈无比的三昧真火流星般扑出，精准无比地落在了猛虎岭最高处那团最丰茂的灌木丛上。

当红焰女发射出第一支火焰后，霎时间幽州军火箭如雨。早被浸透火油的猛虎岭，"轰"的一声瞬间燃烧，转眼间整座山岭就烧得如同一座爆发的火山了。

天雪残军哭爹喊娘的凄厉惨叫声，刹那间响起，又很快被轰轰烈烈的烈火爆燃声给淹没了。

无数天雪残军，浑身冒火，想朝山下奔跑逃生，却又被唐求指挥着幽州弓箭手，一个个射死在半山腰上。

仍与苏渐缠斗的盖世雄，自信地认为，凭着自己的精华星毒之力，至少可以保自己一人冲出重围。

没想到，苏渐的星流技卓绝无比，他已经很难应付；再加上感应到他那邪恶的星毒之力，少年胸前的星降之链又闪耀起如水的明光，对星毒之力开始了本能的压制。

于是，本身体力灵力极度透支，又有星降神光暗中的牵引，怀着逃生自信的盖世雄，忽然在某一刻，从体内燃起了鬼火般的碧蓝冥火。

碧蓝冥火，先是向四外迸射。

火光耀射中，盖世雄仿佛整个人也在向外膨胀。

到了某一刻，就和上回寒灰山被实验的石国民一样，他的整个身躯猛地向内坍缩，还没等旁人看清，便在"嘭"的一声爆响声中，整个人都向外炸开！

这场面极为残酷惨烈，不过这回并没出现上回石国民血肉横飞的场景；在盖世雄血肉横飞之前，碧蓝冥火已忽然变得极为明亮，瞬间就将盖世雄偌大的块头，彻底地焚成了灰烬！

在这整个过程中，苏渐还指着浑身鬼火、惨嚎不已的盖世雄，对幽州将士大声说道:“你们现在终于知道,为什么你们的雷皇子,不让你们用星毒灵液了吧?”

听得此言此语,目睹此情此景,幽州军内心仅存的那一点不平和疑惑,随着盖世雄的灰飞烟灭,彻底平息了。

当然这时候,更惊惧不已的,还是那些也服了星毒灵液的天雪兵将们。

于是,被这场大火烧得只剩下一两百人的天雪残兵,彻底失去了斗志,一个个抛下武器,跪地投降讨饶。

这时唐求带着人,迅速往这些降兵身上撒上沙土,又用蘸水的棉被将他们罩住,将他们从火场中救下。

到这一刻,对盖世雄部的围歼,便算尘埃落定。

这一役,以极小的代价,几乎全歼了天雪讨伐军三支主力中最强的力量。猛虎岭下所有幽州官兵,全都惊喜不已。

惊喜交加之际,他们把崇敬的目光,不约而同地投向了那位仍在猛虎岭火场上空翱翔的神异少年。

还没等他们欢呼,苏渐那清越响亮的声音,已从天际传来:

“我说,贵国排名第十一的好汉,是谁?”

“呃?”无论幽州军还是天雪降兵,听到这个突兀的问题,一时都没反应过来。

正在奇怪时,苏渐自信的声音再次从空中传来:

“你们回头可以跟他报喜了。

“这一回,我苏渐助他进了前十!”

猛虎岭火攻,虽然最后实际烧死的敌军并不多,但这一支重要的天雪讨伐军,已经土崩瓦解;主将身死,大部分人被生擒活捉,幽州军这一仗可谓大获全胜。

有了这个结果,苏渐觉得自己的羊角镇之辱,无论怎么看都已经报了。

毕竟,那回他丢的只是一时的面子,盖世雄今日丢的,可是性命啊。

大获全胜,苏渐怀着愉快的心情,押解着一万多人的俘虏踏上归途。

只是，回程之中，还碰上件惊心动魄的异事！

当苏渐统领着大军得胜回城，行进到一处无名山丘附近之时，正在马上想着心事的苏渐，忽然听到身旁唐求惊呼道："啊呀！那、那女人又出现了！"

苏渐闻言一惊，猛一抬头，只见身前方的山丘顶上，伫立着一个打扮神秘的女子！

苏渐一看见她，忽然想起那回红焰晶海的幻火宫前。

那一回尘埃落定之际，也是倏然出现一位武力强横无比的神秘女子，形貌和眼前的女子如出一辙。

她的周身，依然笼罩在一片银灰色的雪云中，头上依旧罩一层黑纱，看不出本来面目；俏立荒丘之上时，她云雾随身，如同山岚中的扶风弱柳、瑶池里的凌波菡萏。

虽然黑纱罩面看不清面容，但苏渐分明感觉到，这一位当年的"旧相识"，正双眸如冰地盯着自己，一股浓烈无比的杀气将他牢牢笼罩。

感觉出无尽的杀机，苏渐却不愿堕了气势。他勉强挤出一点笑容，在马上朝那神秘女子遥遥叫道："喂！你是谁家的姑娘？怎么咱们两次见面，都是我正收工时，你就出现在小山上。"

"哼。"傲立山丘的神秘女子，冷哼一声道，"小贼，胆子倒大。你莫仗着本座上回说，有人不让本座杀了你，你便调戏本座。你今日坏了我大事，死罪可免，活罪难逃！"

话音未落，她便伸出纤纤素手，优雅无比地望空一抓，好似抓住了宇宙鸿蒙深处的星辉电光；转眼之间，上回在幻火宫前造成无边杀戮的螺旋星光之鞭，再次被她握在手中。

这时苏渐身后的天雪、幽州士兵，不知漫天灿烂螺旋星光的厉害，还一个个呆呆地看着倏然出现的奇景。他们心里都想着，今日自己是不是遇上了神女？回头一定要跟家人亲朋好好吹嘘一番。

和他们不一样，无论苏渐、唐求还是红焰女，全都见识过神秘女子的厉害，于是他们立即大声示警，同时全力以赴地防御戒备。

没想到，就在神秘女正要将星光之鞭抽下时，山丘之顶的淡淡迷雾中，倏然又出现一人。

精神极度紧张的苏渐一看，忍不住立时脱口大叫道："是那银笠道人！"

原来，和上回幻火宫前的剧本如出一辙，在神秘女边上，此刻再次倏然出现的，正是那位头戴银色斗笠、身披玄黑道袍的中年道人。

一看到他出现，正要出手的神秘女，忽然间消散了满手的致命星光。她冷哼一声，竟是一转身，飞速遁去，很快消失在山野的阴云迷雾中。

见得如此，苏渐虽然心中疑惑，但还是在马上向山丘上的银笠道人遥遥一拱手，以示感激之意。

见他道谢，银笠道人朝他摇了摇手，正在苏渐不明所以时，忽然又有一人，从银笠道人身边的淡雾中慢慢浮现。

苏渐一见此人，初时又惊又喜，转又百感交集。

原来雾中浮现之人，竟是亚飒。

亚飒出现之后，先是朝银笠道人躬身一礼，似是感谢，然后又转过身，朝向苏渐这边，轻轻点了点头。

苏渐见状，正要点头回礼，然后说些什么，没想到一眨眼的工夫，亚飒已跟在银笠道人的后面，一同向远方飘然而去了。

见此情景，苏渐哪还不明白，今日之事，正是亚飒救了自己。

那银笠道人，想必就是上回魔界中自己几番逼问、亚飒依然不肯明说的"先生"了。

本来苏渐还以为，蛊惑亚飒夺取永寂之刃，并有了那些偏激思想的"先生"，是个什么阴险跋扈的乖戾之人；没想到今日一见，"先生"却是这位英姿秀拔、道骨仙风的银笠道人。

要知道这银笠道人，可是两次出手相救，哪怕苏渐再有偏见，也不能昧着良心，说这位亚飒的新精神导师是个恶人。

不过即使如此，对亚飒这位行踪神秘、藏头藏尾的先生，苏渐心中还是有一丝隐隐的不安。

苏渐心中的不安和疑惑，还不止这一件。

以他的聪明才智也想不明白，今日亚飒央求他的先生救自己，到底是顾念兄弟之情,还是还永寂之刃这个人情?

想得脑仁发疼之际,苏渐转念一想,却又觉得,如果永寂之刃只是握在亚飒一人手中,只当成一把兵器,那总比被拥有强大资源的龙族掌握,危害要小得多。

想到这里,苏渐苦笑一声。

他笑自己,果然还是放不下多年的兄弟之情,如此想方设法地安慰自己。

心中忖念至此,苏渐忽然心里一动,便立即转脸跟唐求道:"胖子,你赶紧给我挑几个玄武卫好手,去缀着那神秘女子,看她最后到底去了哪里。"

"老大,你胆子还真大!"唐求发自内心地惊叹道,"这女人就是个杀神,你竟还敢动心思要查她住处!你真是色胆包天啊!"

"什么色胆包天?胖子你不要乱用成语好不好!"苏渐哭笑不得道。

稍停了一会儿,他望着天边的流云,悠悠地说道:"当然要查她。胖子、红焰,上回幻火宫之事,你们也都在。你们记不记得,身为隐龙客的步凌空,还以这个神秘女为尊,显然她在隐龙客组织中,身份极为尊贵。除了这个,你们刚才听到她说了什么没?"

"说什么了?"唐求一时没明白过来。

"我听到了,"这时红焰女道,"这女人刚说,'有人不让本座杀了你'——咦?这句话有点耳熟呢。"

"当然耳熟!"苏渐断然道,"如果不是这句话,我差点忘了,上回幻火宫前,她曾对我说过一句奇怪的话,'当年发掘你的人,看重你的人,深爱你的人,甚至最后你背叛的人,还一直都记着你呢'。"

"这句话有什么特别?"这次连红焰女,也想不明白苏渐提起这句话的意思。

"很特别。"苏渐冷静地说道,"你们不知道一些内情,听得这样的话,只觉得好像在云里雾里。可我知道,她这句话中反复提及的这个人,正是撒菩勒伯。"

"撒菩勒伯!巫龙之王!"唐求和红焰女齐声惊呼道。

“没错，正是他。”苏渐道，“其实，不管你们相不相信，我和撒菩勒伯之间，还有些陈年纠葛。不过此事说来话长，还涉及机密，便不提了。

“重要的是，此女说的这话，其同样的意思，上回也有个人说过。”

“是谁？”唐求和红焰女齐声问道。

“正是撒菩勒伯的副手、号称‘巫龙执政官’的狂禅。”苏渐沉声说道，“所以，咱们用脚趾头想想也知道，这女子的身份绝对不凡。能知道这样机密事情的，身份至少不低于狂禅。如果从这一点想，她的身份便呼之欲出了。”

“呃……那她是谁？”唐求急切地问道，“大哥，您就别绕弯子了，你说什么我都听不懂了啊。”

“嗯，如果我没猜错，此女就是隐龙客的首领，‘隐龙君’。”苏渐沉声说道。

“隐龙君！”唐求和红焰女一听，全都倒吸了一口凉气。

“大哥大哥，你为什么说是她？我可听说那隐龙君，从来神龙见首不见尾，没这么容易认定这女人就是吧？”唐求有些不相信地问道。

“应该就是她了。”苏渐冷静地说道，“胖子，你加入晚，可能还不知道，我们玄武卫一直都怀疑，隐龙客的首领，就是撒菩勒伯的妹妹，名叫‘雪冽迩’。

“而刚才这女子，知道如此机密之事，一身功法又高得超乎想象，除了巫龙之王的亲妹妹隐龙君雪冽迩，我想不出还有其他人。”

“这样啊……”唐求若有所思道，“听大哥这么说，那应该就是她了。”

“所以啊，”苏渐看着他道，“所以我才让你找几个好手，一路追踪她，看她究竟往哪里去。”

“啊！”之前还没什么，现在再次听到这指令，唐求吓得胖脸上的肉一哆嗦，苦着脸说道，“我说大哥啊，你胆子还真够大的，知道她是隐龙君，你还敢找人追踪她啊！”

“当然，怎么不敢？”苏渐按剑凛然道，“我苏渐身为玄武卫，食君之禄，为君分忧，现敌踪已现，怎么能不派人着手追踪？”

“好好好！”唐求告饶道，“大哥你这么一说，倒好像我唐胖子贪生怕死。好！小弟不仅会找几个好手去追踪，自己也会着紧看顾此事，必要时，亲自下场！”

“好！”苏渐看着他欣慰道，“果然不愧是我的好兄弟。只是你和大家追踪时，切记只需要知道她的去向，千万别惊动她。”

“你怕她跑掉？”唐求顺口问道。

“不，她不会跑掉。”苏渐看着他道，“我只是怕你们会有危险。”

“放心……我们会小心的。”唐求有些感动，忙拍着胸脯保证道，“大哥你就放心吧，哪怕她跑到天涯海角，我们都会把她找出来的！”

“那就好！不过，不用去天涯海角，”苏渐的嘴角浮现出一丝笑容，轻轻说道，“我猜啊，她应该就在天雪国，还很可能就在天雪城。你们重点给我盯住这个地方。”

“好！”唐求一挺胸膛，郑重地接下这个任务。

交代完这个重要任务，苏渐便催动胯下战马，加紧回城的速度。

这时候红焰女却急了，连忙赶上他，和他并辔而行，急声问道：“苏哥哥，他都有任务了，那我呢？”

“不用急。”苏渐转脸看着她，温言说道，“只要唐兄弟把那隐龙君的行迹揪出来，我必会对她下手。她的功力，你也看到了，到时候决战之时，你这样的好手，我怎么舍得放着不用呢？”

“嗯！谢谢你……”听得苏渐不仅把自己放在心里，还留着有大用处，红焰女十分开心地道谢。

看着唐求带着几个好手，顺着刚才神秘女子遁去的方向追去，苏渐在心中想道：“天宸阁得到隐龙客大人物隐匿于天雪国的消息，一定非常不容易；现在既然机缘巧合，让我找到了蛛丝马迹，若不顺藤摸瓜，倒对不住天宸阁同僚们的一片苦心了。”

几乎在盖世雄部于猛虎岭覆灭的同时，雷冰梵也率军挡住了雷冰烨的去路。

再次看到自己的皇兄，雷冰烨才发现，自己竟然有些气沮。

本来知道要和兄长对阵，雷冰烨也准备了长篇大论的说辞，可没想到真到了两军阵前，兄弟相见，他忽然发现，自己竟一句话也说不出来。

这是种很奇怪的感觉。

在真正见面前，他对雷冰梵各种愤恨，总觉得自己各种无情甚至无耻的做法，都是被雷冰梵逼的。

但真的见了面，被雷冰梵的目光冷冷一看后，雷冰烨忽然气馁了。

这时候他竟隐隐地感到，自己是不是做得太过分了？

心情诡异之际，还是雷冰梵遥遥地看着他，率先开口，冷冷地说道："你，还是这么弱。"

一听这句话，雷冰烨一下子就炸了起来！

要知道这句话，正是以前雷冰梵指导他剑术时常说的一句话。

这句话就好像一道开关，触发了雷冰烨内心长久以来的自卑和仇恨，他的心态立时再度扭曲。

他恼羞成怒，失去理智地大叫道："你懂什么?！欲成大事，至亲可杀！！"

吼出这句前言不搭后语的话后，他便不管不顾，喝令大军跟他一齐冲杀。

见他如此，雷冰梵冷笑一声，心中想道："弟弟啊，你果然还是沉不住气。我只是小小一激，你就失去理智了。"

原来今日之战，雷冰梵筹谋已久，就刚才这一番简单的对话，也都在他的算计之中。

果不其然，在他悉心准备的反击之下，雷冰烨看似气势汹汹的大军，在不到一个时辰的时间里，便告全线崩溃。

如果不是雷冰烨的亲兵部下拼死护着他杀出一条血路，恐怕作为这一切始作俑者的二皇子雷冰烨，还会被幽州城将士生擒。

亲自率军吃了败仗，已经让人十分悲伤；雪上加霜的是，就在雷冰烨仓皇逃窜的途中，又传来一个晴天霹雳：

盖世雄部，在猛虎岭不幸陷入了苏渐小贼的火攻之中；不仅主将盖世雄战死，好几千人被杀，剩下的一万多人还都被生擒活捉了，竟很少有人逃脱。

听到这个消息，雷冰烨泪飞如雨，一瞬间好像觉得天都塌了。

而这还没完。

正当雷冰烨几近崩溃时，又有噩耗传来，说是国师夏侯怒风大人率领的军队，在松山附近不幸中了昭武长风贼子统领的雪狼骑埋伏；经过半日苦战，夏侯怒风部不幸死伤大半。

所幸夏侯国师机智过人，鏖战过半时，眼见不对，便在血义盟亲信的拼死保护下，侥幸逃出生天，正朝这边赶来，很快便能会合。

听到这一连串不幸的消息，雷冰烨终于再也支撑不住，眼前一黑，双腿一软，晕倒在地，不省人事了。

轰轰烈烈的幽州讨伐战，至此彻底失败。

此后，雷冰烨和夏侯怒风会合，收拾了一下凄凄惨惨的心情，便开始收拢残兵，几天后也聚拢了三四万人。

不过就算有三四万人，幽州城肯定是不能打了；不仅不能打，他们现在连归途的选择都成了问题。

往南，肯定不行。

往东，有虎牢关虎视眈眈。

本来往北走是最顺其自然的选择，只可惜绛雪城已被雷华晖占据，只等着他们去送死。

一想到雷华晖，雷冰烨便恼火不已。

他怪自己父皇还不够狠心，都把这老家伙下大牢了，怎么不直接一刀剁了，还等什么法定的开刀问斩吉日？

这下好了，一个垂死的老家伙，居然成了自己归途上的拦路虎，真是“打虎不成，反被虎伤”啊。

当然，归途的方向并不是最难的问题，因为东、南、北不行，还可以一路向西。

对二皇子雷冰烨来说，此时最惧怕的，还是父皇的责罚。

心中忧惧之际，他便私下拖住夏侯怒风，仓皇地问这位国师，如何是好？

虽然同为落荒而逃的丧家犬，夏侯怒风的精气神却比他强太多。

那袭鲜血般的鲜红披风大氅，虽然在战败时被扯成了布条，但经过弟子门人熟练的缝补后，夏侯怒风重新穿上，再羽扇一摇，倒又恢复了六七成的翩翩风度。

夏侯怒风惨败之后，之所以还能如此从容，完全是因为：他习惯了！

当雷冰烨私下问他，如何找个借口逃脱父皇责罚时，夏侯怒风羽扇一摇，想也不想地答道："那当然怪大漠国啊。"

"怪大漠国？"雷冰烨一愣，惊讶道，"为什么怪大漠国？"

"理由还没来得及想，但肯定怪大漠国啊。"夏侯怒风朝二皇子挤挤眼道。

"哦……哈！"雷冰烨看见国师这副表情，立即豁然开朗，一拍巴掌喜道，"国师不愧是国师，我怎么没想到这一点呢？对对，就怪大漠国！"

"嘿嘿，二殿下您领悟了啊。"夏侯怒风挤眉弄眼道，"不怪大漠国，难道还怪敌人太狡猾、我们太天真？怎么说都逃不了干系啊。再说了，咱把责任推给大漠国，可谓'一石三鸟'之计。"

"一石三鸟？国师此言何意？"这时雷冰烨的脑子又不够用了，眨巴眨巴眼，看着国师，一脸的迷惑。

"当然，一石三鸟。"夏侯怒风侃侃说道，"这第一鸟，很显然，我们现在也只能往西边去了。西边出了天雪国境，是哪儿？大漠国啊！

"第二鸟，便是皇上曾让您那个反贼皇兄，出兵大漠国边境，剿除匪患，他却不听。那这回咱既然往西去，为什么不顺便剿了边境马匪，以安圣心？说不定圣上因此欣喜，对咱兵败幽州的事，也没那么痛恨了呢。

"当然以上都是减轻罪责的办法。这一石三鸟的第三鸟嘛，不仅可能减轻罪罚，说不定还能反过来，让二殿下您立下大功呢！"

"立功？"雷冰烨一愣，不敢相信地看着他，"国师就别说笑了。咱都成这样了，还能立什么功啊。唉，回去后，只要别被下到天牢，就谢天谢地了。"

"殿下您太悲观了。"夏侯怒风摇摇头，傲然说道，"说到'百折不挠''苦中作乐'，还真得数咱们血义盟啊。您想想，我这血义盟都被华夏朽朝缉拿征剿多少回了，现在不还是在咱天雪国，创出了一番气象吗？"

"这倒也对。"很明显雷冰烨对血义盟的光辉史，并没有兴趣，有气无力地随口附和。

“殿下,闲言也不多说,”夏侯怒风看出这一点,直截了当道,“您想想,既然咱已经准备把责任推在大漠国身上,那何不再进一步呢?殿下应该听过有个典故,叫‘假途灭虢’吧?”

“假途灭虢?”雷冰烨先是一愣,渐渐地眼睛亮了起来……

在人族八大古国中,天雪国最以武力见长。所以,即使是被幽州军打垮的三四万天雪国残军,一旦合力攻击一处,威力也绝不可小觑。

更何况他们以有心算无心,因此当雷冰烨用了夏侯怒风之计,率残军攻击大漠国时,大漠国由于措手不及,几天之内就丢失了东方边境方圆数百里的土地。

侵攻大漠国,雷冰烨采取了“先斩后奏”的策略,在发起攻击的同时,才派人上报朝廷。

虽说对侵略大漠国一事,天雪皇早有此意,但接到这消息后,雷烈心也是大吃一惊。

毕竟,人龙大战后,人族古国间虽有摩擦,但多少年来都没有这样赤裸裸的侵攻。

震惊之下,雷烈心立即派雪狐缇骑卫快马加鞭,来向雷冰烨质询。

对父皇的质询,雷冰烨在夏侯怒风的出谋划策下,早有准备,当即对缇骑使者凛然答道:

“代转父皇:请恕儿臣迟报之罪,但将在外君命有所不受,战机稍纵即逝,实难苦等上谕,坐失战机。

“况先前儿臣不成器,未得父皇圣谕,父皇只教皇兄冰梵完成大漠边境剿匪之任。今儿臣不忍过多迁延于兄弟相残,一念仁心,便替皇兄完成父皇交代的大任,也算为皇兄有失小节之过赎罪。

“所以,儿臣冰烨愿以此战军功替代,望父皇稍解震怒,宽宥皇兄之前的冒犯之罪。”

雷冰烨这番话,真个是舌灿莲花、巧言令色。

他不仅将讨伐幽州战败之罪,片言含糊盖过,还包装出一副孝悌形象。

这些话，不仅显现出他尊待兄长，更重要的是，让人觉得他最听父皇的话，连父皇没交代给他、兄长推三阻四的事情，他也主动代做了。

这样一来，虽然他表面没说雷冰梵什么坏话，但一对比，比直接否定雷冰梵还有效。

于是，当他占据大漠国边境地区四五百里地，班师回朝后，在朝堂复命之时，众人皆以为天雪皇要发怒，没想到雷烈心沉默一阵后，忽然仰天大笑，大声说道："冰烨，真吾龙子也！"

此言一出，朝臣中的明白人立即知道，兵败而回的雷冰烨，这关算是混过了。

听得此言，雷冰烨也大喜过望，连忙伏地谢恩。

正当他起身之时，却听父皇又道："烨儿啊，此事你做得不差。那大漠国，对我天雪国不敬已久，本王早就想略施小惩了。所以皇儿你打了也就打了，父皇支持你。"

"只是，"天雪皇话锋一转，有些遗憾地道，"烨儿你先前回话中，对你那悖乱兄长多有宽宥，实是过于宽仁了。"

"父皇！"雷冰烨立即重新跪倒，连磕数头，在额头流血中，哀声叫道，"不管父皇怎么责怪我过于宽仁，我还是希望父皇能够原谅皇兄。

"如有需要，此次出征儿臣若有任何寸功，儿臣都不要了，全都用来抵消皇兄的罪责。"

见他如此，金殿阶下众朝臣，全都吃了一惊。

本来有许多官员对二皇子此战不以为然，还想因为征讨之事失败出言责难；但这时见二皇子额头都磕出血来，为兄长求情之语可谓字字泣血，众人不由得也心生恻隐之心。

他们现在都觉得，不仅这次要放过他，以后还要重新看待这位二皇子。

不过也有少数人，见雷冰烨这番做派，心生另外想法。

这些人心说，如果雷冰烨这些表演，出自真心，那他真是圣人；但这世上毕竟圣人太少，更多的是外表伪善，实则大奸大恶之人。

做出这样判断的这些少数官员，全都心中惕然。

他们郑重地提醒自己，不管将来投不投靠二皇子，对这位满是仁善表现之人，都一定要提高警惕，敬而远之。

但这时的雷烈心，却是心生感动。雷冰烨磕个不停，他忙走下玉阶，亲手将他扶起，温言说道："好孩子，别再磕头了，都流血了。你的心思，朕都理解；所奏之事，朕都依了。"

说到这里，雷烈心抬起头，看了看殿外向南的方向，叹息道："唉，烨儿啊，你倒是一片好心，就怕这好心，传到你那个心性冷硬的哥哥那里，他不领你这个情啊。"

"不要紧！"雷冰烨慨然道："就算如此，儿臣也别无他求，但求无愧己心而已。"

至此，对于幽州讨伐战战败之事，天雪国朝堂有了定论。最终，雷烈心不但不怪雷冰烨太弱，却反怪雷冰梵太狠。

满心愤怒之时，雷烈心派出使者，要到幽州斥责雷冰梵。

没想到，天雪城的使者才走到半路，就被雷冰梵的人给截住，告诉他可以回去了。

当然也不是白回去，雷冰梵还是让天雪城来的使者带了个话给雷烈心，大意是：

儿臣冰梵不肖，惹得父皇不高兴，还害弟弟吃了败仗，深自责悔，放弃将来可能得到的皇太子位，自降为王；

恳请父皇看在自己态度这么好的分上，让自己统领幽州、绛雪、虎牢三城，成立"幽州国"，自领"幽州王"；

同时，幽州易帜，原先代表天雪皇长子的黑底白纹冰狼旗，保留为雪狼骑军的战旗，新幽州王旗更换为红底金纹的血海金狼旗。

因为只是传话，所以天雪皇雷烈心无从看到，幽州易帜之时，雷冰梵举行三军阅兵的盛大场面。

当时，千军万马持新王旗奔腾而过，整个幽州城中好似漫过一片血色的海洋，又如同燃烧起无边的烈焰。

当时正是烈日当空，鲜红的旗海耀映日光，整个幽州城的内外仿佛闪耀起无数氤氲蒸腾的金红彩云。

雄大壮丽的场景，彰显着不一样的高度和格局；而雷冰梵让京城使者带回的那番话，虽然表面谦恭，骨子里却极度霸气，极度桀骜不驯。

让使者带回的话，万语千言，总结起来就三句：

我雷冰梵，不认同当今国政。

我雷冰梵，皇太子位不要了。

我雷冰梵，自立为幽州之王！

第九十七章

引蛇出洞

可以想见，听到这样的消息，天雪皇雷烈心该气成啥样！

暴跳如雷、气得半死之际，雷烈心几乎想立即御驾亲征，但终究还是被众臣劝阻住了。

御驾亲征，无论古今，都是一国大事，所以几乎所有文武官员都一齐上书谏阻了。

他们说，相比惩戒雷冰梵，还是开疆拓土更重要。现在二皇子已经在西方边境开了个好头，当前最要紧的事就是站稳脚跟，并继续进取，直到打下大漠国中对天雪国极为重要的土之岩流晶海为止。

就算不提开疆辟土，他们说，反正幽州自立为王这件事，大皇子殿下还是给雷烈心留足了面子不是？毕竟他只是称王啊，和太子身份相比，其实是自我降级了。

而作为皇长子，封个亲王实在是不足为怪的。既然封王，按惯例便要分茅裂土，有自己的封国领地，现在幽州王要求自领三城，冷静想一想，确实也不算是太过分的事。

听得众臣这样纷纷劝阻，天雪皇雷烈心这才冷静下来。

冷静下来再想一想，雷烈心觉得众臣说的还真有几分道理。

事情发展到现在这地步，已经很尴尬了；如果做得太过，闹得太僵，反而更不好收场，到时候徒惹人笑了。

别人不说，那华夏国的老对手李翊，恐怕就一直等着看笑话呢。

这么一想，雷烈心愤怒的情绪终于平静。御驾亲征之事也偃旗息鼓了，最后他只派使者前去幽州，输人不输阵地给了一道圣谕，作为回应。

这道圣谕内容无他，在通篇华丽古雅的言辞之下，总结起来就两个字：

同意。

当然，这时候雷烈心还没意识到，在这件事上，众朝臣如此众口一词，还和二皇子大有干系。

毕竟，现在满朝文武，大多已经倒向了二皇子一方。

那二皇子已经被幽州打怕了，这些天里别的不担心，就怕班师回朝时金殿上自己的那一番做作，表演得太过，以至于父皇再给他十万大军，继续去征讨，那不啻要了他的小命！

现在对他来说，最理想的结局就是，父皇赶紧忘了幽州他大哥那摊子破事，最好把所有注意力，都转移到攻略大漠国身上。

毕竟他在这件事上，刚立下的功勋，还是很拿得出手的。

因而在他和夏侯怒风的努力下，暗中说动了满朝文武；天雪国中的局势，渐渐开始顺着他期望的样子发展了。

而所谓“宝物动人心”，又曰“匹夫无罪，怀璧其罪”，当二皇子一派抛出大漠国岩流晶海这块大肥肉时，早就眼馋的天雪皇，终于彻底心动了。

要知道那岩流晶海，正是十大晶海之一的土之晶海。

盛产土灵晶石的岩流晶海，本身具备多大的军事价值，根本不用多说。

更何况，作为岩流晶海出产的十大晶海神器之一，“岩流之戒”，不仅具备爆发岩石的力量，还能让佩戴者短距离土遁。

这世上，越是尊贵的人，往往越怕死，而岩流之戒的土遁功能，简直让它成了最好的逃命神器。所以就算不提那些宏图伟略、天下布武，对这岩流之戒本身，雷烈心也早就觊觎了。

他也早就派人千方百计打听到，虽然岩流之戒好多年都没出现在世间了，但还是最可能就在大漠国中。

所以，不得不说二皇子运气很好，穷途末路之际，居然找到这么个让天雪皇无法拒绝的“宝物”。

当然,这也不能完全说是他运气好,因为“冰冻三尺,非一日之寒”,他早就看出生性好斗、意图大展宏图的父皇,对大漠国的岩流晶海动欢喜的很。

除了岩流之戒,雷烈心坚信,只要他得到岩流晶海,实力便能大大增加,那时候就能和华夏国国主李翊,真正平起平坐了。

为了攻略大漠国,更为了安定人心,幽州事了后,雷烈心便开始大肆分封。

毫无意外,他立雷冰烨为皇太子,并在自己远征之时,让雷冰烨担任“太子监国”之职。

因夏侯怒风在幽州平乱战役中的卓越表现,在护国圣师之外,被加封正二品的“辅国大将军”。同时,血义盟正式成为天雪国的国教,任何人都不得对其不敬。

从夏侯怒风的册封措辞中可以看出,对幽州之战,天雪国朝堂已经改口了,不叫讨伐而叫平乱,这样面子上过得去一点。

对于在平乱中战死的盖世雄,则追封为“护国大将军”,同时封妻荫子,家族永享皇恩。

出乎所有人意外的是,深受宠爱的雪贵妃,这一次居然被雷烈心封为“巾帼侯”。

以女子之身晋升侯爵,这在当时男尊女卑的大环境下,可谓亘古未有。

不过对于一心成为“千古一帝”的雷烈心来说,这根本不算什么;圣心独裁之下,对爱妃封个“巾帼侯”,正显得他革旧图新,唯才是举。

除了这几位,其他大大小小的官员,无论和幽州之战搭不搭边,也都各有封赏。

当然,在这样大肆封赏之下,也有几个封赏很尴尬,黄门官在宣读任命诏书时,含糊其辞地迅速带过。

这几个封赏是:

封雷冰梵为幽州王，领幽州城；

封雷华晖为护国大将军，领绛雪城；

封孙天翰为镇国大将军，继续镇守虎牢关；

封仲思源为幽州观察使，辅佐幽州王管理地方。

很明显，这几个分封，全是雷冰梵已经自行做出的既定事实；雷烈心纵然心里一万个不愿意，但既然准备承认现状，为了面子，他也只得捏着鼻子，把那个逆子的混账分封，给复读一遍。

不管怎么说，这样大举分封，不仅安定了因为幽州之乱而动荡的人心，还刺激了许多意图建功立业的文武官员。

通过这样的手段，雷烈心终于重新将天雪国的力量拧成一股绳，开始全力备战，为继续侵略大漠国、夺下岩流晶海做准备。

当然，雷烈心比这更远一点的目标，便是在攻破大漠国之后，打下楔在国土南端的反叛幽州国，捉拿处处对着干的逆子回朝。

从分封后的那一刻起，天雪国的强悍军队，开始源源不断地开往大漠国边境。

因为不断地侵食大漠国的土地，天雪国需要给这些新得的领土派遣守土官员。

当原先可靠的天雪官员源源不断地前往大漠国时，他们留下的空缺，便由新招纳的官吏填补。

破格招纳、破格提拔，这个战时看来挺正常的举动，给少数别有用心者提供了安插同党的机会。

以有心算无心，又言“千里之堤，溃于蚁穴”，于是太平了多少年、号称“不落王都”“白玉之城”的天雪城，可能终有一天，会承受不可承受之重。

因为雷烈心和雷冰烨父子明里暗里的努力，此时天雪国君臣上下看法好像相同，整个王国似乎都劲往一处使。

但幽州国的成立，还是如同在平静池塘中投下一粒石子，其潜在的影响如同涟漪般扩散开去。

最无足轻重的影响，便是这一年里，因为幽州国的建立，许多幽州国地界新出生的婴儿，纷纷被父母取名为“建国”。

比如幽州当地的武林大豪南宫世家，这一年出生的小公子，就被取名为“南宫建国”；南宫家族中老老少少，众口一词，都觉得这个名字的彩头好，将来建国小公子一定能冲击武林盟主的位置。

按时局取名，只是小事。

更严重的是，天雪国中开始流言纷纷：有说雷烈心和雷冰烨父子对雷冰梵的迫害的，有说天雪国对大漠国岩流晶海长久以来的觊觎的，也有说天雪皇朝内外廷的勾结的。

有关雪贵妃被封为巾帼侯的流言，最为厉害；天雪国中明里暗里都在说，这是“牝鸡司晨”，是大大的不祥之兆。

流言五花八门，其具体的内容也许不那么重要，这些流言存在本身就证明，安稳了两百年的人族天下，要乱了。

这一点，从幽州国横空出世后各国的反应，也能看得出来。

当雷冰梵传文天下，告知别国幽州自立后，作为被雷冰烨带兵侵攻的苦主大漠国，第一时间遣使承认。

说起来，大漠国由人龙大战前吴越一带的世家大族建立，其皇族为吴越之地最显赫的钱氏家族。

当今大漠天子名叫钱弘，长得就像个中年教书先生，一看平时就是位吴越之地的江南士绅。这一点和大漠国中到处戈壁黄沙的粗莽风貌截然相反。

从这一点看，也可知龙族横扫神州大陆后，给这片大陆带来了多少剧变；有些变化，甚至可以称得上荒唐。

比如钱氏家族，一心怀念江南水乡、吴越书香，为了生存，不得不带领着同样是吴越移民的子民们，不停地同险恶的荒漠环境、野蛮的沙漠蛮族作斗争。

环境最能磨砺人，所以在新的荒漠国土上，原先一心耕读的吴越之民，变得越来越草莽和粗豪。

眼看着麾下的军队子民越来越草莽粗鲁，大漠王钱弘的内心越来越痛苦。

如果可以，贵为一国之主的钱弘，真心希望能回到当年的江南水乡，当一个土豪乡绅。

和他类似想法的大漠国国民不在少数，可以说在八大古国中，最渴望打回中原江南故土去的，要数偏居西方的大漠国。

没想到，光复故土的愿望还没影，他们却被东方边境的同族邻国给侵略了。

这就不难理解，为什么大漠国是第一个承认幽州国的国度。

大漠国承认幽州国，并不具典型意义，所以过了好些天，其他人族古国大都还在观望。

不过很快这样的沉默便被打破了。让很多人没想到，竟是那人族第一大国华夏国，继大漠国之后承认幽州国，还极为正式地由鸿胪寺礼宾院派人前往幽州道贺。

华夏国这样高规格的做法，明白无误地表明了他们的态度；于是其他相对弱小的王国不再犹豫，立即纷纷跟进，正式承认雷冰梵所立之国。

在他们当中，天雪国西北雪域中新立的雪晶国，也特地派使臣前来祝贺，只是混在众王国之中，显得不太起眼。

在这一番纷纷攘攘中，有心之人看清楚了，刚开始时人族第一大国华夏国保持沉默，是因为想给老朋友留点面子；没想到之后天雪国公然宣布"血义盟"为国教，这一点就再也难以容忍了。

人族第一、第二大国，近乎公然地翻脸，让更多的人开始哀叹，开始觉得这天下大乱就快来了。

当各国还在道贺之时，幽州新王雷冰梵，已经开始"大动干戈"了。

他的第一道命令，便是依托星降高原，从高原北下，一直到幽州城，花费大量人力物力，修建连绵的堡垒和瞭望台。

按常理说，他现在最大的敌人，其实来自北方；但奇就奇在这里，雷冰梵新修的防线，虽然也有朝北的防御，但更多的是和虎牢关防线连接起来，主要面向东方。

这也罢了，除了修建绵延千里的防线，更让人奇怪的是，雷冰梵还在星降高原自己的这一侧领土上，修筑堤坝，开挖水渠。

除了这些水利设施，他还动用大量的工匠和劳力，利用高原上原本的湖泊，高筑堤防，人为弄出各种蓄水量巨大的堰塞湖。

对于此举，旁观者甚是不解，纷纷心说难道这位新立的幽州王疯了？

他这么做，是想在高原上种青稞？还是要大力发展水产养殖？听起来好像是要发展经济民生，但和投入相比，怎么算也划不来啊。

当然这只是小民的猜想；对于国家而言，雷冰梵这些工程，虽然用意不明，但显然更具军事用途。

于是，刚刚还来道过贺的华夏国，质询的使臣接踵而至。他们直入幽州城，质问雷冰梵，说星降高原为两国共有，你们此举究竟意欲何为？

对华夏国的质问，雷冰梵其他什么话都没说，只说了一句：

“请相信一个在危难关头救援你们的人。”

此言一出，华夏国的质询立时偃旗息鼓。

那光武帝李翊，事后还在内部小型朝会上说，雷冰梵此人，他曾在迷雾谷面见过。当时雷冰梵的各种谈吐见识，便颇为不凡，给他留下了深刻的印象。

别的不说，在李翊的印象中，雷冰梵胸中的格局远胜他的父亲天雪皇；所以以其审时度势之能，绝不至于对华夏有什么企图。

当然，如此大事上，能让李翊彻底安心的，还有逗留幽州的玄武卫苏渐的密报。

这位现在越来越受朝廷倚重的传奇小人物，在密报之中，替自己私交上的兄弟赌咒发誓，说他敢以身家性命担保，雷冰梵此举深谋远虑，对华夏只有利，没有弊。

至此，这件事在华夏国中算是告一段落了。光武帝提到的那位天雪皇，刚开始听说雷冰梵在星降高原大造堡垒时，还十分高兴。

雷烈心心说，这逆子果然幼稚，如此轻举妄动，华夏肯定不干，定然翻脸。

没想到在他的满心期盼中，华夏国居然没有翻脸，而是忍气吞声地沉默下来，这让等着看好戏的雷烈心十分失望。

在这段时期里，还发生了另外一些不可忽视的事。

由于天雪皇的穷兵黩武，天雪国对鄂伦“星毒灵液”的需求量越来越大。

这种情况下，鄂伦不满足于只有寒灰山脉作为炼制山场；他的提炼熔炉，开始向其他山脉蔓延。

于是天雪国中越来越多的山林被砍伐，越来越多的山场草甸被污染。

很多世代以打猎为生的猎手，失去了安身立命之所，开始向南方鄂伦势力达不到的幽州国逃亡。

这样一来，雷冰梵意外地得到了更多的山林猎手盟友，当时史书称这种现象为“冰王新立，猎户景从”。

当然，以雷冰梵的智慧，自然不会让越来越多的猎户子民只甘于打猎谋生，后来幽州国闻名于世的“神射营”，从这时开始形成了雏形。

而这当中，还发生过几次风波；当对山林的渴望和贪婪，驱使着鄂伦的门徒开始侵入幽州三城领地内的山林时，雷冰梵毫不犹豫地派出强大的雪狼骑主力攻击。

于是，新崛起的幽州王，终于用行动向世人宣明，他的底线到底在哪里。

正因为此举，新鲜出炉的幽州国，开始赢得越来越多的天雪民心。

当然，这只是明面上的。

就在幽州国成立后不久，暗地里还发生了一件惊天大事，其意义完全不亚于幽州国的成立。

在幽州立国前后，苏渐一直都留在幽州，并没有着急离开。

他这么做，倒不是想留下来看热闹，而是自从收到天宸阁暗中传递的情报后，他便一直盯着天雪国中的风吹草动，誓要揪出那个危险的隐龙客大人物。

对这件事，刚开始时他还觉得，让唐求出马，带上玄武卫的好手去追踪侦缉，已算非常重视；当唐求有了些眉目，把有关情报回报给他后，他大吃一惊，觉得自己对此事的严重性还是大大地低估了。

原来，根据唐求回报，当他们一行人使出浑身解数，追踪那个神秘女子的去向，果如苏渐所料，她最终进入了天雪城。

如果只是这样，苏渐还不至于这么吃惊，毕竟自己先前就猜想到；但唐求他们说的是，那神秘女子进了天雪城后，七拐八绕，最后竟然消失在最中央的天雪皇城中！

“竟然隐藏在皇宫?!”刚听到这个消息时，苏渐几乎不敢相信自己的耳朵。

但很快，他的眼睛就亮了起来。他觉得，自己心中原本模糊的那个想法，忽然间明朗起来了。

原来，他一直有个大胆的想法，但因为实在太过大胆，便一直压在内心里。

现在听到唐求说，疑似隐龙君的女子最终竟遁入天雪皇宫，他这个被压抑已久的猜想，重新浮现在脑海中。

他毫不犹豫地去找雷冰梵。

这时幽州国刚立，可以说是百废待兴，事事要等雷冰梵指挥；但一听说是苏渐求见，雷冰梵毫不犹豫地推掉一切事务，在内室接见了苏渐。

相见后，苏渐毫不掩饰，直截了当地把手头最新掌握的情报，原原本本地告诉了雷冰梵；并且，在最后，他还把自己那个隐秘的猜想，毫无保留地说给雷冰梵听。

听得他这番话，雷冰梵也是吃惊不小。

愣怔了片刻，他才喃喃地问道：“你是说，这疑似隐龙客最高首领隐龙君的女人，竟是那个人?”

“正是。”苏渐铿锵答道。

“那，唐求侦察的情报可靠吗? 要知道，对此女，我也早有怀疑，总觉得她如同横空出世，还能有如此能量，作为女子很是可疑。但无论如何也想不到你说的那上面去。”雷冰梵颇有些疑虑地说道。

“此事定然可靠！”苏渐斩钉截铁道，“别看唐胖子身材胖，但这几年的历练，我发现他最适合做这类追踪侦缉之事。”

“咦? 当年没看出他有这才能啊。”雷冰梵有些奇怪地说道。

“对啊，他当年——啊，我明白了！”苏渐忽地恍然大悟道，“冰梵，还别说，胖子当年，还真表现出这样的才能来了。你记不记得，他当年在灵鹫学院中，不就常年偷窥师姐师妹吗？那时积累下的丰富经验，现在就派上用场了！”

“哈，那就没错了！”雷冰梵听了忍俊不禁，果断说道，“既然能够确定，那咱就把这个人揪出来吧！”

“对！只不过，现在要劳烦你了。”苏渐郑重说道。

“咦？”雷冰梵惊讶道，“你自己不行？”

“不行。”苏渐摇头道，“如果这回目标是其他人，哪怕那人是什么名宿猛将，我也不怕，毕竟这回华夏派来帮我的，全是精兵强将。只是，现在有两个问题。”

“什么问题？”雷冰梵肃容问道。

“第一，那目标是遁入天雪皇宫，尽管我华夏玄武卫‘无孔不入’，但对你们天雪皇宫，渗透得还是不够。”苏渐老老实实地说道。

“这……”雷冰梵闻言，表情有些古怪地说道，“苏渐，你这么说，我该高兴呢，还是……”

“咳咳，这我也不瞒你，你又不是外行。”苏渐坦然道，“当下各国间，这些斥候间谍之事，哪国缺了？冰梵啊，你可别刚当幽州王，就跟兄弟装傻，可别告诉我，华夏国中没你们的缇骑卫和雪杀组潜伏。”

“好吧，”雷冰梵点点头道，“这也是常态。说回正题吧。那女子不是遁入皇宫么？没问题，我会动用雪杀组和你们一起行动。那皇宫大内，看似禁卫森严，但我跟你保证，你们做事之时，将如入无人之境。”

“那就太好了！”苏渐高兴地说道。

“不过，我有个条件。”雷冰梵话锋一转道。

“什么条件？”苏渐一愣问道。

“不准你对我那二弟下手。”雷冰梵郑重说道。

“啊？”苏渐闻言一愣，然后笑道，“没看出来啊，他都这样对你了，你还兄弟情深，真是让兄弟我佩服佩服！”

“你别嘲讽我了。”在外面冷脸铁面的新幽州王，这时在内室中，却和兄弟言笑无间，毫不掩饰道，“苏渐，你也别告诉我，说你不知道我此举的真实意图。

“我那二弟，志大才疏，表面谦恭，才华横溢，内里却极度固执自傲。现我已摆明车马，争霸天雪国，留着他，绝对比没了他更有利。”

“哈哈哈！”看着雷冰梵这样一本正经地说出这样的阴谋话，苏渐忍不住哈哈大笑，然后说道，“没想到啊没想到，我还以为就我和亚飒鬼点子多，现在一看，你可一点也不差啊。

“嗯嗯，我懂我懂，你父皇杀伐果断，一生征战四方，什么没见过；如果没你二弟拖后腿，你还真不一定斗得过他啊。”

“呵，就说你看得明白。”雷冰梵继续一本正经地说道，“所以呢，你必须留着他，毕竟我想睡得安稳些啊。对了苏渐，你可别觉得我不孝。这么多年来，我已想得很清楚，我与父皇之间，已经道不同不相为谋。父皇他现在固执己见，沿着歧途往前走。我现在反对他，反而是‘大孝’。”

“这个，我懂。”苏渐收起笑容，也郑重说道，“雷兄此举，是为大孝；只可惜你一片苦心，天下有多少人看得清？即使因为眼前利益而支持你的那些人，恐怕内心里，还是觉得你犯上作乱、忤逆不孝吧。唉，兄弟，你注定要被世人误解很多年啊。”

说到这里，苏渐已有些动容，觉得眼前的银发少年，才是当今之世最难之人。

“呵，苏渐，果然这世间，只有你是知我之人。”雷冰梵感激地看着苏渐，停了片刻，便洒脱一笑，云淡风轻地说道：“苏渐，你应该了解我。只是区区误解，于我何加焉？就如我那不肖弟弟阵前所说，‘欲成大事，至亲可杀’，我受这点误解，又算什么？不说这个了。你刚才说到，有两个问题，那除了宫禁之事，还有什么？”

“对，这第二件事，是最重要的。”苏渐神色无比认真地说道，“是这样，如果我手头情报没错，我们要揪出之人，可不是一般人物。据我所知，她很可能就是巫龙之王撒菩勒伯的亲妹，雪冽迩。”

“这！”雷冰梵神色霎时一紧，倒吸了一口冷气。

要知道，苏渐这情报，源自天宸阁；即使雷冰梵身份尊贵，也才刚刚自立为幽州王，一时还无从接触到天宸阁之事。

所以，他还是头一回听说，自己现在面对的，竟很可能是巫龙之王的妹妹!

正因如此,雷冰梵的神色变得前所未有的郑重。

他低头沉思了许久后,才抬起头,对苏渐沉声说道:“苏渐,如是她,以你手头实力,根本斗不过。不过你放心,我会以全幽州国之力来帮你。”

“那倒不用。”苏渐摇了摇头道,“你这幽州国新立,底子也薄,上回虽然大胜,却是巧胜,还利用了对方主帅的骄傲自大。现在你这么一大摊子事,可经不起折腾。”

“嗯?”雷冰梵一愣,“那你的意思是?”

“就算她是巫龙之王的妹妹,毕竟在我人境之中,也是‘强龙压不过地头蛇’,只要我等设计得当,谅她翻不出多大浪头来。到时候,你只需要支援我几个好手,保管成事。”苏渐胸有成竹地说道。

“没问题!”雷冰梵点点头道,“只要能揪出她,就算是我,到时候也可以亲自帮手的。”

“嗯。”苏渐停了停,脸上忽然浮现出一丝贼兮兮的笑容,“冰梵,相信我,按我的设计,到时候她就算不死,也得脱层皮……”

已经侦知目标,剩下的便是如何生擒活拿。但让苏渐等人始料未及的是,那目标不知道因为什么原因,这段时间竟是大门不出二门不迈,就窝在天雪皇宫中。

这一来,就给苏渐等人造成了很大的麻烦。

要知道天雪城已经是天下雄城,皇宫更是重中之重,戒备森严;想去皇宫内院抓一个位高权重的特殊人物,可谓千难万难。

面对这局面,苏渐也十分头疼。

在研究了许多可能性之后,苏渐终于明白,要完成这个使命,唯一的可能便是把她引出皇宫。

只可惜,这个目标,也同样难以达到。

冥思苦想许久之后,在某一刻,好似福至心灵,苏渐忽然心生一计,便再次去找雷冰梵。

当他跟雷冰梵简单地说出现在面临的困难后,银发皇子冥思苦想一阵,也陷入苦恼之中,只觉得一时并没有其他法子。

毕竟，现在他已与父皇交恶，业已自立为王；想引那人出宫，以前可能还有些明面上的法子，现在已经完全不行。

苏渐等了他一会儿，见他只是俯首沉思，也是毫无头绪，便适时说道：“冰梵，其实也不必苦恼。你还记不记得，当初在灵鹫学院中，我是如何引出那个连环失踪血案真凶的？”

所谓“一语惊醒梦中人”，听得苏渐此言，雷冰梵顿时眼前一亮，脱口说道：“你是说……”

话只说了一半，苏渐便点了点头：“没错，就如你想的那样。”

“没问题！”雷冰梵立即斩钉截铁应道。

他俩在说这番对话时，作为现在的国中重臣，雷华晖、昭武长风也都在一旁。

看着两人这番打哑谜般的对答，年轻的石国王子昭武长风，率先沉不住气，开口疑问道：“殿下，请恕微臣无礼，不知殿下和苏大人到底在说什么？微臣怎么一点都听不懂。”

“很简单，”苏渐对这位雷冰梵的亲信武将，十分友好，耐心解释道，“昭武兄，咱们现在想向那人动手，则必须将她引出深宫。

“只是，像这等人物，百般设计，近来却被冰梵幽州之事当头一棒，再加上那回遇到高强敌手出现，所以如果没有极强的动机，很可能一年半载都不会再出来。

“当然干等也行，但那样太被动。所以我们必须要给她一个即使怀疑，也无法拒绝的诱饵。”

“诱饵……”昭武长风迟疑片刻，忽然脱口叫道，“难道你是想让殿下当诱饵？！”

脱口叫时，刚毅的石国王子，目光投向了雷冰梵。

“嗯。”面对他询问的目光，雷冰梵缓缓地点了点头。

“我反对！”昭武长风立即叫道，“这太冒险了！殿下千金之躯，如何能让他当诱饵，蹈险地？！”

“有何不可？”雷冰梵道，“此事别说对我幽州国，对我整个人族都极为重大。我区区一个幽州王，来当这个诱饵，有何舍不得？”

“对,”这时苏渐也在一旁说道,“昭武兄,其实你的心情我也理解,因为我的心情,也和你差不多。但正如殿下所言,此事意义重大,再看天雪域中,除了雷兄,别无他人可以承担这个重任。”

“难道不能换个计策吗?”昭武长风不甘地叫道。

“不能。”这时倒是雷冰焚先开口回答,“我相信苏渐,他提出这样的建议,应该就是最后的选择。”

听他说得这么坚决,昭武长风即使还想反对,一时也不知该说什么好了。

他实在不愿雷冰焚以身犯险。

这倒不单纯是因为他把石国复国的希望寄托在雷冰焚身上,而是他跟随了雷冰焚这么久,内心中对雷冰焚已有真正的君臣之情了。

虽然内心强烈反对,见主上如此,他也不好再多说什么。愣了片刻,他只好把求救的目光,投向旁边一直沉默的大将军雷华晖身上。

作为被雷冰焚从天雪皇屠刀底下救出来的老将军,雷华晖自然和昭武长风心思一样,也不想雷冰焚冒险。现在见昭武长风投来求救的目光,他不再沉默,也开口劝了起来。

只是,才劝了两句,尤其话里话外说苏渐的想法可能不太靠谱时,就被雷冰焚截住话头:“雷叔,我相信我的兄弟。您可能还不太了解他的本事,他……”

“我懂了。”没等雷冰焚说苏渐当年的光辉事迹,雷华晖便一副理解的样子,不再劝说了。

见他如此,在场之人十分惊奇,不知道老将军怎么忽然就被说服了。

他们却不知,刚才被雷冰焚话头一勾,雷华晖就忽然想起来,上次自己刚被救到幽州,誓死“不从贼”时,就是这位小苏大人,找人冒充自己登台拜帅,弄得自己“黄泥巴掉裤裆里——不是屎也是屎”了。

一想到他连这种缺德带冒烟的主意都想得出来,雷华晖忽然对苏渐的计策,有了一种奇怪的信心。

在昭武长风失望的眼神中,雷华晖只是不咸不淡地说了句“注意安全”,便不再多说什么了。

大约就在苏渐定计的半个月后，这一日下午，天雪皇城中两个地位尊贵之人，在日影西斜时出了皇城，来到天雪城南市一家富丽堂皇的客栈中。

这家客栈，名叫“溪声客栈”；只因一条小溪绕流客栈前后，流水不息，潺潺声远，故此得名。

说起来，这条环绕客栈的无名小溪，两边多植杨柳桃李，更有野花伴溪而生，此时时节正好，花红柳绿，争奇斗艳，再听得流水潺潺淙淙，倒是耳目愉人，不愧为天雪城南市一景。

客栈的老板姓丁，也会做生意，把自家的环境优势发挥到了极致。

他曾找了几个冬烘先生，把后院各间上等客房全都取了雅名，诸如“听溪阁”“枕水榭”之类，平白就把自己的客栈拉升了一个档次。

不过即使如此，这家溪声客栈的档次，跟今天店里来的这两人的身份，却还是天差地别。

对这一点，客栈丁老板从二人非同一般的姿态举止，就有些猜出来了。

丁老板这人的好奇心也挺大，有心看看到底是什么尊贵人物，只可惜这两人全都披着斗篷，戴着罩帽，只知道是一男一女，那女的还罩了面纱，根本看不清本来面目。

不过呢，人就是这样，越是看不清真容，就越是想看清楚。

也真是“心想事成”，丁老板刚动心思，便有一阵风吹来，丁老板无意中抬头，恰看见那女子的面纱被清风一掀，面纱后的容貌，竟是集清新曼丽于一身，气质十分罕见。

本来这样更加逗引了丁老板的好奇心，但当两人中的年轻男子，拈出一只金锭递给他后，他天大的好奇心也瞬间平息下来了。

如此一来，丁老板对他们两个来这儿的目的，也就猜到了个大概。

收到沉甸甸的金锭后，他立即心领神会，给二人开了一间上好客房。

第九十八章

客栈燃情

从房间的选择,也可以看得出丁老板对这样的事已是轻车熟路。

他所选的这间客房,名为"水茗轩",乃是一间有单独小院的屋子,占据着后院风景最好的地段,位置也极为隐秘。这样的配置,简直是偷情男女的标配。

很明显他的经验起到了作用。

当他亲自将二人领到这座独立小院水茗轩时,丁老板明显感觉到,两人中无论男子还是女人,都露出满意的笑容。

当把人领进屋后,那青年男子对丁老板一挥手,故意用沙哑的嗓音说道:"老板,我和弟妹有要紧事谈,如果没我吩咐,你们不用派人来伺候了。"

"明白,明白,贵客谈事要紧。"心领神会的丁老板,煞有介事地应了两声,也就退出了院子。

看到他远去,那青年男子迫不及待地摘下罩帽,转身朝女子说道:"雪奴,你今日约我,究竟有什么事?"

"有事才能约你吗?"女子摘下面纱,赫然便是当今风头正劲的巾帼侯雪奴贵妃。

这时只见风姿绰约的贵妃娘娘,俏立房中,微嗔笑道:"冰烨,我知你勤勉,可也得张弛有度。今日我约你来此,只是散散心,并无什么事。"

"只是散心啊……"二皇子雷冰烨,语气似有些失望,但那欣喜万分的眼神，出卖了他内心的想法。

“怎么，”雪奴儿笑吟吟地看着雷冰烨道，“冰烨，陪雪奴散心，你不高兴吗？”

“高兴！高高、高兴！”急切回答之时，雷冰烨都变得有点结巴了。

“高兴就好。”见他如此，雪奴儿抿嘴一笑，“其实这么多天，奴家闷坐深宫中，也有些倦了，今天便想出来透透气。但闷坐久了，一时又不习惯人多嘈杂的热闹地界，还是这溪声客栈最好。嗯，太子殿下，这般清静，你不会嫌闷吧？”

“不会不会！”雷冰烨连忙摇手道，“清静好，清静好，多有闲情雅致呀！其实就这溪声客栈，我也是久闻其名，今日能得雪奴相邀来这里，无论待多久，我都愿意。”

“也不用太久的，只要……”雪奴儿看着窗外，欲言又止。

“嘿嘿！”对她这句话，雷冰烨明显想歪了。

他在心中替雪奴儿补足道：“是不用太久，不过我俩情投意合，就算待到明天天亮又何妨？”

原来这雷冰烨，早就对清丽不凡的雪奴儿动了不良心思；随着雪奴儿被封巾帼侯，他心中那点邪念不仅不减，反而更加炽烈了。

只不过雪奴儿毕竟是父皇的贵妃，又常在深宫，虽然他心中恶念丛生，却总找不到机会。今日雪奴儿忽然相邀，对雷冰烨来说简直喜从天降，用他当时心里的话来说，“就算外面下刀子，也得去啊”！

不过雷冰烨在雪奴儿面前，还是显得有些拘束。

雪奴儿说完刚才那半句话后，便不再说话，只是静静地看着窗外景色。

见她不说话，雷冰烨纵然心痒难熬，也只得一时端着样子，跟着她朝窗外看去。

和水茗轩的价格一样，它的各种陈设规制，也同样不俗。就拿二人眼前的窗户来说，形制是神州故国江南一带流行的湖舫式。

湖舫式的得名，来自旧杭州西子湖上的湖船。

那时候龙族还未入侵，西子湖上烟波浩渺，湖舫往来，每日里热闹非凡。

每艘西子湖舫的窗户，都做成扇面的形状；这样船中游客看向窗外时，两岸湖光山色，云烟竹树，樵子牧童，游女醉翁，尽入窗户之中，配合其形，犹如一幅天然的扇面图画。

当年西子湖船这样的湖舫式窗户，十分著名，所谓“撑一篙换一景，摇一橹变一象”，风摇水动，时时变幻，故此即使神州巨变之后，这样的窗户规制，依然传到了偏居西域的人族各国中。

他们此刻眼前的湖舫式窗户，乃是后窗，远远地正对着客栈外那条小溪。于是翠缕轻拂的杨柳、争奇斗艳的野花、匆匆往来的行人、蹄声嗒嗒的骏马，还有溪中潺潺的流水、绽放的荷花，都如一幅时时变幻的扇面图画，呈现在房中二人的眼前。

雷冰烨陪着雪奴儿，呆呆地看了一会儿景。本来雷冰烨觉得很快就能直奔主题，却发现主动邀请自己幽会的女子，竟只顾呆看窗外风景，不再跟自己说话。

见此情形，雷冰烨觉得有些奇怪。

憋得这一时，他心中的欲念也变得更加难熬了。

又强忍了一时，见女子依然默不作声，雷冰烨终于忍不住，故意挑起话头道：“不错不错，这样精美的湖舫式窗户，就算华夏新杭州，也不容易见到了。”

“哦？”雪奴儿漫不经心道，“你去过华夏国？”

“倒没有。”雷冰烨道，“只是传闻如此。不提这个，看了一会儿美景，我倒想出小诗一首。”

“诗？”雪奴儿道，“那冰烨不妨念来听听。”

“好，那我献丑了。”雷冰烨清咳一声，念道：

> 马蹄踏水乱明霞，
> 醉袖迎风受落花。
> 怪见溪童出门望，
> 鹊声先我到山家。

“不错。”雪奴儿听了，品了品，也赞道，“冰烨这诗，颇有出尘之意呀。”

“啊？”雷冰烨闻言一愣，心说道，“哎呀，对啊，这时候我吟什么出尘之诗啊？得香艳一点啊！”

还别说，以文才见长的二皇子，还颇有些诗词急智。心中这般想时，才过了片刻工夫，他便又笑道：“雪奴，这水茗轩的景致，真的太好了，勾得我诗兴大发，又有一首了。”

“又有了？”雪奴儿道，“那再吟来听听吧。”

“嗯，听好了。”雷冰烨再次清咳一声，声情并茂地念道：

杨柳青青溪水流，
莺儿调舌弄娇柔。
桃花记得题诗客，
斜倚春风笑不休。

“哦，这诗更好。”雪奴儿明显流于客套地称赞一声。

不过和表面的平和相反，她这时心里，却是冷笑一声。

她心想道：“好你个雷冰烨，果然不是好东西！先前那什么‘醉袖迎风受落花’，便有冶荡之意，本座只是装傻；没想到你变本加厉，又吟出这样一首挑逗诗来，真是令人作呕！”

心中不快之际，她又转念一想道：“也罢，谁叫本座今日想利用你来着？要不是我听说，那雷冰梵已潜入天雪城中，要来刺杀你这个皇位争夺者，本座哪耐烦约你出来，听你这酸诗？”

想到这里，雪奴儿暗自叹息一声，想道：“唉，你们人族有言，‘龙生九子，各有不同’，果然如此啊。

“就如眼前这个雷冰烨，志大才疏，虽有文名，只是虚有其表；倒是他的兄长雷冰梵，虽然冷头冷脸，胡作非为，做事却更得成。

“嗯，如果不是雷冰梵所作所为，已影响到哥哥在天雪国中的布局，成了我族大业的头号敌人，我雪冽迩还真想和他多接触接触呢。”

隐龙君雪冽迩此时心中转的念头，雷冰烨是一无所知。

可笑这位草包皇子，满脑子绮念，还以为美人青眼，正想着不伦之恋，想要求得一夕之欢，却不知道今日自己被雪奴儿约到这里来，只是作为一个鱼饵，要钓那据说专来刺杀他的雷冰梵。

一无所知之时，雷冰烨见自己连念两首诗，雪奴儿还是淡淡然，一副不为所动的样子，更加着急。

本来他二人来溪声客栈时，日头便已经向晚，经过这一番折腾，很快便日落西山，余霞满屋了。

彤红的霞光余晖，涂满了房屋的整个墙壁，也让房中的一切陈设，如同笼上一层粉红色的轻纱。

暧昧的光色，让雷冰烨的欲念更加炽烈。

旖旎的气氛里，他已经昏了头。

于是他又没话找话，强开口道："雪奴，你听听这一首如何？'宿夕不梳头，丝发被两肩。婉伸郎膝上，何处不可怜？'"

如果说当今太子的之前两首诗，还比较文雅含蓄，那现在念的这一首，按当时的尺度，已经称得上是赤裸裸的淫诗了！

雪奴儿什么人？作为巫龙之王的妹妹、隐龙客的首领，她对人族的一切典制掌故了如指掌，各方面的造诣比那些宗师宿儒还要深。

所以听雷冰烨这首诗一念出，她立即便明白这位皇子殿下动的什么心思了。

隐龙君雪洌迩，巫龙之王撒菩勒伯的亲妹妹，怎么可能看得上雷冰烨？

之前她虽有种种暧昧举动，但那只不过是因为哥哥布局人境的宏大计划，需要利用这位志大才疏的二皇子而已。

所以听得这首极其失礼的淫诗，隐龙君心中一时大怒，正要本能地惩处这不知死活的凡人，却听到窗外不远处的小溪边，传来一声不同寻常的轻微响动。

可以说这声响动，救了雷冰烨的命；雪洌迩心神一凛，立即想起此行的主要使命，便按捺住满怀恼怒，聚精会神地朝响动来源处看去。

当雪洌迩的目光看去时，只见溪边的草丛中"扑棱棱"飞出一只灰白色的水鸟，扇动着翅膀，朝远处迤逦飞去。

“哦，原来只是水鸟。”

虽然并没有看出异常，但雪冽迩心中警惕心大增，心态和刚才已有不同。

所以，虽然同样是对雷冰烨虚与委蛇，但现在雪冽迩已经渐渐变得有些不耐烦。

她不知道，虽然刚才响动是由水鸟发出，但水鸟之所以忽然飞走，还真是因为受了附近两位不速之客的惊吓。

这两人正是苏渐和雷冰梵。

他们俩作为这次陷阱的主脑，接到消息后，立即赶到溪声客栈附近，埋伏在一丛茂密的溪边芦苇里。

因为面对的很可能是隐龙君，所以他俩潜伏之际，可谓小心再小心。

按理说惊走水鸟的事情不该发生，但刚才他二人发生了一场小小的争执。

自打埋伏在外面起，他俩就一直透过浓密芦苇叶的缝隙，观察水茗轩中的动向。

虽说帝苑春深、宫闱复杂，但不管如何，顶着贵妃名头的雪奴儿，还是雷冰梵、雷冰烨两兄弟理论上的母亲。

所以，当苏渐埋伏在水茗轩外，看到雷冰烨和雪奴儿“母子幽会”时，再看看身边的雷冰梵，觉得十分尴尬。

好在雷冰梵这时一张脸依旧冷冰冰的，丝毫看不出心中有任何波动。

见他如此，苏渐渐渐地把注意力收回到正事上来。

又过了一阵子，他忽然灵机一动，在芦苇丛中，对紧挨着自己的银发少年轻声说道：“冰梵，我倒忽然想出一计。”

“何计？”雷冰梵低声相问。

“你也知道，雪奴儿很可能就是隐龙君，她的战力咱都见识过。虽然咱已布置周全，但我心里还是不踏实。”苏渐小声说道。

“所以呢？”雷冰梵转过脸看着他。

“所以我们还是要保证万无一失。”苏渐的目光投向水茗轩中，“冰梵，你看，房中你那个弟弟，又是吟诗，又是卖弄，无非想博得雪奴儿的青睐；

我忽然想到,他这骚扰,会影响雪奴儿的心境,进而影响她的战力。"

听得此言,雷冰梵顿觉有些不妙。

他忽然想到苏渐掌握的某些法技,便连忙压低声音道:"你想干什么?不要乱来啊!"

"没办法了,"苏渐嘿嘿一笑道,"此计我觉得很好,待会儿便找时机下手。毕竟'将在外,君命有所不受'嘛。"

"将在外,君命有所不受?"雷冰梵一愣,立即肃然道,"国君就在这里,苏渐,你得听我的!"

"嘿嘿,"苏渐咧嘴一笑,"我说的国君,是我的华夏国主光武帝陛下啊。"

两人争执到这里时,正好惊动了水鸟;雪冽迩的目光朝这边射来,他们俩便一齐噤声,好似什么事都没有发生过。

又过了一会儿,苏渐轻轻地抽出"血歌剑"。

芦苇丛中,只见他手抚血歌剑锋,闭目,静魂,凝神,开始在灵魂的领域中发出神秘的召唤。

心领则神会,血歌姬很快应召而来,在旁人看不见的虚空中聆听苏渐的谕旨。

当法旨颁下,身姿曼妙的血歌姬点头转身,透过血歌剑的锋芒,开始朝水茗轩的湖舫式窗户,发出"幻歌""魅歌"无形之音。

传承自太古混沌之气的魅歌与幻歌,如同无形的涟漪在空中扩散,又精准无比地投向轩窗中的雷冰烨。这是苏渐特别叮嘱的需求,因为此时还不能打草惊蛇。

当魅影幻歌自虚空中抵达,刚才还能保持清醒的雷冰烨,言谈举止风格急转直下。

这时候,他再也压抑不住心底的欲念,无法像刚才那样保持表面的含蓄和矜持。

他的两只眼睛开始充血,眼神直勾勾地盯着雪冽迩,口中忽然十分突兀地叫道:"雪奴,雪奴!你知不知道我有多喜欢你!自从宫苑蔷薇前一别,我便日日夜夜地思念你、爱恋你!你在我的心目中,就和蔷薇一样美丽!”

“嗯?”见他忽然风格大变,雪冽迩也有些吃惊。

不过一时她还没有起疑,毕竟之前已有些铺垫。

听得雷冰烨如此说,她只是淡淡回应:“你说蔷薇吗?别忘了,蔷薇可是有刺的。”

雪冽迩话中明显带着讽刺,但雷冰烨内心的邪恶欲念已被血歌幻灵激发,再也压抑不住,便好似一点都没听出来。几乎没什么停顿,他自顾自地叫道:“雪奴,我对你真是爱到骨子里。蔷薇有刺又何妨?你这么说,是怕我们的事被父皇阻挠?可我愿意为你去死!”

“呃……”雪冽迩有些无语。她一边留心屋外的动静,一边也有些愠怒地叫道:“冰烨,你我名义上毕竟是母子,如此说话,恐怕不妥。”

“这又何妨?”雷冰烨叫道,“相思已多日,日夜总煎熬,倘若今日幽会还不能表明心迹,请以雪奴之裙带缢死窗前,强如死相思也!”

说话间,已有些兽性发作的二皇子,趋步向前,开始动手动脚了。

对他这样的失态,雪冽迩也有些惊讶,不过这时她也没多想。

雷冰烨这样大失风度、毛手毛脚,本来倒不算什么,此刻却骚扰得她不能专心察看屋外的动静,于是雪冽迩就变得更不耐烦了。

心中不耐,再加上本来就对雷冰烨嗤之以鼻,雪冽迩便再也忍不住了。

“啪”的一声,打开二皇子伸过来乱摸的手,雪冽迩恼火地叫道:“雷冰烨,你就是个蠢货!还真以为我对你青眼吗?不要说你了,这里的所有人,都不过是本座的棋子和工具!”

“本座?”雷冰烨闻言一愣,不过这时候色欲攻心,也没脑子多想,继续自顾自地叫道,“雪奴,我的亲亲雪奴,我知道你是故意气我。你知道我俩的感情有悖伦常,但不要紧,真爱无敌,只要我们努力,这世上谁都不能阻止我们,连龙族都不能!”

听了他这样的话,雪冽迩又好气又好笑。

她心想,眼前这人还真是个出类拔萃的倒霉蛋,运气差到极点,连随口说出的表白,都能与事实相反。

什么叫“连龙族都不能”？他眼前的，可正是一位如假包换的正牌龙族成员啊！

心怀着轻蔑和恼怒，身份尊贵、桀骜骄蛮的隐龙君，再也不虚与委蛇了。

脾气上来时，雪洌迩看着欲火中烧的二皇子，冷笑道：“哼，雷冰烨，你以为我对你暧昧，是因为被你打动？笑话！你也不照照镜子，就算对你哥哥动心，也轮不到你啊！”

她不知道，窗外溪边芦苇丛里，黑发少年听了她这句话，立即倏地一转脸，直视身旁银发王者，丝毫不放过他脸上的任何一丝尴尬。

“你比你哥哥，真是差远了！”窗内雪洌迩继续毫不留情地损道，“你带了十万大兵，居然在小小的幽州被打得落花流水，最后还要玩什么‘假途灭虢’的把戏，侵略毫不相关的大漠国，真是‘金玉其外败絮其中’，十足十的蠢货啊！”

“不不不！”听到她骂到这里，纵使幻觉加身、色欲熏心，雷冰烨也还是无比吃惊地叫道，“雪奴，你这么说，是真心的吗？不对不对，一定是怕父皇阻挠，才这么故意骂我气我的！”

“哈哈哈！”雪洌迩一声狂笑，无情说道，“说你蠢，还真蠢，都已经说得这么明白，还不肯承认。你就是个徒有虚名的蠢蛋，不要说军国大事了，连男女情事上也蠢。好，今日本座有时间，也有心情，就多教你几句。”

“教我？”二皇子有些莫名其妙。

“怎么，难不成本座还教不了你？”雪洌迩傲然说道，“蠢货，记住了，以后不要仅看一个人表面上说什么，他的内心真实想法，往往完全相反。最真实的声音，是潜台词。

“说爱你，已准备疏离；说你才高，其实评价是草包；赞你智勇双全，其实哪个都不沾。而你如果都还信了，就证明以上一切别人的真实看法，都是对的！”

“不不不，你说的都不是真的！”已陷入疯狂的二皇子，对这些根本听不进去，双目赤红地叫道，“雪奴，我爱你，疯狂地爱你，爱你到‘山无棱、天地合，都不肯与你绝’！”

“爱我？还天地合？呵，我看不出来。”雪冽迩看着他，冷然说道，“我刚才说了，你嘴上说什么都不重要，我只看你的潜台词。”

“潜台词？我有什么潜台词？”雷冰烨莫名其妙地叫道。

“当然有。”雪冽迩冷冷道，“你这个潜台词，是通过你的眼神说出来的。

“自你我相识，自始至终，你的目光总是在我身上打转。情爱之中，固然有爱欲存在，但绝不是全部。我在你的眼里，只看到欲望；你想要做的只是对我的狎亵，你的眼看不到我的心，你看到的只是我的脸、颈、胸、腰、足、臀。所以雷冰烨，你对我不是爱，是肉欲！”

巫龙女的这番话，还真说中了二皇子的内心；即便他正色欲熏心，也不由得一愣。

但这只是暂时的。

苏渐的魅歌幻歌，已经彻底激发起他心底的欲念，他现在整个人都被疯狂的欲念控制着。雪冽迩毫不留情的话语，终于让他失去了任何理智，竟张牙舞爪地朝雪冽迩猛扑过来。

见他这样，雪冽迩十分气恼，却不欲彻底撕破脸。因为在她的心目中，雷冰烨是引诱雷冰梵落入陷阱的诱饵。

正当她左推右挡，和雷冰烨纠缠之际，她忽然听到窗外又传来一阵不寻常的响动。

雪冽迩猛然一惊，美目飞速瞥去，恰见窗外溪边芦苇丛中，飞出两道剑光火光，直朝她急速扑来！

“哎呀！”眼见危急，她再也不管不顾了，立即双手一发力，将纠缠不清的二皇子往旁边猛力一推，尔后双手急舞，霎时两道星光之链随手生发，流星般飞出窗外，堪堪迎住了那两道攻击。

虽然暂时防住，但这两道攻击，毫无疑问是苏渐和雷冰梵蓄谋已久的，其中蕴含的威力，岂是随手一挡就能彻底化解的？

当雪冽迩的星光锁链与二人飞出的火光剑光甫一接触，巫龙之女便感觉到一股磅礴的灵力顺势而来，竟似要趁机将她彻底击倒在地。

察觉此情，雪冽迩霎时一惊，立即凝神屏气，神色凝重地召唤巫龙王族特有的幻界之盾。

当然，因为苏渐二人的偷袭变起突然，雪冽迩此刻升起的幻界之盾，色泽和厚度都不够，只能说聊胜于无；苏渐和雷冰梵蓄意而为的火气和剑芒，还是倏地破盾而过，打在了雪冽迩的身上。

饶是雪冽迩功力渊深无比，被这两个看似强弩之末的攻击击中时，也还是闷哼一声，竟似灵根摇动，浑身一阵酸麻。

见得如此，雪冽迩大惊失色，便要破窗而出，全力与偷袭者战斗；没想到这时，那个被色欲冲昏了头脑的二皇子，对刚发生的一切懵然无知，刚才被雪冽迩推倒在地，也没真正受什么伤，这时爬起来，竟又毛手毛脚地扑了过来。

“哼！”见他依旧纠缠，雪冽迩气恼非常，也变得极度地不耐烦。

于是她一挥手，一道昏黄的巫龙之光应手生发，正打在了二皇子身上，霎时便让他头晕眼花；紧接着她又望空一招手，顿时窗外院中荷花池里，一根浸水多年的水沉木破水而出，无巧不巧地透窗而入，飞进房中。

水淋淋的水沉木一飞入房中，一道碧油油的光华闪过，顿时就变成了雪冽迩的模样；恰好这时二皇子晕头转向，当水沉木化成的雪冽迩迎面而来时，他张手一抱，正好抱个满怀。

这一下他大喜过望，再也不肯撒手，便在“雪贵妃”浑身上下乱摸乱啃。

丑态毕露之际，他却心花怒放，因为他突然发现，刚才推三阻四的美人儿，现在竟然百依百顺，再也不反抗了。

“终于被我伟大的爱情感动了吗？哈哈哈，太好了！雪奴宝贝儿亲亲，我来了！”

二皇子激动莫名，仿佛瞬间被巨大的幸福感击倒。他抱着“美人儿”悠悠倒下，双手在“雪奴儿”身上四处游走，唇齿上下舔咬，彻底沉浸在他的“爱情世界”里……

放下二皇子不提。当雪冽迩飞出窗外，这双方猎物与猎手的游戏，就摆到台面上了。

这时候雪冽迩还不清楚，自以为是猎手，用诱饵引诱了猎物来，但其实自己才是那个被诱饵引诱的猎物。

当她冲出水茗轩，要发狠杀死雷冰梵时，却发现，原来这位新的幽州王身边，并不止刚才那一个“火系术士”。

此刻，除了苏渐，从溪声客栈周围能够藏人的犄角旮旯，一下子冲出了十多个人！

这些人全都衣着普通，但手里握的华丽兵刃，或是双手正催发的绚烂法力光晕，却暴露出他们绝不是普通人。

他们当然不是普通人！

要知道，作为伏击者一员的唐求，纵然有“撞山野猪”的星流术在身，在他们中也只能勉强排在中游，红焰女的战力才是数一数二的。

从这样的安排上也可以看出，面对种族的大敌，雷冰梵和苏渐已经是倾其所有，毫不留手。

雪冽迩很快就意识到这一点。

虽然表面不动声色，她心里却懊恼无比，暗中自责：“怎么搞的！雪冽迩，你是不是在猪狗国度待太久了？这样的陷阱都没看出来！”

心中自责，她口中却怒叫道：“猪狗凡人，还想围捕本座？今天，你们都得死！”

恚怒之际，隐龙君出手更加狠辣；虽然这时还存了隐藏身份的心思，并没有施展出她特有的死光螺旋、锁天星链的绝技，但手中已是异彩急闪，各种巫龙族的强力秘技随手挥发，誓要将眼前的伏击者一举歼灭。

对她这样的反应和作为，雷冰梵等人在来之前，早就研究考虑得极为透彻了。因此纵然隐龙君发狠，一时间他们也没受到重创。

隐龙君威力强大，纵然有充足的思想准备，一旦她出手，还是有四五个伏击者瞬间受了伤。

就连唐求，也只在一个照面之际，就被隐龙君一道“紫炎巫火”给扫中左臂，霎时他整个左臂如同麻痹，软绵绵地垂下，一时再也用不上丝毫力气。

唐求至今也算身经百战，何曾遇到过这样的强敌？才一个照面，就让他一条手臂如同瘫痪，这简直骇人听闻！

要知道，唐求的名头虽然不及苏渐，但在华夏国中，也是举国敬仰的星流术高手啊。

见此情形，众人顿觉不妙。这时候根本不用他们怎么商量，每个人都立即由自己做出了最明智的判断——这也不奇怪，这些人放到平时，都是独当一面、统领众人的大豪啊。

这些精英中的精英，一看到雪冽迩战力强横如斯，立即如同约好了一般，奋不顾身地向前冲锋，要用血肉之躯生生扛下雪冽迩的攻击，然后通过近战肉搏群攻将她拿下。

不得不说，他们的判断和应对极其明智；刚才就这第一轮的出手，就彰显出雪冽迩的远程法术攻击，迅疾强大得超乎想象。

这种情况下，哪怕他们人再多，只要在一丈距离之外，都等同于集体自杀。

因而他们奋不顾身地冲近雪冽迩。

当然这样意味着更大的风险和伤亡，但相比离得远远的“集体自杀”，他们还有其他更好的选择吗？

他们不顾性命地扑近，伴随着几声凄厉的嚎叫，转眼就有两个高手被巫龙之术击中，魂飞魄散。

耳中听着同伴垂死的哀嚎，众人尽皆心惊，但此刻已经别无选择，他们只能一往无前。

终于，拼着两条人命和多人受伤的代价，以苏渐为首的伏击者们，终于快冲到雪冽迩周围方圆一丈以内。

这时候雷冰梵并不在冲锋人群中，杀隐龙君固然要紧，但他这幽州国新君王的性命，也同样宝贵。

乱战之中，嗜武好斗的幽州王，也默认了这样的抉择。此刻他银发飘风，手执快雪时晴剑，立在众人之后，只等隐龙君万一突出重围，由他来补上致命的一击。

终于，众人扑近了隐龙君。

虽然人群外的幽州王，还在等待着那个“万一”，但几乎所有扑到近前的高手们，都确信今日之事已定。

高手之所以是高手，就是因为他们经历过太多次生死搏击，对瞬息万变的战局，有近乎本能的明智判断。

此刻攻击战团中的所有人，都被自己的直觉告知，垓心的隐龙君，如果还能逃过一劫，那简直有鬼了。

但他们还是太过低估了敌手的实力。

在他们以往的所有经历中，都没碰到过这样的情况：

敌手的实力，相比自己，已经不是数量上的差距，而是量级上的距离。

所以，当他们身如疾电般扑近合围之时，没想到隐龙君不惊反笑，嘴角流露出一丝诡秘的笑意。

“不好！”苏渐眼尖，最先察觉出这缕诡笑，顿时他的战斗本能瞬间发动，立时就想往后跑。

但攻防转换哪这么容易？

刚才完美无缺的集体合围，这时候终于显示其成果来，十多个高手精确有序地冲向了隐龙君，要和她近身肉搏。

这样的状态，本来对攻击一方而言，近乎完美；也只有这样，才能最大限度地发挥出围攻的威力，同时也最大限度地避免相互间的误伤。

只可惜，这种发乎本能的完美围攻序列，这时候忽然变成一种可笑的存在！

就在隐龙君嘴角诡笑升起时，她那本来色泽清淡的护身光盾，忽然出现了多种色彩，还飞速地旋转起来。

迅速扑近的攻击者，还没意识到五彩旋光的含义，便一头扎进了光盾里。

冲得最快的苏渐，头一个撞入了光盾之中。

他手执血歌剑，剑尖向前，想要刺破隐龙君护身之盾后，再顺势前冲，将她重创。

当他冲进五彩光盾之后，他也没感觉到有什么异常，依旧剑尖朝前，顺势猛力刺去。

“难道……要得手了？”感觉没什么异常的苏渐，心中还升起了一丝喜悦之情。

只是当他的目光，无意中顺着剑锋的方向看去时，吓得差点魂飞魄散！

原来苏渐赫然发现，血歌剑剑锋指处哪还是雪冽迩？分明是原本站在后方压阵的雷冰梵！

那雷冰梵，眼见苏渐倏然出现在眼前，还执剑奋力刺来，他也十分愕然。

看着老友的剑锋耀目而来，竟似是生死一击，雷冰梵大骇之下，也来不及多想，快雪时晴剑立即闪耀如电，"锵"的一声将血歌剑锋从眼前荡开——

也幸亏雷冰梵是绝世剑术高手，否则以刚才苏渐倏然出现，剑锋又是泼了命般地刺来，若换了别人，哪还躲得过？早被刺了个对穿了！

饶是如此，苏渐刚才的剑锋，最近处也几乎触及雷冰梵的鼻梁了。

雷冰梵这一惊非同小可，简直浑身冷汗。

他一时也来不及反应，立即朝少年大怒吼道："苏渐你疯了？你想杀我?!"

即使以雷冰梵和苏渐的交情，也让他在这一瞬间，疑心苏渐要来杀他，可想而知刚才的情形有多凶险紧张。

这时候，苏渐也惊惧非常，完全不知道怎么会这样。

面对雷冰梵的怒吼，他有心想解释，但很快他就发现，已经不用自己解释了。

原来，刚才和他一起围攻隐龙君的高手们，几乎全都和他一样，撞进五彩飞旋的光盾时，不知怎么竟忽然都出现在其他地方；如果只是简单的位移也就罢了，他们还往往呈现两两对攻的姿态。

要知道，刚才他们可都是拼了全力，要击杀隐龙君；此时忽然位移，还换了对象，后果可想而知。

并不是所有人都像雷冰梵那样反应迅疾。于是霎时间，惨叫连连，这些选了又选的精英大豪，瞬间又互相刺死了六人！

于是本来十五个精心挑选的伏击高手，不到片刻的工夫，就已经只剩下七人！

场中的攻防，也随之瞬间转换，猎手和猎物的关系霎时逆转。

几乎没有任何犹豫，以雷冰梵和苏渐为首，这七个幸存者立即飞身而起，各展星流术，划空而过，在天雪城的上空向远方遁去。

这时隐龙君雪冽迩倒变得绝对安全，但她哪咽得下这口气？

别的不说，为了一个失败的计谋，她忍受了二皇子这种蠢货的调戏，这让她完全接受不了。

怀着对敌人的愤怒和对自己的责备，隐龙君飞身而起，身后舒展紫气氤氲的巫龙之翼，朝雷冰梵和苏渐等人飞遁的方向紧追不舍。

她这时候心里也有数了。

她知道，自己虽然碍于场合，不方便尽情施展出她的撒手锏“死光螺旋”“锁天星链”，但刚才只是结合了“镜影旋光”的幻界之盾，就已经让这些伏击者晕头转向，死伤惨重。

这一来，她便知道，这些蝼蚁猪狗般的人族，力量果然太过孱弱，不用她使出绝技，就可以轻易地将这些可怜虫尽数杀死。

弄清楚这一点，隐龙君今日如何肯善罢甘休？

第九十九章

相思成木

虽然整件事情的开始阶段，她落入了敌人的陷阱中；但此时想想，所谓“一力破十巧”，被对方计策所骗又如何？结果还不是一样！

对兄长大计大有阻碍的雷冰梵，现在还不一样落在她的视野中？别看他此时跑得欢，难不成他还能逃出她隐龙君的手掌心？

当雪冽迩的巫龙之翼，带着风雷之音扇动在天雪城的上空中时，整件事就彻底闹大了。

这时候，不仅苏渐和雷冰梵预先安排的高手，在他俩逃窜的路线上不断地飞起阻击隐龙君；那些在天雪城各处堡垒要隘中值守的天雪将士，也发现了异常。

“怎么会有龙族人出现在都城？”所有看到隐龙君划空而过的天雪军，全都心中骇然。

隐龙君飞过的这一路，所有的敌楼都响起了急促的梆子锣鼓声，无数强弓硬弩迅速就位，抬高瞄准，很快便朝隐龙君激射而去。

但人间的常规箭弩，如何能伤得隐龙君分毫？都不用她出手，缭绕身周的幻界之盾，再次显现出诡秘强大的威力。

望空激射的箭弩，不少被无形的光焰焚毁，剩下的经过镜光幻界的转换，全都掉转了方向，有些朝发射者射去，更多的则完全无序，朝天雪城街市中的行人射去。

一时间，街道市井中惨呼连连，天雪城强大的防城弓弩没有射中强敌，却给自己的军民造成了重大的伤亡。

见得如此，雷冰梵和苏渐等人愤怒之余，也心中大骇，觉得自己终究还是低估了隐龙君的威能。

除了常规的弓弩，隐龙君追击的这一路，还不断飞起天雪国的星流术高手。

于是，多少年平静无事的不落王都白玉城上空，霎时间就变得热闹非凡。

箭矢乱飞之中，各种神幻瑰丽的星流化形不断掠空而过，有些在前面逃，有些在后面追，中间则是展着巨大巫龙之翼的隐龙君，在不世雄城的上方如同梦魇般飞过。

如果不是天雪城防军的力量，光靠雷冰梵和苏渐预先布置的人力，此刻要阻止隐龙君的追击，几乎不太可能。

但隐龙君不是一般人物，她一心追击起来，即使有天雪军的帮忙，雷冰梵和苏渐也很难逃脱。

很快，隐龙君雪冽迩甩脱了各种干扰，追到了苏渐二人身后不到一丈的地方。

这样近的距离，还是一对二的比例，别说苏渐二人逃到现在星流灵力已快枯竭，就算星流术正在盛时，也完全无法阻挡隐龙君的致命一击。

察觉出这一点，苏渐毫不犹豫地对并肩飞翔的银发少年叫道："你快走！"

只是短短的三个字，已经表达出一切感情。

苏渐的"神焰朱雀"星流术本来就是飞禽类星流术，其"千羽幻光翼"要比雷冰梵"寒冰奔狼"的"风狼之翼"快得多。刚才两人并肩飞行，已经是苏渐故意拖后的结果。

"你快走"三字刚叫出口，隐龙君一道幻系分身斩望空劈来，其势若奔雷，矛头直指雷冰梵。

和速度还有余裕的苏渐不同，已经竭尽全力飞翔的雷冰梵，此刻已是避无可避。

感知到这一点，他两眼一闭，心说："我命休矣！苏渐我们来世再做兄弟。”

刚转过这个念头，他便听得“嘭”的一声响，分明是分身斩击中的声音，自己却感觉不到丝毫的疼痛。

他立即觉得不对，睁眼回头一看，恰见到一个类似雪冽迩的分身斩幻影，正余势未尽，从苏渐身躯中穿身而过。

被幻系分身斩击中，已是痛苦非常，更何况还是透身而过！

虽说不同于实体的攻击，但幻系法术自有其独特之处。现在穿身而过，无疑如同给苏渐的神魂犁了一遍、锄了一回，那痛楚并不比实际的创伤小。

“不——”雷冰梵悲呼出声，正要上前拉苏渐一把，没想到这时候，他竟看到一副匪夷所思的场景：

飞行明显占优势的苏渐，受了这记重创之后，不仅不想办法逃掉，反而掉转了方向，朝隐龙君迎面飞去。

苏渐此举，无异于自杀。

雷冰梵见状立即双目赤红，叫道：“苏渐，不要！”

刚说出阻止的话儿，他忽然想到，自家这位兄弟虽然平时嬉笑怒骂，内心却着实坚韧；一旦他做出决定，就连九头牛都拉不回来。

所以，深知少年禀性的幽州少年王，不再啰唆，而是立即吼了一声：“我来助你！”

说话间，他便要掉转方向，要和苏渐并肩作战。

但这时，他听到少年暴吼一声：“滚！快滚！”

听到这一声并不友好的吼叫，雷冰梵眼中竟渗出泪来。

感知到他还在犹豫，苏渐又是一声大吼：“你不走，是要我白死吗？！”

听他吼出这句话，雷冰梵心中一凛，不再犹豫，抹了抹眼角的泪水，一催风狼之翼，继续朝前方飞逃而去。

飞逃之时，雷冰梵心中剩下的，只是无尽的痛苦和后悔。

表面冷冽，内心从来都是智珠在握的银发王者，从没有像现在这般绝望和无助。

他痛恨自己，还是低估了隐龙君的实力，让自家的兄弟，落得这么个悲惨的下场。

在一片血色的视野里，他暗下决心，日后哪怕江山不要，也一定要帮苏渐报这个仇。

对他二人这一番生离死别的互动，作为追击者，隐龙君只是冷眼旁观。

看见雷冰梵终于挥泪离去，隐龙君满脸轻蔑，阴恻恻地笑道："还想逃？做梦。今儿，你们一个都别想跑！"

冷笑之时，她右手望空一抓，顿时凝出一条星光螺旋，如同飞旋的长鞭，一扬之下朝苏渐猛力抽来。

巫龙之王亲妹的"死光螺旋"霸道狠辣，威力无穷，即使在龙境之中，也是让龙族勇士闻风丧胆。这时它近距离地朝苏渐抽来，挟带着风雷之音，让少年避无可避。

情势危急之下，苏渐也不肯坐以待毙；他右手血歌剑剑芒飞闪，左手瞬间凝出"烈凰神矛"，仗剑执矛，和身扑向强敌。

他这架势，竟似要和隐龙君同归于尽！

见他如此，隐龙君不由得冷笑一声，心想："蠢货，难道你忘了本座的幻界光盾？就算你不死，撞上我的光盾，也不知道要飞到哪儿去！"

隐龙君的想法很有道理，但对苏渐来说，很不幸，他没有其他任何选择；为了帮雷冰梵争取片刻的宝贵逃生时间，他已经决心牺牲自己。

带着必死的信念，他也在祈祷，祈祷自己这么多年淬炼的武技，以及对上苍的虔诚，能让自己这自杀式的攻击，可以穿透隐龙君诡秘的五彩护盾；这样的话，尽管不能杀死隐龙君，至少也能伤了她的皮毛，能给雷冰梵多争取一点逃生时间，让他多一分活下来的可能。

奋不顾身之时，苏渐已经没有其他杂念，但心底还是升起一丝悲伤。

他悲伤自己还是青春年华却要血溅苍天；他更悲伤自己还没完成志愿、拯救爱人，却即将在这一刻归于黄土风尘。

不知是这样义无反顾的决绝，还是那无法消解的悲伤，忽触动冥冥中一抹精魂。

别忘了，少年胸前的星降之链中，还有一缕纯洁如月华的灵魂沉眠。

这一刻，这缕魂魄忽然也无比悲伤。在和少年悲伤的心境共鸣时，她也在星光缭乱的水色虚空中，满面泪流。

“苏渐……苏渐……”伴随着这声深情而哀婉的呼唤，星降之链忽然闪耀起璀璨的光华。

虽然只是胸前一点星钻，但那一瞬间迸发的璀丽光芒，霎时便盖过了隐龙君五彩流转的护盾之光。

无巧不巧，正是苏渐怀着必死之心撞向光盾之时。

当然，这一切都发生在细微之间，隐龙君根本看不出眼前的流光溢彩有什么变化，只感觉到那少年撞进了光盾中。

“傻瓜，哈哈——”隐龙君自信傲慢地脱口嘲笑。

但还未笑完，就戛然而止。

当隐龙君再次反应过来时，正看到血歌剑扎入自己右胸的场景。

最开始时，她根本不敢相信，本能地一掌击飞少年后，直愣了片刻，才发出一声凄厉无比的惨嚎！

“赢、了……”连同血歌剑一起被劈落地上的少年，看着同样从空中落下的女子，口中艰难地吐出这两个字。

这时雷冰梵也早已力竭，星流光辉瞬间熄灭，也一同落到地上来。

纵然大家都好似油尽灯枯，但苏渐和雷冰梵，还是一步步地朝雪冽弥坠落的地方走去。

刚才因为划空飞翔，这时三人所处之地，已是天雪城郊一个荒僻之所；虽然远处传来天雪军兵的大呼小叫，但一时还来不及赶到近前。

即使如此，苏渐和雷冰梵相视一眼，也从对方眼中看出了活捉隐龙君的信心。

一百步、五十步、三十步……

落日余晖中，他俩携手前行，离隐龙君的距离越来越近。

他们的心，也跳得越来越剧烈。

纵然觉得如同瓮中捉鳖，稳操胜券，但对方毕竟是巫龙之王的亲妹、神龙见首不见尾的隐龙君。

有时候，越是担心什么，就越来什么。

当他们离得就差十几步距离，已经准备拼尽全部剩余力气飞扑过去时，苏渐和雷冰梵惊异地看到，隐龙君胸前那道明显的创口，竟然正在以肉眼可见的速度愈合！

“不好！”苏渐和雷冰梵见状，不约而同地加紧脚步朝那边冲去。

很可惜，根本不等他们冲到近前，伤口飞速痊愈的隐龙君，已经再次展开巫龙之翼，飞升到半空中了。

一见如此，苏渐二人便知活捉已不可能，说不定还自身难保。

他们立即停住脚步，仗剑向天，满怀戒备。

见他们如临大敌，已飞临空中的雪冽迩，给他们投来一个妩媚而阴险的眼神。

“少年，”她的目光投向了苏渐，用娇媚却阴冷的声音说道，“忽然想起来，你背叛了你师父后，他已经对你们有过预言。他已经看到了你们悲惨的未来。”

“嗯，那个预言啊……我懂了。”雪冽迩一副若有所思的样子，沉默了一小会儿，忽然间“咯咯咯”地笑了起来。

“那我们不用等太久了，”雪冽迩在空中俯视叫道，“很快我们会在荆棘的荒野中相会；到那时老友相逢，必端起白骨的酒杯，满斟鲜血的美酒，庆祝你我的再会！”

说到这里，雪冽迩猛一龇牙，脸色如毒蛇般凶狠，再往前猛地一个俯冲，似是要扑噬苏渐二人。

就在这时，一直隐隐约约的喊杀之声，变得越来越响，越来越近。

见得如此，雪冽迩点一点头，嘟囔了一句“果然预言如此”，便带着一脸的遗憾，振翅高飞，飞向了北方荒原上方邈远的天空，很快便消失在茫茫的夕霞云海之中了……

见她远逝，苏渐和雷冰梵二人怔立原地，许久无语。

就在由远而近的喊杀声中，最先跑到近前的，和苏渐猜想的一样，还是自己人。

看着唐求、红焰女、昭武长风等熟悉的面容，刚才一直吊着一口气的苏渐和雷冰梵，一下子就坐倒在地。

见他们如此，唐求等人连忙围成了一圈，兵刃向外，为他二人护法。

运功回复了一阵后，苏渐和雷冰梵也就再次站起。

随着身体的恢复，苏渐的神智也变得更加清醒。

这时他再想起雪冽迩刚才临别前的话语，仔细咀嚼其中的隐喻，忽然间变得不寒而栗。

不过，在唐求等人惊讶的目光中，苏渐很快又豪情满怀。

只见他仗剑挺立，仰望着雪冽迩飞逝的天空，大声叫道："隐龙君，我等着你！我苏渐能打败你第一次，就能打败你第二次！荆棘丛？白骨杯？鲜血酒？希望你我再会的时间，不要等太久！"

虽说除了雷冰梵，其他人不太明白苏渐话中的含意，但他话语间传递出来的强大壮志豪情，还是感染了众人。

黄昏落日里，苏渐、雷冰梵、唐求、红焰女、昭武长风，在落日余晖中相视而笑。

此情此景，似曾相识。

触景生情，苏渐和雷冰梵、唐求，不约而同地想起当年京华的长街上，也是有几人，在如血的残阳里一起踏歌长行。

只可惜今时今日，已少一人；当年浴血长歌的四人，已有一位走上迥然不同的道路，说不定异日相逢，已是仇敌。

一念及此，夕阳中豪情满怀的三人，不禁有些黯然伤神。正是：

琴剑飘零西复东，
旧游清兴几时同？
机心难共沙鸥静，
惟有家山在梦中。

天雪城中差点天翻地覆之时，溪声客栈的水茗轩中，却还是另一幅景象。

平日俊美儒雅的二皇子，这时候却丑态百出，抱着雪冽迩模样的美人乱摸乱啃。

水茗轩外的日光，从明亮变黯淡。

最后，房中漆黑一片，只余些星月的清辉。

多日的相思，一朝成为现实，让雷冰烨忘了时光的流逝。

忘我的状态一直持续，直到深夜之时，紧闭的水茗轩房门忽然被人一脚踢开！

“冰烨！”忽然闯入之人，焦急大叫一声。

只是短短的两个字，饱含了激动、焦虑和惊喜；只是，当这人身后紧随的武士，将手中火把照向房中时，这人的神情从惊喜变成了愕然，最后一脸愤怒！

“烨儿，你在干什么?！我的雪奴爱妃呢?！”来人忍不住怒吼一声，神色又气又急。

不用说，此时闯入水茗轩的，正是当今的天雪皇帝雷烈心。

天雪城中闹出这么大的事，雷烈心一直忙着布置防务，着手追击，一时没来得及细细纠察此事。

当尘埃落定，无奈地看到那些龙族和乱党都跑了时，雷烈心这才有时间细细查问皇太子的去处。

这一查不要紧，雷烈心惊恐地发现，今天早些时候，自己的爱妃和太子一起，竟去了事发源头的溪声客栈附近。

这时候雷烈心还没多想，毕竟自己这位爱妃很特殊，乃是智慧与美貌双绝的巾帼侯，自己的皇太子也是温文尔雅，知书达理，不怕出什么秽乱宫闱的事情。所以，得知他俩结伴出去后，雷烈心觉得他们应该是去体察民情，商议国家大事。

怀着这样美好的愿望，当他一番探察后，踢开水茗轩房门时，没想到看到的是这么一幕不堪入目的场景。

不过，雷烈心毕竟是称雄北方的大帝。即使遭遇极度惊怔，他很快便平复了情绪，转身朝身后随从们挥手说道：“你们在外等候。太子殿下他可能中了邪术，待朕亲自解除。”

听他这么说，身后那些御林武士，神色毫不波动，立即安静无比地退到院落里，占据各个方位，替皇帝父子二人警戒。

经过这一番喧闹，刚才紧紧抱着“美人”的雷冰烨，也吓得清醒了过来。

这时雷烈心已经点亮了桌上的油灯，雷冰烨刚才听声音还有些恍惚，这时借着灯光一看，正是自己的父皇到来，一下子便吓得魂不附体。

“父、父皇……我、我……我和雪贵妃娘娘……”可想而知，雷冰烨此刻可能已经成了世上最煎熬的人。

他这时已经从幻觉中醒来，心里十分明白，刚才自己那番丑态，已经全被父皇看在眼里——这事情意味着什么，连傻子都知道，所以口角嗫嚅之际，他心中各种情绪纷至沓来，惊悔交加之余，他的心头甚至闪过了弑父的疯狂念头。

正当心中恶念蓬勃时，他却听父皇恼道：“烨儿，你还记得雪贵妃娘娘？只顾在这里和什么娼妓鬼混！我问你，雪贵妃去哪儿了？”

“呃？娼妓？”雷冰烨一愣，心中满是疑惑。他悄悄地侧过脸一瞥，却见倚在床沿边的“雪贵妃”，模样儿竟和最开始有了鲜明的差别，灯下看时，简直判若两人。

“怎么会这样？”雷冰烨心中震惊不已。

他却不知，雪冽迩用的是幻术，虽然最开始模拟得像雪冽迩自己，但随着时间的推移，灵力逐渐流失，这房中的美人，早已面目全非。

见此情景，雷冰烨先是惊惧，转而狂喜，心中谢过了诸菩萨，忙不迭涕泪交加地叫道：“父皇父皇！娘娘的下落，儿臣不知！”

“不知？你——”雷烈心刚要愤怒，但忽然不知看到了什么，一双虎眼猛然睁大，神色骤变，仿佛看见了什么奇诡的事物。

见他如此，雷冰烨本能地一惊，顺着雷烈心的目光一看，顿时吓得魂不附体！

原来，刚刚还好好的那个“美女”，这时候忽然变成了一段枯柳木！

如果是正常的枯柳木还好，偏偏这根柳木是浸水多年的水沉木，身上全是黑洞洞的腐烂窟窿，还布满了肮脏的苔藓，样子十分可怖。

刚才一直冷静应对的二皇子，看到这根水沉木的黑窟窿时，不知道想起了什么，顿时凄惨地大叫一声，倒地不醒。

面对这样奇诡的场面，雷烈心反而冷静下来。他随手一挥，掌心火应声飞出，点亮了房中其余两盏油灯。

借着灯光，他仔细地端详枯木，又回头看看儿子，这才发现，自己儿子的下身衣物已除，下体完全裸露，上面还留有青黑色的苔痕。

看看儿子的下身，再看看青苔遍体的水沉枯木，雷烈心勃然大怒之余，心中也生出一丝惶恐。

他很快拿起桌上一盆冷水，朝昏倒在地的雷冰烨头上一浇。

被冷水浇醒的太子，还有些神思恍惚；正神思悠悠之际，他听到父皇的声音幽幽传来："烨儿，今日之事，我不怪你。你显然是被人陷害了。但你再想想，雪贵妃娘娘到底去哪里了。"

"好……"这时候，雷冰烨也冷静了下来。

他能冷静，除了这盆凉水的功劳，最重要的是，他从父皇的话里话外，听出来不仅自己的罪行没有败露，在父皇的眼中自己竟然还是个受害者。

皇太子雷冰烨，一直都是聪慧之人，眼前的形势发展到这时，怎么会难倒他？看了看威严的父皇脸色，雷冰烨想了一会儿，眼中忽然流下泪来。

"父皇、父皇……儿臣没用。"雷冰烨哽咽说道，"今天贵妃娘娘约我出来，说想跟我请教大漠国的风土人情，这样她看看能不能在攻略大漠国之事上，帮忙出出什么主意。

"没想到，我们两个刚路过这家客栈，就如同不能自主，懵懵懂懂地就要了这间水茗轩——哦不对，这间水茗轩，是我要的，当时贵妃娘娘就在院中赏花。

"当时我推开了房门，便见一个美貌女子在房中，对儿臣嫣然含笑。"雷冰烨继续说道，"父皇，儿臣真是知书达理之人，但当时不知道为什么，就觉得这个美人儿风情万种，自己整个人都欲念丛生，难以自控。

"我看了一眼美人，又回头看了一眼院子里，恰见到一群蒙面黑衣人，把贵妃娘娘掳走了——父皇恕罪，当时儿臣如同被下了咒、发了魔，看到这样大逆不道的情景，竟然毫不动容！眼睁睁看着贵妃娘娘被掳走，我心中没有一丝波动，平静地转身进了房。

"之后我便如梦如迷，幻象丛生。等再清醒过来时，便看到父皇您破门而入了——烨儿、烨儿真不知道发生了什么啊！烨儿万死，烨儿万死！”

说到这里时，雷冰烨已是泪流满面。他不断地手舞足蹈，状若疯狂，显得十分痛悔，几乎有些难以自控了。

“唉。”看见他这样子，雷烈心叹息一声，摆了摆手道，“烨儿不必自责，你是被人陷害，何来万死？”

“那……究竟是什么人陷害的？贵妃娘娘被抓去哪儿了呢？”雷冰烨装作一脸急切地问道。

“朕也不知。”雷烈心道，“看起来像龙族，不过在此域中，与我敌对之人，数不胜数。大漠、幽州，甚至华夏……烨儿，此事你不用管了，明日起便安心静养，一切事体，父皇自有主张。”

说到这里，雷烈心看向窗外那些肃立的御林武士，像跟雷冰烨说，又像告诉自己：“雪贵妃娘娘，是父皇一生的挚爱；哪怕付出天大的代价，我也会找到她！”

“嗯……”听着父皇这么说，已经什么都想起来的雷冰烨，忽然陷入无比的不安中。

他有心提醒父皇，那雪贵妃曾跟自己大发狂言，说视所有人为工具和棋子；刚才幻化为美女的水沉木，十有八九也是她所为。

想到这些事，他嘴角动了动，但终究还是什么都没说。毕竟刚才自己有了那一番说辞，现在还能再说什么呢？

这时候，他的内心，除了愤恨和后悔，还增添了无限的恐惧。

“雪贵妃究竟是什么人？她到底去哪儿了？”

想到这里，雷冰烨只觉得浑身虚弱，平地一个趔趄，差点摔倒。

看见他这一副张口结舌、手足无措的模样，雷烈心还以为他没能完全从刚才的事情中平静下来。于是他走过来，拍拍雷冰烨的肩膀，示意万事有他在，不必惊慌。

不过安慰皇太子时，天雪皇雷烈心的心头，不知不觉地也闪过一丝后悔。

看着窗外深沉的夜色，雷烈心忽然觉得，自己对另一个皇子的恼恨感情，更像是因为，那个雷冰梵，竟好像对自己能给他的江山不屑一顾，处处唱反调，总摆出一副他要自己去打江山的模样。

念及此情，雄霸北方大地的一代雄主，忍不住一声长叹。

再说苏渐。助幽州立国，搅动天雪城，赶跑巫龙之王的亲妹，苏渐在天雪国中的这一番“闯祸”，委实不小。

当初唐求带着光武帝的谕令，说本来以苏渐在魔语海渊的功绩，完全能平地一声雷，封为八等“公乘”之爵；因为皇上“预感”到他将在天雪国中闯一番大祸，因此预先连降七级，变为最低一级的“公士”爵位。

光武帝这样的说辞，带着些戏谑；当时苏渐还觉得，闯什么样的祸，才能连降七级这么多？但当赶跑雪冽迩，回到幽州城中闭门总结时，苏渐觉得，英明神武的光武帝陛下，还是低估了他的捣蛋能力。

苏渐以前对那个“孤胆屠龙”的外号还有点不好意思接受；现在想想，还是赶紧承认了吧，照这么下去，万一有人给他改一改，叫成“孤胆灾星”，那可大大不美了！

对苏渐和华夏国而言，无论雷烈心还是雷冰烨，其实都只是常规上的敌人；真正可怕的敌手，乃是那位巫龙之王的亲妹、隐龙客的首领巨擘雪冽迩。

现在雪冽迩已经被赶跑，天雪国中便无什么大事，因此苏渐也不多耽搁，跟雷冰梵简单辞行后，便带着唐求、红焰女和一众玄武卫部属，回华夏国去了。

值此别离之际，冷头冷脸的雷冰梵，依旧保持了他的一贯做派。

虽然心中万般不舍，明里他却只送出自己的府门；但紧接着，他就颁下谕旨，以“视察星降高原兴修水利事”的名义，一路迤逦，足足陪苏渐一行越过了星降高原幽州国的这一侧，才寡言少语地跟他告别。

见此情景，唐求和红焰女就不必说了，其他对苏渐不太了解的玄武卫好手们，全都暗自吃惊。在此之前，都是一连串的大事，他们看到的只是雷冰梵和苏渐之间的公事公办；现在临别之际，他们终于发现了冷傲幽州王的另一面。

眼见得前途无限的幽州新王，竟对一个小小的华夏铜徽卫这样难舍难离，任谁都会惊羡不已。之前他们都觉得，虽然苏渐身上加着些杂牌将军、低等爵位的称号，但实际就是个玄武卫的铜徽卫。

他们这样的人久经公门，最为现实；别看苏渐现在号称被大统领看重，传闻还入了天子的眼，但“眼见为实，耳听为虚”，苏渐名号再响，不也就是个铜徽卫？扯那么多虚的没用，谁谁谁看重，谁不会吹？“至今还是铜徽卫”，就说明了一切。

所以，虽然这些人敬重苏渐的办事能力，但因为这些世俗的认知，他们对苏渐并没有真正重视。但现在，他们的态度一下子就转变过来了。

当然，转变之余，这些老江湖也觉得奇怪：苏渐有这么一棵大树可以依靠，为什么还要当一个小小的铜徽卫？这真是匪夷所思。

有个别联想丰富的玄武卫武士，突然还想到，莫非这位破坏力巨大、为人贼精的少年上司，暗地里并不看好幽州国的未来？

不管如何，苏渐在这些玄武卫同袍的心目中，真正变得有些高深莫测起来。

所以，当他们这行人越过星降高原，苏渐忽然下令要绕道人龙边境寂灭林一行时，玄武卫部属没有一人表示疑议。

对苏渐为何拐弯路过寂灭林，这一行三四十个人的队伍里，可能只有唐求一人真正理解。

当苏渐站在阴风森森的寂灭林前，发出多愁善感的叹息时，那红焰女便忍不住了，问道：“苏哥哥，这寂灭林，听说是大凶之地，你怎么特地拐过来，还这般感慨？”

听她之言，苏渐转过脸来，看了她一眼，又扫了扫众人。他发现除唐求之外，几乎所有人都一脸疑惑，便叹息一声，说道：“你们是不是觉得，我苏渐作为同龄人，本事还挺大的？”

众人听得此言，不明其意，但都真心地点了点头。

“哈，看来你们都这么看。”苏渐仰天笑了一声，神色却有些落寞。

停了片刻，他才忧伤地说道：“你们都觉得我还算厉害，可你们不知道，在六年多前，有一个比我厉害得多的年轻人，却在这里死去了。

“他叫萧宁，出身于屠龙学院，二十出头的年纪，就成了青龙军团的校尉——你们都想得到，这得有多厉害！”

“厉害！确实厉害！”认真倾听的玄武卫武士们，纷纷惊叹。在他们的心目中，青龙军的一个实权校尉，可比玄武铜徽卫强多了。

“可是，”苏渐话锋一转道，“那一天，他带着青龙军的精锐，还有七八位星流武士，就来你们眼前的寂灭林执行伏击任务。那次我作为传讯的耳目，也随之同行。

“你们别看我今天好似威风凛凛，可那时在萧宁萧大哥的眼里，我这个玄武卫的小杂役，根本如同一粒尘埃、一只蝼蚁。

“可就是当时我这样蝼蚁尘埃般的人物，萧大哥却依旧以礼相待，还在我走神遇险时，亲手挥刀杀死一只偷袭我的噬血狞猫。

“后来我们要伏击拦截的龙族出现时，萧大哥又指挥若定，面对兽龙国的强敌，一点也不发怵，最后几乎大获全胜——真的不骗你们，看到萧大哥的种种作为，当时我的心中，坚信将来有一天，他将是整个青龙军团的元帅继承人。

“只是可惜，这一切，在那个黑袍怪客出现后，都成了虚空泡影。那一天……”

接下来苏渐便用沉痛的语气，将那一日梦魇般的所见所闻，跟随行众人一一道来。

随着自己的描述，苏渐生出一种奇怪的错觉，仿佛又回到了那一天，又面临了可怖的生死险境。一种黑暗浓重的恐惧感，随着自己的话语，又重新笼罩了自己的整个身心。

听完他的叙述，红焰女等人既为萧宁等死难战士感到伤心，又对那明显是人族的黑袍怪客感到愤恨恐惧。

苏渐说完后，举起盛着美酒的皮囊，望空洒酒祭奠。随行的所有人，不用他招呼，也全都面色沉重，一同洒酒，祷祝那一役死难的将士，心意十分真诚。

寂灭林中睹景思人，苏渐更加怀念那个有着亲切英俊笑容的青龙军校尉。离开寂灭林时，他为当年死难将士报仇的心情，更加强烈。

只是这件事，和一般的复仇不同。现在苏渐甚至还没弄清楚那个神秘的黑袍怪客，到底是何方“神圣”。

这些年来，他也时刻留心查找，怀疑过很多人。

比如那个行事诡异、凶狠嗜杀的厉华楚，还有最近这个邪恶鬼祟的隐龙君。可惜的是，通过细节分析后苏渐发现，他们可能并不是自己要找的人。

也许，萧宁，还有那一回于寂灭林中死难的将士，要感谢同行的幸存者是苏渐。如果换了其他任何人，这件事可能慢慢也就放下了。但苏渐骨子里的性情极为坚韧，已经认定的事情，哪怕再是艰难，也绝不会放弃。

因为找出真凶之心愈加炽烈，所以苏渐在八月中旬一回到京华城，就直接去面见了轩辕鸿。

对这位玄武卫大统领来说，现在的苏渐不仅是他的下属，更像是他爱护有加的子侄辈。

这爷儿俩，算起来已经有很长时间没见面了。自从上回苏渐逃亡之日起，历经龙境、魔语海渊、北沧海岛、天雪国，好一番折腾，直到今天苏渐才重返京华城。

苏渐面见轩辕鸿的那一天，正是八月十四，第二天便是十五中秋团圆之日，于是二人的相见更添感慨。

久别重逢，自然有说不完的话；于私自不必说，于公而言，轩辕鸿对苏渐这一年多来的经历，也十分重视。毕竟放眼整个华夏国中，也没几个人能有苏渐这一年多来的经历丰富。

在苏渐的心目中，他总觉得大统领应该对天雪国中那番纷乱更感兴趣，没想到在自己详细汇报之时，轩辕鸿明显对龙境和魔族格外注意。

尤其让苏渐觉得奇怪的是，当今之世，魔族之恶魔国度已被龙族封印了不知多少年，对神州大陆而言完全是非主流、不存在，但当自己提到鼓动了尘魔族长痕天，一起穿越幽冰之门，借道魔界再从幽乱之门回到北沧海国时，轩辕鸿对过程中诸多细节详加询问，还不时若有所思，显得十分重视。

见他如此，苏渐也就将魔族相关事宜多说了一些，不过那个魔族尊自己为“第五天魔王”的事情，因为太过匪夷所思，苏渐生怕轩辕鸿把自己当成疯子，进而不相信自己其他所言，所以便隐去不提了。

当这些例行公事都说完后，苏渐找了个合适的时机，问轩辕鸿道：“大统领，小侄有一事至今萦绕心头，不得其解，不知能否向您请教？”

“小苏，有话直说。”轩辕鸿洪声道，“现在你还跟我客气啥？说吧，什么事？”

第一百章

片语惊魂

“还是那次寂灭林之事……”苏渐说道。

“哦。”轩辕鸿一听，便明白苏渐想说什么。毕竟寂灭林之事，作为华夏国一次损失惨重的行动，他这个玄武卫首脑，一直都铭记于心。

“你还是想报仇吗？”轩辕鸿看着苏渐，神色凝重地问道。

“是的。”苏渐道，“小侄永远也忘不了那一天同袍们流在寂灭林中的鲜血。那个黑袍怪客，实在太过狠辣歹毒，小侄发誓今生今世，只要有一口气在，就定要将他揪出来！”

“好样的！”轩辕鸿赞许地看着他，“小苏，我没看错你。这件事过去了这么久，很多人别说想报仇了，恐怕连罹难者的名字都记不得了吧。

“所以依我说，萧校尉那些人，有你这么个同袍战友，是他们的幸运。好！既然小苏你如此仗义，我轩辕鸿也不甘人后；你说吧，有什么本座能帮你的？是要钱，还是要人？”

“都不是。”苏渐摇了摇头道，“如果人和物能解决这个问题，小侄就根本不敢烦到您面前来了。我现在只想向您寻求一个建议。您戎马一生，不知见过多少大风大浪，那经验见识绝非小侄可比；现在我对黑袍怪客的身份，是毫无头绪，更无从谈起后续的复仇。所以我想问问您，有什么办法，能揪出这个人？”

“这……”轩辕鸿沉吟片刻，便问道，“你先告诉我，这几年关于此事，你究竟做了些什么？”

“是。”苏渐闻言，便把这些年对寂灭林之事的追查，详尽地禀报给轩辕鸿。

“这样啊。”轩辕鸿听了，想了想便道，“小苏，虽然你很努力，那排除之法，也挺不错，只是你可能有点走入死胡同。你想过没有，要查出此人真面目，根本不需要证明所有事件和环节，只要抓住一个容易入手的突破点，去查出来就行。”

“啊?!”真是“一语惊醒梦中人”，苏渐听得此言，眼前一亮，似乎想到了什么。

“多谢大统领指点！”心有所得之际，他连忙离座躬身一礼，朝轩辕鸿真诚道谢。

“咱爷儿俩客气啥？”轩辕鸿乐呵呵笑道，“清查寂灭林惨案的真凶，也是我玄武卫的职责；小苏你若真查出来，不也是算我大功一件？所以你还真别谢我。”

“好了好了，不说公事了。”轩辕鸿话锋一转，“小苏啊，你别忘了，明天就是八月十五中秋节；你在外面也晃荡了那么久，吃了不少苦，明天就到我家来，咱一家人好好庆祝一下团圆日。

“正好你承天大哥，还一直念叨着你——我这做父亲的是看出来了，他这样不仅是顾念兄弟之情，好像还有什么重要的心事要跟你说；所以如果你明天没事儿，就来我家吧，省得他神思恍惚的，有些事情还是你们年轻人之间说好。嗯，如果你养的外宅小娘子们要闹，就一并带过来，哈哈哈！”

“冤枉啊！”面对大统领最后这个玩笑，苏渐一脸悲愤地叫道，“都是谣言，都是谣言！大统领不可轻信啊，别因为这个影响您对我的考评啊！”

“哈哈，咱爷儿俩说笑呢。”大统领看着少年认真辩解的模样，反而笑得更开心，继续添油加醋道，“别担心啊，你这样反而会让本座考评时高看一眼的，这多有本事啊。你看，什么魔族小姑娘、学院女教习、红焰热辣女、雪晶俏女王，这一个个的，没有个真本事，一般人还真应付不来！”

“叔！我明天老老实实准时拜访还不行吗？就别埋汰小侄了！”苏渐一脸苦笑，红着脸求饶道，“小侄这条件，您又不是不知道，这些好姑娘哪会看得上我啊？明天我准时到您府上拜见就是了！”

“哈哈，想不到想不到，咱们的孤胆屠龙大英雄，还会害臊呢。”见少年整个脸都红了，轩辕鸿便也不再说什么了。

此后苏渐便拱手告退。

出门之时，他也在心里凛然想道：“唔……虽然大统领刚说的都是玩笑话，很离谱，根本不是真相，但也说明，他这个玄武卫大统领，还真不是白当的——敢情跟我有点瓜葛的人，他都一目了然啊。”

想到这里，他也忍俊不禁，一笑想道：“哈哈，国人都说轩辕叔是咱华夏国的头号鹰犬，这么一看，还真是实至名归呢。”

到了第二天，他按时上轩辕鸿的府邸拜访，和他们一家人同过中秋节。很早就成为孤儿的苏渐，很珍惜这样温馨的家庭聚会；这一晚在轩辕鸿府上度过的时光，他感觉是那么的美好。

当然，唯一美中不足的是，那轩辕承天缠着他追问沧雪的事情，搞得苏渐十分尴尬。

本来他还不会有这么尴尬，但想起在魔语海渊中发生的那一切，当轩辕承天用热切的眼神询问沧雪的一切时，苏渐觉得自己有一种莫名的负罪感。

苏渐这次回来，一众随员各有封赏。

苏渐自不必说，爵位从士级爵，直接连升四级，跃上一个台阶，成为大夫级爵最低一级的五等大夫爵。

苏渐这样连升四级的封赏，在华夏国非常罕见。当然，能这样，还是苏渐数次功勋累积后才有的结果。

相比之下，那唐求在幽州立国事中也同样出生入死，但这次回来，并没有得到爵位，只是将原先的“四灵校尉”军职，升为“折冲府校尉”。

对这样的封号，唐求也十分满意，虽说这两者都是从七品的军中勋职，但因为华夏采用府兵制，军团以下即为折冲府，因此这样的封号，实际就在明确地告诉唐求，上头已经认定他的功勋，他已经足以担当主力军团折冲府的校尉将军了。

除了唐求和其他玄武卫同僚，就连红焰女这个异族女子，因为协助有功，也被赠予七品“云骑尉”的封号。

至此，别的不说，苏渐已经被他的玄武卫同僚们戏称为“散财童子”了；因为只要跟随他办事，最后总能落个不错的封赏。

只是，作为当事人，爵位连升四级之后，苏渐自己却并没有太多的感觉。

因为心中有事，他并没有把这个封赏放在心上，只觉得如果不早日揪出真凶，对不起那些在寂灭林中遇难的兄弟。

所谓“一言能成事”，经过轩辕鸿只言片语的指点，一直毫无头绪的苏渐豁然开朗。

“找容易入手的突破点？”以苏渐的才智，很快便想到，只要集中精力找出，谁有梦魇一般的护体阴影，就能确定他有重大嫌疑。

一旦想通关节，中秋节过后的日子里，他就开始到处打听。

只是那个黑袍怪客的护体阴影，如此鬼魅奇特，即使以玄武卫的耳目，苏渐折腾一圈下来，居然也找不到丝毫有用的消息。

正当他有些气馁之时，忽然幽小眉托人传讯来说，再过三天，请他去火枫林心碧湖一趟，说是要给他庆祝节日。

“给我庆祝节日？”乍听到这消息，忙得晕头转向的苏渐，只觉得莫名其妙。等他去翻了翻日历，忽地哑然失笑：“吓！这小丫头！”

原来，当他翻开三天后的日历，发现上面赫然写着：

九月九日，重阳节，宜登高、晒秋、敬老……

京华城外，九月九的火枫林，枫叶还没有红透。但正是这样没有红透的时节，才让整个枫林最多姿多彩。

苏渐赶到时，眼前的火枫林绚烂多姿，仿佛天上的神灵打翻了调色的砚台，满眼的绿、黄、红、橙、紫，五颜六色交织在一起，犹如五彩斑斓的锦绣。

秋日的阳光，从天顶照下，明亮通透，照在色彩缤纷的林叶上，仿佛是无数的宝石玉片汇集在苏渐的眼前，即使不用心看，也能看得见那些枫叶的脉络。

秋日的心碧湖水，也格外清澄灵澈。

此时无风，整片心碧湖如同一大块宁静的碧色琉璃，纤尘不染，柔碧安宁。

枫林之叶映在湖中，仿佛倒映的不是肃穆冷清的秋日林叶，而是无数绚丽多彩的阳春花树。

苏渐一边赏着美景，一边走向木屋。还没走近，他便看到那个粉妆玉琢的少女，正提着一只小竹篮，在心碧湖边的草丛中，采摘着什么。

苏渐有些好奇，蹑手蹑脚地走近；谁知还没到近前，猛然间只觉得飞来无数黄色的光斑，还带着尖利无比的啸音。

“金钱镖?!”还怀着恬适心情的苏渐，大叫一声“不好”，立即就地一滚，堪堪躲过了这一轮犀利无比的攻击。

“什么人敢偷袭公差?!”狼狈不堪地躲避时，苏渐还本能地大声喝叫。

“哎呀！是小苏哥哥啊！”燕语莺啼般的女音倏然响起，又惊又喜地叫道，“我说是谁呢，还能躲过我这招‘花雨天袭’。原来是小苏哥哥啊！”

听到这声音，苏渐的一腔怒火，霎时熄灭无形。

他忙站起来，苦笑着对扑近的少女道：“原来是小眉妹妹啊，哎，一年多不见，模样儿还是这么好看，出手还是这么狠辣。”

“当然啊！”天真的少女将竹篮往旁边一抛，如旋风般地扑在少年怀里，拿小脸儿使劲在他胸前蹭。

见她如此，苏渐一脸苦笑，手足无措，却也不便将她推开。

尴尬之时，他也在心中叹息：“唉，果然非我族类，其心必异；你看这魔族小姑娘家家的，也不知男女大防，一个劲儿往我怀里钻，这就坏了我的清白名节。”

满腔悲愤之时，他偶然转眼一瞥，看见被少女丢在一旁的小竹篮中，正掉出几束亮黄色的野菊花来。

“咦？我说，小眉妹妹啊，”苏渐迟疑地问道，“你在采花吗？干什么用的?”

“干什么用的?”幽小眉抬起头脱口说道，“刚才拿来打你用的啊——噢不对！今天不是重阳节嘛，要敬老，我问了人，说要在敬老对象的头上插上菊花。所以小眉就很用心地采这些野菊呢。”

“哼！”苏渐一把将她推开，恼道，“小眉妹妹，难道你觉得哥哥很老吗？记住了，我们人族这个重阳节敬老的意思，是敬真正上年纪的老人，而不是像我这样德高望重的长辈。你记清楚了，你家小苏哥哥还风华正茂，乃是如假包换的黄花少年呢！”

“哎呀，我搞错了？”幽小眉眨巴眨巴眼，愣了片刻，忽又拍手欢笑道，“那这些花也没白采啊！哥哥是黄花少年，黄菊花正适合送给你呀。”

“好吧……”苏渐以手抚额道，“小眉，我谢谢你！”

这时他仿佛想到什么，连忙又认真道：“对了，其实这‘黄花少年’，也只是哥哥从你们‘黄花闺女’的称呼上借用过来的，你记得千万别出去乱说啊。”

“嗯嗯，小眉这么懂事，怎么会出去乱说呢？不过这黄花闺女，是什么意思啊？”幽小眉一双水汪汪的大眼睛看着少年，一脸的求知若渴状。

“这……”苏渐愣了一下道，“就是爱戴黄花的女儿家啦。哎，不说这个了。小眉，我不在的这一年多，你过得还好吗？”

“我……”只是简简单单的一句话，小女娃听了，眼圈便红了。

“怎么了？！”苏渐吃惊道，“难道被人欺负了？？”

“没有啊，谁敢欺负小眉？我、我就是……想哥哥了。”少女哽咽着说道，“哥哥刚走的那些天，小眉每天都到京华的四个城门等，看哥哥什么时候回来。

“开始小眉还记着等的次数，可后来有一次记乱了，就记不清了。应该有好多次吧，最后没等到哥哥，但不要紧，小眉对京华城的城门道路，变得极熟了。”

“后来呢？”苏渐从没有一次这样认真倾听幽小眉的话。

“后来……后来实在等不来哥哥，小眉就生气了！”幽小眉眉头一拧叫道，“既然哥哥不在，小眉没了刺杀对象，便离开了这里，四处周游，找别人来练习刺杀了。”

“呃？！”苏渐闻言一惊，不过心里却有些疑惑地想道，“回来后的这些天，我在玄武卫中抓紧查看近一年多落下的情报，并没看见说周边凶杀案的案发率有增加啊？”

正疑惑地想着，他便听幽小眉继续说道："小苏哥哥，你别担心，我虽然杀了一些人，却不是你的同族，而是那些魔族人。"

"魔族?!"苏渐一愣，脱口问道，"我们这里什么时候有这么多魔族人?"

"是啊！我也有些奇怪，但这样不正好吗?"幽小眉喜滋滋道，"小苏哥哥，你可别生气，说真的，那些魔族人比你们人族的人厉害多了；虽然小眉只杀了十七个，但锻炼的本事，有杀一百个人那么多呢。"

"啊?"苏渐惊叫道，"小眉，你以前虽然也对我很暴力，可没听说你嗜杀啊？怎么才一年多不见，你竟杀了十七个人?"

"小眉都是被逼的。"小女娃嘟着嘴道，"我也不知道为什么，以前四处乱逛，只怕没人来惹小眉，往往连个坏人都找不到。可是不知道怎么的，现在来找小眉麻烦，还要杀我的魔族人，越来越多了。"

"这……"苏渐沉吟一下道，"此事是有些奇怪。不过，即使是魔族，你也不能乱杀啊，他们也都是这世上的生灵。你真搞清楚了他们是想杀你?"

"对啊。"幽小眉答应一声，忽然好像想到什么，便又惊又喜地看着苏渐，"小苏哥哥，你、你没有不喜欢魔族吗?"

"当然。"苏渐笑道，"我不仅不讨厌魔族，还和他们做了朋友呢。哎，也是刚回来，积压的事儿多，没来得及跟你讲。你不知道，哥哥在外面兜了这一圈，遇到很多事情呢。其中在魔语海渊，我就和尘魔族交了朋友。如果不是他们帮忙，哥哥恐怕今天还见不到你了呢。"

"啊？真的啊?"幽小眉欣喜道，"尘魔族我知道，他们族长叫痕天，是个大个子；他——"

刚说到这里，幽小眉忽然好像意识到什么，连忙闭上了嘴巴。

不过闭口不言才片刻，她却忍不住，小心翼翼地问道："小苏哥哥……你、你真的可以和魔族人做朋友?"

"当然啦。"苏渐故作不知地道，"不信你去问痕天，我可和他一起出生入死，他帮我逃离海渊，我也帮了他们一个大忙。"

"嗯……"幽小眉听得此言，小脸蛋儿上露出难得的幽幽神色。

沉吟半晌，她便仰起脸儿，笑靥如花地对苏渐说道："哥哥，小眉相信你。你……真的可以和魔族人做朋友的。"

刚才这一番话，好似打开了幽小眉的心防。

此时阳光正好，枫林如画，看着火红枫叶前一袭白衫的英俊少年，不知为何幽小眉有种发自内心的感动。

于是，沉默了片刻，她忽然间十分冲动地说道："小苏哥哥，对不起，小眉有事情瞒着你……小眉、小眉其实是天魔族！"

"哇！"苏渐一听，不仅不惊，反而露出一个十分夸张的表情，惊喜叫道，"太好了！我还以为只能认识尘魔族的人，想不到早就认识了更厉害的天魔族！"

"哥哥……你真的不在乎小眉是魔族，还瞒了你这么久吗？"幽小眉一脸小心翼翼地问道。

看着眼前的少女如此怯怯和小心，苏渐心中忽然一痛。

"算了，反正刚才已经没了清白和名节了。"心中这般想着，他就伸手将小天魔女搂在了怀里。

"小眉，"他柔声道，"你我相处了这么久，还不知道哥哥是什么人吗？王侯将相、贩夫走卒、人族魔族，都是天生地长的万物生灵，何必区分彼此你我？只要我们性情相投，人族魔族，又有什么分别？"

听得此言，怀中的少女，不知不觉已是泪流满面；带着满脸的泪水，她使劲地点了点头。

二人交心之际，少女对少年更加亲近。除了心神震颤，浑身好似被温暖包围，幽小眉还有一种感觉，就是想掏心掏肺，想把自己知道的一切，都向苏渐诉说。

絮絮叨叨说了一些后，幽小眉忽然想到一件事，便说道："苏哥哥，小眉今天，真的非常高兴……你对小眉这么好，真有点像我的幽云姐姐呢。"

"哦？哪个……幽云？"苏渐看着她道。

"嗯！就是小眉的姐姐。"幽小眉迟疑了一下，说道，"我、我其实是那个……那个教派的继位人。但我年纪还小，只想学更多的本事，便让姐姐她替我先管教派。"

“小眉最近是变得更幸运了吗?”幽小眉抬起脸儿问苏渐道,“和小苏哥哥一样,以前幽云姐姐也不怎么管我,但最近突然变得特别好,经常写信给我,关心我的冷暖,关心我的行踪,小眉真的很感动呢。”

“哦?”听得此言,苏渐却是一愣。

他不知道联想到什么,想了想,便认真地提醒道:“小眉,你性子天真,涉世不深,可不要轻信于人。别怪哥哥挑拨,你姐姐忽然对你这么好,我觉得有点奇怪。你最好还是小心些。”

“嗯,谢谢哥哥。”幽小眉欣然道,“其实,哥哥,我虽然小,可不笨。我也有想过,最近那些魔族杀手,是不是和姐姐有关系。

“不过又一想,姐姐寄信给我,我有回信,里面几次都说,我现在有个风景很美的住处,也找到一个……很好的哥哥,越来越不想管那个教派了。所以,小眉明确说过,只要幽云姐姐愿意,妹妹可以随时跟爹爹说一声,让她当了教主便是。哥哥,你说,我都这么跟姐姐讲了,她怎么还会对我不利呢?”

“嗯,你这么说,也有道理。”苏渐顿了顿,还是关心地道,“小眉,你涉世不深,不知人心险恶。有时候,你不一定要做什么,你的存在本身,就是问题。”

“啊?那……小眉该怎么办?”小眉虽然天真,可并不傻,听得苏渐此言,顿时意识到什么,眼圈泛红地看着苏渐。

“我们人族有句话,‘兵来将挡,水来土掩’,真有那一天,挺身应对便是。”苏渐道,“小眉,不管怎样,无论将来世事如何变幻,永远记得,这片心碧湖畔,有一座哥哥留给你的小木屋永远欢迎你。这里永远是你的家,等到你将来嫁人,哥哥还会给一个大大的红包,助力你的嫁妆。”

幽小眉听到前半段话时,一脸的感动;听到少年最后这句话时,却乍然变色,脱口叫道:“嫁人有什么好的?小眉不嫁!”

说话之时,她还偷偷地看着苏渐的脸庞;不过当苏渐看向她时,她又连忙转过脸去,面对心碧湖,假装看风景。

红叶照水,少女的脸庞又映在水里,也变得红扑扑的,不知道是她本就脸红,还是红叶倒影的渲染。

正心事悠悠之时，忽听少年开口道："小眉，有一事我倒要怪你。"

"啊？什么事？"幽小眉紧张地叫道。

"你说自己是天魔族之事，怎能轻易说出口？"苏渐蹙眉责道。

"是因为听的人是哥哥啊。"幽小眉道。

"是我也不行。"苏渐摇摇头道，"这是我没什么坏心，但换了个人呢？小眉妹妹，你以后可不能这样轻信人了！"

"噢，知道啦。"幽小眉吐了吐舌头，不好意思地笑了一下；虽然她被哥哥责怪了，但心里却觉得暖乎乎、甜滋滋的。

树木繁密的火枫林中，空气本就清新；而心碧湖水又滤去仅余的微尘，让湖边二人呼吸之时，如饮雪酿甘泉一样倍感清甜。

心扉已经敞开，美景又让人如此沉醉，幽小眉便想跟苏渐说更多。

仿佛怕少年烦闷离去一样，幽小眉搜肠刮肚，想起些平时不注意的事情，赶忙说道："小苏哥哥，我知道，幽云姐姐和那位亚飒哥哥最近走得很近呢。"

"哦？"本来心绪悠悠的苏渐，眼神骤然一紧，忙问道，"他们怎么会走得近？你还知道他们什么？"

"咦？小苏哥哥，这很重要吗？"幽小眉惊奇地看着他。

"很重要。"苏渐神色凝重，点了点头。

"好，那我把我知道的，都告诉你。"幽小眉便把最近了解的情况，跟苏渐娓娓道来。

原来，带领混血者起义的亚飒，虽然逃脱了天雪国的大军，但情况还是很不乐观。

亚飒的本意，是去各国收拢混血族人，壮大力量；奈何本就存着偏见的人族各国，见他们闹出这一番动静，立即翻脸，都把他们作为征剿的对象。

亚飒这时的力量还很羸弱，怎么能跟各王国的正规军相比？很快他这支队伍，就陷入了人人喊打、四面楚歌的境地。

没办法，亚飒这时候，只能采纳他恩师幽玄的意见，试图与北洋之滨的魔人国联合。

本来联络魔人国对他来说很困难，但这时候又是幽玄，向他推荐了尊龙教暂代摄政的幽云。

此时经过幽玄的解释，亚飒也知道这尊龙教的背后，便是魔族的鼓动支持，意图在混淆视听，搅乱神州。

这时候他也知道了，原来幽玄的真实身份，便是尊龙教的上一任教主。

不得不说，幽玄这样的作为，十分厉害。

当初为了引亚飒入彀，他必须摆出一副仙风道骨、世外高人的做派。但从长远来看，他在人界的真实身份，还是得告知亚飒，否则之后有些事情很难推行。

所以，这时候他便表明了身份，本来可能带来一些冲击，但因为时机合适，又有了长时间的铺垫，最后并没有损害亚飒对他的信任，相反，因为局势艰难，亚飒得知自己的精神导师竟然如此有来头有实力，还有几分难以言说的欣喜。

虽然，因为一直生长在人族王国中，亚飒对魔族有着本能的害怕和厌恶感；但按照“敌人的敌人便是朋友”的逻辑，再加上形势确实艰难，亚飒也就接受了和魔人国联合的建议。

当然，能这么决策，还是因为按亚飒的理解，魔人魔人，半魔半人，也属于混血之族，所以他也视其为自己的同类。

只是，破解心理障碍容易，实际进入谈判时，亚飒发现很是艰难。

此时的魔人国，因为实力强大、选址得当，不仅在北沧海国、雪晶国之间的空白地带牢牢立足，还不断屠杀吞并附近的土著部族，势力一天天地壮大。

所以，在谈判伊始，魔人国便意图吞并亚飒的混血起义军，让他们归顺魔人国。

但亚飒心怀大志，有着强大的信念，如何肯屈服？所以即使山穷水尽最艰难之时，亚飒也明令代表他谈判的白袍公子沈克敌，让他坚持他们只需要魔人国的兵力援助，亚飒一手拉起的混血军团，还要以他亚飒为主。

幽云的介入，是因为谈判双方陷入了僵局。当时亚飒向幽玄求助，幽玄便让幽云更深地介入。

跟苏渐说到这里，幽小眉的神色忽然变得有些古怪。

犹豫了一下，她才有些忸怩地说道："苏哥哥，我听教中信得过的人说，幽云姐姐好像很喜欢亚飒哥哥呢。她现在，不仅帮亚飒哥哥做事，还努力想成为他的新娘呢。"

"这样啊……"听得这样有些香艳的消息，苏渐情绪却有些低沉。

默然不语良久，他忽然长叹一声，看着小魔女，神色落寞地说道："小眉，你说心里话，我苏渐是不是很失败？身为玄武卫，吃着帝皇粮，却让自己最好的兄弟，成了天下最大的反贼……"

"苏哥哥……"见他如此说，幽小眉心中不仅难过，还很心疼。

她想好好安慰苏渐，但她实在不擅长安慰人。

手足无措、口角嗫嚅了半天，小魔女忽然恼了，跳起来怒叫道："那个亚飒太坏了！竟然让苏哥哥这么伤心！我这就去杀掉他！"

"别。"苏渐拉住了她的衣袖，说道，"小眉妹妹，你真心想帮我？"

"嗯！"幽小眉坚定道。

"那就好。"苏渐道，"你便帮我一个忙，留下他的命，让我来杀。"

这一日两人的对谈，到此时已经聊了很长时间。明亮的秋日阳光，渐渐西斜，无论湖面还是地面的枫叶红影，都已经渐渐黯淡。

虽是秋日，白日阳光最盛时，两人并不觉得冷；但日影西斜之际，湖面风起，虽然不大，也让人觉得有些清凉。

不过这时候幽小眉的心，依旧滚烫。

眼见日落西山，她舍不得苏渐走，便搜肠刮肚，没话找话似的说道："小苏哥哥，你知道吗，有个人真笨呢。小眉拿小苏哥哥练刺客武技，哥哥总是躲都来不及；但这个笨蛋，老是求着小眉杀，你说他笨不笨、可不可笑啊？"

"有这样的人？"苏渐一听，正要笑，但不知道想到什么，立即一本正经道，"哎呀这样的人，很难得呀！如此忠勇老实，小眉可要珍惜啊。这种人，正是最好的替罪羊——哦不对，是最好的练习对手啊！"

"啊？"幽小眉愣了一下道，"没想到他这么好啊！那小眉知道了。嗯，以后要对他好一点，不要再呼来喝去了。”

“对啊对啊，正该如此。”苏渐嘴上说着，心里暗笑道：“哈哈，哪来的笨蛋？是自虐狂吗？正好正好，正好可以替换自己，当被小女娃纠缠刺杀的替罪羊，哈哈，哈哈哈！”

心中大乐之时，苏渐随口问道：“那么，这个笨——这位忠勇助人的好汉，究竟是谁呢？”

“他没说自己的名字，”幽小眉道，“他只让小眉叫他‘萧哥哥’。”

“萧哥哥？”苏渐一愣，忙问道，“这位萧哥哥长什么样啊？”

“长什么样？”幽小眉手指抵腮，想了想道，“他长得没苏哥哥你英俊，但很美貌，简直跟个女人似的，真是的！哼哼——唉，小眉将来长大后，有他那么漂亮就好了。”

“貌如好女啊……”听得幽小眉此言，苏渐沉吟一下，脑海中立即浮现出一位面目姣好的熟人来。

“原来是他。”苏渐很快便想到，幽小眉口中说的这个笨蛋，竟然是名震天下的京华四杰之一，“神戟将”萧龙雀！

“怎么会这样？！”猜到是谁时，苏渐很是震惊。因为在他的印象中，萧龙雀武艺绝强不说，为人阴冷狠辣，实在难以和幽小眉口中描述的乐于助人的傻子联系起来。

心中惊疑之时，他神色严肃地问道：“小眉，你确定他甘心当你的刺杀对象？他……听起来，长得像美人，恐怕武艺也不高，你一个不小心，很容易把他误杀死吧。”

苏渐这么说，是担心萧龙雀这样的危险人物，幽小眉实在不该去惹。

没想到，听到他这句话，幽小眉却说出一句让他惊得魂不附体的话来！

只听幽小眉毫不在意地说道：“苏哥哥，你别替他担心了。他虽然长得像女人，一身本事可了不得呢。哥哥还担心我误杀他？他贼得很呢，好几次我都快杀到他了，他却忽然浑身好像罩在阴影里，小眉眼一花，他就滑到老远的地方去了。”

“什么？！”苏渐猛然惊叫道，“他有护体的阴影？！”

“对啊,”幽小眉撇着嘴道,“护体阴影,跟片乌云似的,丑死了！哼哼,他这人,就是奸猾,哪比得上我家苏哥哥光明磊落呢?”

小魔女后面的话,苏渐好像已经完全听不见了。

他张大了嘴巴,跟个刚才心中所想的傻瓜笨蛋似的,呆呆地看着眼前的湖水涟漪,一动不动。

出神之时,正值日落西山。

少年呆看的湖水,从原本的翠碧清澄和红影绚烂,逐渐变得幽沉和昏暗。

映在少年眼中的心碧湖,也变得像那一片他永远也难以忘怀的幽暗阴影一样……

当苏渐从火枫林离开,踏上归程时,已是星月高照,四野虫鸣。

踏月而行,除了新添的重重心事,苏渐也有一种特别的感觉。

在月色迷离的郊野驿路中走了很久,苏渐才对这种感觉恍然大悟:

这一次心碧湖边的对谈,他并不是把幽小眉当成利用的对象;湖边的这一番谈话,倒好像两人都是不加掩饰的平等朋友。

这样的感觉,让苏渐觉得很美好,甚至冲淡了现在笼罩心头的浓重心事。

他现在很想不通,面对这样一个天真可爱的小女娃,当年的自己,怎么会一心只想利用她来升职?

星月交辉下,苏渐这么一想,便觉得自己当年挺没人性的,简直禽兽不如。

重阳节后没几天,这一日深夜,京华四杰之二的神戟将萧龙雀,正从义父司徒威的宰相府中出来。

平时的萧龙雀,都是一副冷傲如冰的模样,今日从义父家中出来后,俊美无比的脸上却有一丝忧色。

“义父他……在这条路上,是不是走得太远了?”萧龙雀想起今日义父交代自己的事情,竟生出几分心事来。

不过这样的质疑,只持续了片刻。

夜色中,他自嘲地一笑,心想道:“萧龙雀啊萧龙雀,你简直自寻烦恼。

本是罪囚之子，按律当斩，全凭义父当年周旋，将你解救出来，才有你萧龙雀今天的一切。

“义父于你，不啻再生父母，他给了你命，就是你的天，就算这片天乌云盖顶，你萧龙雀也要跟着他一条道走到黑。”

心中这般想着，他的目光重新变得坚定，一如往常的冷静无波。

在暗夜的长街中走了一阵，他便从宰相府所在的朱雀坊，走到了三元坊自己所住的院落中。

确如萧龙雀所想，他有今日这一切，除了自己的努力，更重要的还是义父司徒威的恩荫。

别的不说，就拿他在三元坊的这处宅子来说，如果不是因为司徒威，以他一个区区白虎军团的挂名将领，想在权贵云集的三元坊有处宅子，根本不可能——这根本不是钱的问题。

第一百〇一章

万妖灵洲

更何况，萧龙雀这处宅子不仅坐落在三元坊的核心地段，与那些御史、尚书高官府邸毗邻，占地面积更是广大，五进五出的院子，甚至在后院还有一处阔大无比的练武场。

作为名声在外的武人，萧龙雀对自己要求极严。即使在宰相府中密议回来，已近午夜，他回到府中后，依旧甩开大氅，走进青石铺就的练武场，拿起那柄威名赫赫的焚天戟，开始认真地演练起来。

神戟将的威名，并非白来，虽然只是独自演练，这柄焚天戟也被萧龙雀舞动如轮，满院都是焚天戟的火影红光。

焚天戟全力舞动之时，风声赫赫，火影缤纷，全神贯注的场中之人，很难听到场外的动静。

萧龙雀刚舞到一半，忽然耳郭一动，仿佛听到什么异响。

“这片秋叶，飘落的声音有异。”萧龙雀有些欣喜，“难道是幽小眉要来刺杀我？”

心中这般动念之时，冷傲的神戟将喜上眉梢，浑身舒畅。

但很快他就觉得不对。

“不对，小眉身子轻盈，动作敏捷，这片落叶坠地的偏移和轻重，并不似小眉所致，倒似是比她更高更重之人带起的风声。”萧龙雀在心中判断道。

但即使如此明判，他仿佛还不死心，一边不动声色地继续挥舞大戟，一边留神侧耳倾听。

当又一片秋叶坠地之声稍稍有异时，萧龙雀终于确定了来人不是幽小眉。

他有些伤心，变得更加愤怒。

又过了片刻，一直好似正常练武的神戟将，突然间身形无比突兀地一转折，手中那杆焚天戟瞬间脱手飞出，势若风雷，直扑那秋叶异响的位置！

“轰！”只听得一声巨响，火光四射，练武场边那座假山石，瞬间爆裂开来，化为齑粉！

“哼。”做出势如惊雷一击的神戟将，神色如常，冷哼一声，施施然走近这碎裂的假山石。

当走到近前，他略一察看后，却是神色一讶。

“咦？怎么没人？不该啊……”

沉吟了片刻，他摇了摇头，心想道：“可能是义父今晚所言之事，让我忧心，故而判断失当了吧。唉，萧龙雀啊萧龙雀，你的心境修为，还是比那轩辕承天差上一筹啊。若是他在，岂会如此误判？”

一念及此，萧龙雀心绪略微低沉。正好这时一阵秋风吹来，地上的落叶簌簌飞旋，听在萧龙雀的耳里，更萧瑟清冷。

于是他没了继续练武的兴致，便将焚天戟放回，踱步回到卧室中，也就安歇了。

“好险……”安眠的萧龙雀却不知，就在自家宅院的围墙上，正有一人伏在墙顶。

看着他卧室中灯火熄灭，此人心中无比地后怕和庆幸。

“月歌，谢谢你！”伏在墙上的苏渐，正将星降之链捧在眼前，诚挚地说道，“月歌，如果不是你与我心意相通，瞬间示警，恐怕我这时已和那假山石一样，粉身碎骨，灰飞烟灭了。”

就在京华城中暗流涌动之时，神州极西之地的滨海大荒之中，正上演一幕奇诡的祭典。

作为神州当下主流种族的龙族、人族，他们很难想象，在这样极西的蛮荒之中，还生存着“召雾族”这类奇异种族。

西海召雾族，据说是人族、妖族和神秘的海妖族三族混血；它的历史超乎想象地悠久，族人的性格矛盾而邪恶。

和族人性格类似的是，召雾一族还一直传承着神秘而邪恶的巫术。

这一天，秋风萧瑟的召雾领地里，正在举行一年一度的“幽冥祭典”。

作为奉行巫术的西海召雾族，一年到头有着五花八门的祭典；可以说他们的祭典之日，就充当着人族节日的功能。

不过这个幽冥祭典，却和其他召雾祭典不同，并没有那么长的历史。

精确地说，幽冥祭典是召雾族偶然间获得了那件诡秘的神器，才新立的祭典。

没有人能想到，作为人间十大晶海神器之一的“幽冥圣杯”，现在居然落在了西海蛮荒的邪恶巫术之族手中！

幽冥圣杯，出自神州西陆蛮荒之地的幽冥晶海，杯上嵌有“幽冥之心”宝钻。

传说幽冥圣杯拥有强大的死亡之力，拥有诅咒的力量，还能制造亡灵战士。

相比怒雷之剑那样的晶海神器，幽冥圣杯这种神器的力量，要神秘未知得多。有传言说，十大晶海神器中，只有星降之链能够克制幽冥圣杯的邪恶力量。

虽说召雾族精通巫术，邪恶神秘，但毕竟只是西陆滨海蛮荒中的小族。幽冥圣杯被他们所得，显然属于“德不配位”。

但召雾族身在局中，哪管这些玄奇之理？莫名其妙得到幽冥圣杯后，族中长老欣喜若狂，立即选了吉日，新立了“幽冥祭典”。

他们要通过这个祭典，表示对神器的尊重，并祈祷神器能够发挥传说中的作用，为他们召唤沉眠于西海中召雾族的海妖祖先们。

到那时，传说中的海妖祖灵再度降临，虽然只是亡灵，但上古海妖们的可怖力量，会帮召雾族的晚辈后裔们，横扫周边诸族，从而称霸蛮荒，甚至攻略西海和中原。

召雾族长老们打的主意不错，所以他们几乎用全族的力量来庆祝和发动这个幽冥祭典。

这一天正是幽冥祭典之日。

所有召雾族的老老少少，全都被族长和长老们发动起来，全都端坐在滨海的荒滩上，面朝大海。

在他们视线所及处，除了浩瀚无垠的西海大洋，还有一处礁石砌成的高大祭台，上面正安放着幽冥圣杯。

当落日西沉、彤红似火的时候，身披陈旧华丽法衣的召雾族巫术祭师们，开始围绕着高台吟唱舞蹈；一个个作为祭品的异族俘虏和本族罪囚，也被押在祭台之下。

古老的巫术之歌，佶屈聱牙，但外行之人可以看懂的是，随着召雾祭师巫术之歌的吟唱，那些祭品之人的头顶上，开始冒出血色的灵光。

颜色诡异的灵光，从他们头顶飞出，飞向高高的祭台；仿佛回应它们一样，祭坛之顶幽云缭绕的幽冥圣杯中，也飞出了对应数目的光线。

只不过圣杯中飞出的光线，呈现出一种惨白色，让人一看就联想到死亡和寂灭。

这时候那些祭品们，已经神色灰败，奄奄一息。

血红的灵光和苍白的死光一接触，便纠缠在一起。

最后，红白二色渐渐融合，变成一种让人厌恶得说不出来的肉红之色，光线的状态也变成迷雾状，倒是契合召雾族之名。

到得此时，召雾祭师们口中的吟唱忽然变得高昂，肉红之色的光芒忽然一收，飞向了原先祭品之人的头顶。

在祭师的吟唱中，肉红光线在祭品的头顶上高低飞旋，就在祭台之顶的圣杯幽芒一闪后，便从祭品头顶没顶而入。

只是这一瞬间，作为祭品的俘虏和罪囚们，就经历了从生到死、从死到生的过程。当然现在的“生”，已经和一般意义上的生存活命不同。他们已经魂飞魄散，只是因为幽冥圣杯的奇异力量，让他们变成了还能活动的行尸走肉。

这之后，召雾祭师在前面引领，这些“新鲜出炉”的亡灵祭品，眼神空洞、面无表情地走向了大海。

这时候，不仅高台下的祭师在吟唱，所有围观的召雾族人，无论男女老少，全都唱起了自古传承的召雾歌谣。

落日余晖中的西荒海滨，沉浸在一种极为诡异可怖的情景中。

召雾族的祭品们，义无反顾地走向了大海。

冰冷刺骨的海水，渐渐淹没了身躯；但他们似乎毫无所觉、毫无所惧，就这样在凄凉诡秘的祭师吟唱声中，走向了大海的深处。

目睹这一幕场景，所有的召雾族人都相信，借助幽冥圣杯的伟大力量，这些幽冥祭品，将给沉眠埋葬于西海之底的海妖祖先们，带去他们最诚挚的问候和最谦卑的请求。

邪恶的祭典至此宣告结束。按照以往的流程，接下来便是由最德高望重的长老登上高台，取下幽冥圣杯，然后交给专人严密保管；在这之后，现任的召雾族长也会登上高台，在刚刚进行过血腥祭典的祭台上，向全体召雾族人发表鼓舞人心的演讲。

族长的演讲结束之时，红日也就差不多彻底西沉大海了；当星月的光芒耀映天际时，整个召雾族便会进行一场热闹非凡的海滩篝火庆典。

所以，对所有召雾族人来说，当他们现在看着长老颤巍巍走上高台，去拿那只幽冥圣杯时，几乎所有人的脑子里，想到的都是之后的欢乐时光。

心神放松之际，一道黑色的光芒，倏然从夕阳余晖照来的海中方向飞来；它带着海水的光泽，直扑高台上的长老。

这道匹练般的黑色光芒，出现得如此突然，如此诡异，以至于就算召雾族中最敏捷的武士，也呆愣住了。

后来有人回想起，只知道当时西天如血的落日和晚霞，忽然好像被什么人切成了两半，整个云天霞波霎时被割裂开来，中间的裂纹便是这道暗黑的光芒。

但这时候，没有人能反应得过来。

暗黑的光芒瞬发即至，召雾族中那德高望重的长老，头颅瞬间落地！猩红的鲜血高高地喷起，这时他的手还在伸向幽冥圣杯，还不知自己已经断头而死。

转瞬之间，在无头长老的面前，多了一个黑影。

这黑影，戴着恐怖的鬼怪面具，立到长老无头尸体前时，从鬼面后发出一声轻笑，一句轻蔑的话语顺风传来："对不起，请缩手。这圣杯，我要了。"

话音未落，他手中的黑骨鬼爪钩一扫，长老的无头尸体瞬间倒地，"骨碌碌"一路滚下了祭台。

尸体滚落，来人看都不看一眼，只是好整以暇地拿起祭台上黑气腾腾的幽冥圣杯，同样看也不看一眼，随手抛进了随身的皮囊里。

直到这时，召雾族人们才反应过来！

"抓住他！杀死他！"召雾族长爆发出一声大吼，声调扭曲得如同鬼哭狼嚎。

其实不用他说，那些召雾武士和祭师，纷纷扬起兵刃，唱起巫歌，朝那鬼面不速之客扑去。

这时，如果苏渐和萧君嫘在此，会从来人的鬼面和兵器上面，一眼便认出他是厉华楚。

可叹召雾族虽是西荒滨海大族，但在厉华楚这样的狠人面前，根本不堪一击。

见召雾族人潮水般涌来，厉华楚一声冷笑，根本不着急逃。他的两支黑骨鬼爪钩飞舞如轮，在围攻人群中杀了个三进三出，六七个来回；他所到之处，以他为中心，血肉四下横飞，死尸不断躺倒，简直就是一场单方面的屠杀。

大约半刻之后，厉华楚看到这些召雾族人已被自己杀得人丁单薄，四处逃散，这才冷笑一声，收起鬼爪钩，转身朝远处的荒野中飞身遁去。

也没奔出太远，厉华楚便在一处海滨荒滩的野草丛中，停住了脚步。

他根本不担心召雾族人追来，因为今晚这一场屠杀之后，他相信自己这副样子，将成为这个不开化蛮族心目中新的死神。

停住了脚步后，他轻轻地摘下面具，面朝大海，负手而立。

这时西天的落日，正浮动于海面之上，悠悠地朝下沉去。

海上落日，尤显巨大。但它此时的上部，被几片阴云遮蔽，厉华楚看去时，倒好像落日的上半边和云天一样，呈现出一种铁灰之色，所有落日的彤红色泽全都沉淀到下部,如同一钩半圆的血色之月。

看到这样的落日奇景,刚才杀人如麻的厉华楚,却显得有些神思悠悠。

眼看夕阳坠海,天色转幽,厉华楚只是悄然伫立,默然无语。

他极目远眺,那认真的姿势,仿佛是想分辨出夕阳坠海的极远处,到底有什么风景。

如此半晌之后,他忽然开口,悠悠自语:"世态浮云,人情秋草。万妖灵洲,我来也。"

就在厉华楚于西海之滨大开杀戒时,苏渐在京华城中,恰收到洛雪穹的来信。

可能冥冥中真有些惊人的巧合,或者一切暗中关联都有因果宿命,就在厉华楚静立海滨、默念"灵洲"之时,苏渐收到的这封信中,洛雪穹也提到了"灵洲"之事。

在这封信里,洛雪穹除了委婉地表达了思念之情,还重点说到,近来她在灵山圣门的藏书阁"冰笈楼"中,偶然发现了一本古老的晶灵族书册。

这本书册,看形状材质,明显来自晶灵时代之末、恶魔时代之初。

这本书册恐怕也是饱经沧桑,即使以晶灵族的精巧保存工艺,等洛雪穹发现之时,也已是残破不堪。也许正是这个原因,它被某一代灵山圣门弟子给遗忘在藏书楼的角落里了,直到洛雪穹细细翻寻时,才重见天日。

洛雪穹特地在书信中提起这本古老的书册,是因为她惊讶地发现,书中记载了一个惊人的秘密。

原来,大家原本都以为,在恶魔时代初,所有晶灵族都已死于恶魔掀起的劫难。没想到这本书册中却记载,当时有少量擅长造船的晶灵族人,侥幸逃脱了恶魔族的毒手,从荒僻的海岸扬帆起航,前往西海大洋深处的大岛"灵洲"避难去了。

西海大洋深处有灵洲,这在神州大陆一直是个传说。

传说中,灵洲远踞西海,还在道家记载的三岛十洲外的更远处;根据各种来路不明的消息,灵洲之上万妖云集,乃是世间妖族的大本营。

洛雪穹短短一封信笺中,简直同时验证了两个虚无缥缈的传说:

晶灵族还有不少遗族；

万妖之地灵洲真个存在。

当初知道身世真相后，作为灭绝种族仅存的后裔，洛雪穹一直有着旁人难以理解的孤独与寂寞。当她忽然发现这个秘密，知道自己可能还有很多亲族存在于世上时，那兴奋程度可想而知。

重拾亲情只是一方面；任何明眼人都能看出，如果能找到这些散落海外的晶灵族后裔，很可能会从他们那里重新得到当年晶灵时代失落的文明和力量，从此雪晶国很可能重振晶灵时代的无上荣光，甚至重新改写整个神州的势力版图！

当然，这对洛雪穹来说并不是最重要的。在她接连失去父母之后，找到亲族，亲近亲族，特别重要。她对这种血脉的联系，变得格外地珍惜。

洛雪穹在信中说明一切情况后，在信末很认真地问，作为她最可靠、最值得信赖的朋友，苏渐能不能在将来有空暇时，陪她去一趟西海大洋中的灵洲。

接到洛雪穹这封来信后，苏渐一眼便看出了其中的意义。首先他为洛雪穹感到高兴，这不仅仅是出于私人的感情，而是作为被压迫的种族的一员，他对晶灵族当年灭绝的惨剧感同身受，充满了同情。

在这些感性的因素之外，他更是一眼看出，若是晶灵族能重整旗鼓，和他们人族弱弱联合，说不定还真能掀翻那个看起来不可能战胜的强大龙族。

于是，看到这封信后，他立即决定帮洛雪穹这个忙。

只是，虽然决定很快做出，但很显然那灵洲十分邈远，首先得越过西方的大荒；到了海滨如何穿过浩瀚的西海，到达最终的目的地，也是一个很大的问题。

不说别的，这趟旅程要花他不少时间，而他还有公职在身，显然不可能很快答应洛雪穹启程。

当苏渐还以为这事情急不得，准备将来有时间再陪同洛雪穹一同前去时，出乎他意料的是，灵洲之行，到来了。

就在苏渐收到洛雪穹来信大概两个月后，华夏之主光武帝李翊，便收到了天宸阁的灵鸽传书。

这一次的灵鸽传书，保密等级极高；李翊从中得知，天宸阁花了巨大的代价探明，龙族正在秘密从事一个极其重大的行动。

天宸阁说，也不知什么原因，龙族夺取了遗落大荒极西之地的幽冥圣杯，现在又觊觎灵洲中万妖国度的圣物"白骨圣杯"。

这白骨圣杯，听起来名字有些阴森，却是象征光明和生命之力的神器；传说中它是天神创造西海灵洲时的法器，名字有"生死人、肉白骨"的含义。

光武帝李翊收到的这封信，明显已是天宸阁极力周密刺探后的结果，因此展现在李翊面前时，情报相对全面。

他们甚至打听到，龙族觊觎的白骨圣杯，正是现在万妖之地灵洲的统治象征，传言它是当今妖族女王惑梦的力量源泉。

对于龙族的目的，天宸阁也进行了猜测。在历史上，当象征冥系力量的幽冥圣杯出现后，白骨圣杯和幽冥圣杯，便合称"光暗双杯"，象征着对立的光明与黑暗。

天宸阁从光、冥两系本身的原理进行考虑，便猜测出，这样两件代表光与冥的神器，如果通过某种法阵聚合在一起，很可能会产生某种不可测的巨大力量。

有了这样的推论，无论天宸阁还是李翊，都意识到事情的严重性。

对他们来说，东方的龙之帝国，已经是他们的老对手了；两百多年前差点将人族灭族，这两百年间人族上下还不尽力将龙族研究个底朝天？

越是深入地研究，便越让人族谋士们心惊。

龙族如此凶残好战，更何况还在武力上有着绝对的优势，但这两百年间，除了两年前因为血义盟的轻举妄动，引起了人龙二次大战，其他时候，竟没有一场真正的西征之战。

当然也有人要说，人族王国耗费大量人力物力，建起了风暴之墙，挡住了龙族飞龙大军前进的羽翼；但这样的说法，只能安慰一般人。

别忘了，"风暴之墙"这样秦时长城一样的强大要塞，不可能一天两天建成；在建造之初，若是龙族全力以赴的话，光横断山脉永恒风暴间的几个空隙，便足以让他们攻进来。

所以别看普通的人族军民，一直沉浸在“风暴之墙保卫我们”的安全感里，真正的人族精英之士，从来都是胆战心惊，不知道对面的龙之帝国打的什么主意。

未知最令人恐惧。

这么多年来，以华夏国为代表的人类王国高层，采取的是“外松内紧”的政策；在表面安慰民众之时，真正的王侯将相，从来都是如履薄冰，在恐惧龙族到底有什么企图。

这一点也能解释为什么每一次接壤的龙族王国稍有动作，华夏、天雪、云山、神木、梦泽诸国，便如同惊弓之鸟一样。

同样地，这也能解释华夏国宰相司徒威，为什么暗地里急于和龙之帝国媾和。

作为人类王国领袖的宰相，他了解的真相最多。知道得越多，对龙族越是恐惧；在极度的精神压力下，这才走向了求战派的反面。

虽说他这样的做法，放在苏渐等人眼里，极为不齿，司徒威自己却认为“举世皆醉我独醒”，他坚定地相信，只有这样，才能避免“亡族灭种”的可怕前景。

不得不说，虽然司徒威的真实政见很可疑，但他是华夏国难得一见的能人，这一点就连他的政敌也没法质疑。

司徒威当初在通往宰相之路上，钩心斗角自不必说，还真的做了不少重大的好事。

什么兴修水利、富国安民，都算小的；在当初光武帝李翊新登位时，因为传出一些别有用心的谣言，其他七大人族王国全都态度暧昧。这时，还是司徒威锐身自任，孤身前往各国；因为交通不便，几乎花了一年多的时间，风餐露宿，纵横捭阖，最后凭着三寸不烂之舌，消弭了人类王国内部大动兵戈的危险。

司徒威回来时，原先一个白胖胖的朝廷大员，已变得黄瘦憔悴，甚至之后多年的养尊处优，都没有把那一身膘给养回来。

正因为这个壮举，很多司徒威一党，就常年鼓吹，说他是当今华夏之朝的张骞、苏武。

所以认真说来，光武帝李翊当初能坐稳华夏国主的宝座，司徒威是出了死力的，于主上有大恩。正因这一点，尽管司徒威时不时流露出对龙族斗争不坚定的迹象，只要不十分过分，李翊也就睁一只眼闭一只眼，权当“人无完人”，尽皆宽恕过了。

当李翊收到天宸阁传来的消息后，第一时间召见的还是司徒威，让他派人去灵洲阻止龙族夺取“白骨圣杯”。

本来这种事情，找玄武卫最合适不过；李翊却直接动用宰相的力量，可见他对此事极为重视，简直势在必成。

作为多年屹立不倒的宰相，司徒威第一时间便领会了李翊的意图，当场拍板，决定让自己的首席谋士甘文光、义子萧龙雀，一文一武担纲，同去灵洲阻止龙族。

听到这样的安排，李翊十分满意。萧龙雀自不必说了，京华四杰之一，武勇与俊美名闻天下；那甘文光也不是一般人，顶着“宰相府录事参军事”之职，面色金黄，人称“金面甘参军”，为人智谋超群，幼年便以聪慧闻名京华，后来一路成长，其智慧远在那个身败名裂的“玉面狐”阮天择之上，乃是司徒威宰相真正的第一智囊。

和阮天择半路投靠不同，甘文光刚进入仕途，便投靠在司徒威门下，几乎等同于“家生子”。后来他又屡出奇谋，帮助司徒威在惊涛骇浪的华夏官场中屹立不倒，于是更受司徒威重视。

据一些亲近的人说，作为众矢之的的司徒威能安然至今，一半便拜甘文光所赐。

正因这些原因，司徒威对甘文光不仅倚重，某种角度更是敬重。

不过正因为甘文光少年得志，又得宰相青眼，为人便难免孤傲——他这孤傲的程度，可不一般，到最后除了宰相本人，其他几乎什么人都不放在眼里。

甘文光这样的人，智慧根本不用怀疑，但孤傲的结果，往往是固执，甚至喜欢剑走偏锋。虽说司徒威能屹立至今，可能一半拜他所赐，但作为华夏的宰相，有投降媾和理念，不得不说，至少也有一半是甘文光的“功劳”。

不管怎么说，司徒威是当今华夏国体察上意的第一高手，根本不需要李翊强调，他便让手下最强的一文一武去主理此事。

听得司徒威的表态，李翊还以为司徒威一心为国；他却不知道，在他收到天宸阁消息之前，司徒威已经收到龙族“友好人士”的密信了。

别看他现在在御前摆出一副全力以赴的姿态，回去后，他却暗中嘱咐甘文光和萧龙雀，此去灵洲，明里阻止，暗中却要配合龙族。

李翊对此，一无所知。

无论他多么英明神武，也想不到相知多年的老丞相，会暗地里做背叛朝廷子民的事。

虽然茫然不知，但多年的帝王生涯，却让李翊在宰相已经如此重视的情况下，鬼使神差般又去找玄武卫的轩辕鸿。

这一日，李翊青衣小帽，轻车简从，没惊动任何人，只带了几个同样乔装便服的精英侍卫，就来玄武卫找轩辕鸿。

进门之时，当值的玄武卫正要拦阻，走在最前的御前侍卫，轻轻抬手，不动声色地给他看了一眼大内侍卫的腰牌。

玄武卫总部之人眼光都很毒辣，只是一瞥，这守卫不仅判断出腰牌是真的，而且判断出等级还是最高的。

这时他再朝人群中那个青衣小帽的中年人看了一眼，仿佛想起了什么，悚然一惊，不发一言，立即躬身将他们让了进去。

见门口守卫有如此素质，李翊不动声色地点了点头。此后他将侍卫留在前院待客房，自己一人径直往轩辕鸿所在的内堂而去。

到了玄武卫内堂里，李翊开门见山说明了来意，要轩辕鸿在宰相府力量之外，独立派人前去灵洲阻止龙族的图谋。

轩辕鸿一听圣上来意，也立即神色凝重，当即表示要动用玄武卫最精英的紫晶徽卫，比如那个老成持重、刚升为紫晶徽卫的霍修诚。

没想到话才说到一半，光武帝李翊就摆了摆手，打断他道：“大统领哪里话，不用紫晶徽卫。”

“啊？”轩辕鸿闻言一讶，忙道，“那就血晶徽卫？只是圣上您可能有所不知，他们虽然强，俸禄和官阶都在紫晶徽卫之上，但在玄武卫之内，他们寥寥数人，只承执法队之责，主要对内监察；这种远渡西海、异域办事的能力，恐怕……”

“也不是他们。”李翊摇摇头道，“你误会朕的意思了。朕是说，你派‘那个铜徽卫’去就行了。”

“那个铜徽卫……我懂了。”轩辕鸿立即猜到了李翊的意思。

不过想了想，轩辕鸿还是有点奇怪，便带着些踌躇，揣摩着上意说道：“难道是……陛下觉得他年纪小，目标不大，更容易暗中行事？”

“哈，没有那么多高深的道理。”李翊哂然一笑道，“轩辕鸿，难道你没发现，此事的性质，就是‘搅和’啊。

“若论搅和、搞破坏、坏人好事，放眼整个京华城中，就没人比这小子更强；依朕看哪，这小子在这方面天赋异禀。”

“哈……这倒也是。”轩辕鸿赔笑两声，表情有点尴尬。

现在的轩辕鸿，已经视苏渐为子侄，这时候听了圣上的话，觉得苏渐给皇上留下这种印象，毕竟不是什么好事，说不定以后会影响他的功名前途。

于是他想了想，便开始在圣上面前替苏渐说好话。没想到才洗白到一半，光武帝李翊又摆了摆手打断他道：“轩辕鸿，你的心思，朕懂。不会的，你不用担心。你给朕记住，非常时、非常事，用非常人。等事成了，‘那个铜徽卫’，就变成‘那个银徽卫’了；爵位嘛，也顺手给他升一升。”

“太好了，多谢陛下仁心厚爱！”轩辕鸿十分高兴，忙着拱手行礼，算是帮苏渐谢过了。

在这之后，两人寒暄几句，说了一些最近的朝野趣事和国政要闻，光武帝李翊也就准备摆驾回宫了。

不过正当他走到内堂门口时，相送的轩辕鸿，忽然想起一事，忍不住面带迟疑，低声问道：“陛下，微臣还有一事，想跟您言明。”

“何事？”李翊停住脚步，转身看着他。

“就是上回红焰晶海时，因为阮天择之事，苏渐这小子年轻气盛，一心为公，不免没轻没重的，可能和宰相府结怨了。这回您已经派了宰相的人过去，小苏他……”轩辕鸿欲言又止地说道。

“哈哈！”李翊闻言，大笑两声，看着这个自己座下的第一忠犬，略带嘲讽地说道，“怎么？轩辕鸿，以你的水准，这种话还要问？哈，就是因为他们不和，我才这么安排的啊。”

一言说罢，李翊转过身，头也不回地离开了。

“这……”目送着他和侍从们离去的背影，轩辕鸿怔立良久，才忽然如梦初醒。

他伸一伸手，一摸额头，发现自己不知何时，已是冷汗涔涔。

“果然天心难测。”轩辕鸿嘀咕一句，摇了摇头，便去找苏渐交代灵洲之事了。

等他找来苏渐，稍微一说灵洲之事，忽然看见少年目瞪口呆，嘴巴张大得几乎能塞下一颗鸭蛋！

“怎么了？”见他如此，轩辕鸿皱了皱眉，略带不满地道，“贤侄，你今天怎么一惊一乍的？怎么，听说要去灵洲，不乐意啊？”

“不、不是，”苏渐清醒过来，忙道，“大统领，您说事情有没有这么凑巧的？大概两个月前，我那同窗洛雪穹，就是当今的雪晶国国主，还来信跟小侄提过，说什么时候陪她往灵洲一行，她要去那里寻访她的亲族。本来我以为，灵洲路渺，不等上三年两载，都难成行；没想到您这么快就找我去灵洲做事了！”

“哈？这么巧？”轩辕鸿也惊讶道，“臭小子，你的运气还真不错。”

不过想了想，轩辕鸿也有些埋怨道：“小苏，别怪我说你，雪晶国国主来信这么大的事，怎么不跟你轩辕叔提？且不说公事，光论私而言，我是你的长辈，现在有女儿家写情信给你，你得告诉我啊，否则我怎么给你把关呢？”

“咳咳，轩辕叔、大统领！您说远了。”苏渐红着脸，表情尴尬地道，“也不是什么情信啊，只是灵洲路途遥远，她约小侄一起渡海游历罢了。”

“那还不是情信？！”轩辕鸿一双虎眼瞪得像铜铃那么大，叫道，“这不算情信什么才是？邀你一起出游呢！她怎么不邀你承天大哥啊？”

一提到儿子，轩辕鸿情不自禁地倒起了苦水：“唉，说起来，承天那小子，有你一半的本事就好了。你也知道，仰慕承天的好女孩真不算少，可你承天大哥也不知道心里怎么想的，居然全都拒之门外。结果，弄得现在流言四起，居然有市井无知民妇，编派你承天大哥其实不爱红粉，竟有龙阳之癖，恋上了那个娘们儿似的萧龙雀！

“这倒也罢了；还有些无德的书生腐儒，借机生财，编出什么《天雀惊世情》之类的狗屁小说，到书坊售卖，专骗那些无知妇孺的钱，据说还十分畅销……你说这到底算什么事？完全是胡说八道！”

说到这里时，轩辕鸿已经气得吹胡子瞪眼了，两手直拍桌子。

听到这些话，苏渐也是哭笑不得。

这时他才终于明白，为什么两个多月前，自己在大统领府中过中秋节时，偶尔谈论起坊间流传的某个传言，轩辕承天的反应会那么大；记得当时他也像轩辕鸿这样拍案而起，怒叱市井流言贻害无穷！

想起那晚轩辕大哥的气愤，再想想刚才轩辕鸿所言，苏渐忙道：“大统领请放心，据我所知，承天大哥绝对没问题。”

东土异人

“他已有心仪的女子，还曾跟小侄略微透露过；平时未曾流露，拒女子于千里之外，实在是因为大哥他说，‘龙贼不灭，何以家为？’便一时不把这些儿女之事放在心上。”

“真的吗？”对苏渐的话，轩辕鸿有些怀疑。不过他很快就意识到自己这样问很不妥，哪有怀疑自己儿子不正常的？

意识到这一点，轩辕鸿连忙面容一肃，矜持着说道：“那就好，那就好。我说嘛，承天他心怀大志，定是一时不屑这些儿女情事。做得好，做得好啊！果然有老夫当年的风范。”

端着架子才说了几句，最后他还是忍不住道：“贤侄啊，叔还是那句话，你们年轻人之间谈得来，若有机会，你也别忘劝劝你大哥，那龙贼固然要灭，但一时半会儿也灭不了不是？总得传宗接代啊，你也别让他太不着急了。”

“放心，放心，全包在小侄身上！”苏渐满口答应，那郑重的姿态甚至比接受公务还要认真。

见他如此，轩辕鸿十分满意，想了想便道：“贤侄，这样最好。你就跟洛女主一同去灵洲；毕竟虽说我这边会全力支持你，但你若能有雪晶国一臂之力，更能成事。我人族境内，一荣俱荣，一损俱损，想必她雪晶国，也不希望龙族大敌成事。稍后本座就写一封公函，说明个中利害，你拿给她看，她自然能够理解。”

“多谢大统领，如此最好。”苏渐欣然称谢。

此事差不多就这样确定了，不过有一个问题苏渐百思不得其解，疑惑问道：“大统领，您知道那龙族，多年不动手，现在为什么忽然如此着急去抢‘光暗双杯’？”

“问得好！”轩辕鸿赞了一声，沉吟说道，“本座也在怀疑此事。双杯本身便不说了，为什么龙族多年没什么动静，偏偏等到现在才去抢幽冥、白骨二杯，难道这里面有什么玄机？”

“正是。”苏渐道，“也许，他们等到了某种时机。对了！”说到这里，苏渐忽然眼睛一亮，叫道，“大统领，您还记得上回我跟你说过的隐龙君之事吗？”

“唔……”轩辕鸿一听，立即领会了。“好！”他想也不想，大手一挥道，“你安心去灵洲，确保龙贼夺不到白骨圣杯；隐龙客和天雪国这里，本座会盯牢！”

确认好此事，苏渐便行礼告辞；轩辕鸿也按照华夏国的惯例礼仪，习惯性地端起茶杯，以示端茶送客之意。

苏渐刚要走出房门，忽然心中一动，又返身问道：“轩辕叔，先前您提到，陛下已先命宰相大人主理此事，不知他派的谁人前去？”

“是甘文光，”轩辕鸿抿了一口茶，漫不经心道，“还有萧龙雀。怎么，有什么问题？”

“没问题，”苏渐道，“很好，很好。”当他再次拱手告辞往外走时，脸上忽然露出了一丝笑容……

人族领袖华夏国，对龙族此番目的难以理解，出现这种情况，正是由于他们完全不知道这么多年来，龙之帝国真正的目的。

别说他们，就连龙族之中，也很少有人知道这一点。

三百多年前，封印魔族；又用一百年，横扫神州大陆。之后，龙之帝国走上了它的巅峰。

但没人意识到，某种外人难以察觉的变化，正是从龙之帝国走上巅峰之际开始的。

这个变化的核心，便是龙之帝国的亲王、巫龙之国的王者“撒菩勒伯”。

龙之帝国的模式，有点像人族的周朝，根据具体的族群，分封了多个王国，并按血统的贵贱、势力的大小，在中枢国圣龙皇朝之外，形成了上、中、下三等龙国。

撒菩勒伯统治的巫龙之国，本就和穹龙、冰龙、雷龙、灵龙之国一样，位列上龙之国，而且他自己的谋略也极为出众，在龙族横扫魔族人族时，便在圣龙皇身边出谋划策，被龙皇倚为左膀右臂。

撒菩勒伯之名，在龙族语中，有堕落和桀骜的双重含义；不过撒菩勒伯，从没任何堕落的迹象，桀骜也只在下属面前显现。熟悉他的人，甚至认为，他是圣龙皇座前最忠实、最听话的臣子。

外人揣度，可能正是这个原因，所以在大陆初定、龙族没了任何威胁后，圣龙皇并没有鸟尽弓藏，还是一如既往地信任这位巫龙之王。

当然从撒菩勒伯的角度看，战后他的道路，也没有像史上诸多政争剧情那样发展。

作为实力强大、威望极高的第一功臣，尤其智力和武力都已强大到几近完美，撒菩勒伯并没有走上谋朝篡位的道路。

战后他依旧隐藏在圣龙皇的光环之下，在帝座之前俯首帖耳，甚至那忠诚的态度，比战前有过之而无不及。

对这一点，旁人看起来，甚至比圣龙皇没有鸟尽弓藏还要离奇。要知道巫龙王撒菩勒伯，可不是位良善的主儿。

正因为君臣相得，圣龙帝国这两百多年间，一切运转如常。

如果说这期间，唯一让人有些意外的波澜，便是“月歌之陨”。

作为圣龙皇唯一的子女，月歌是龙之帝国天然的继承者，打一降生落地起，便拥有龙族儿人王国公主的称号。

有这样的身份，再加上龙族傲视神州的背景，如果有人说月歌是这世上受上天恩宠眷顾最多的生灵，估计没有人会反对。

可是，任谁都没想到，最该造反的撒菩勒伯没动静，这位毫无疑议的皇位继承者，却出了大问题！

当然“月歌之陨”，是龙之帝国最大的丑闻，也是最大的机密，除少数当事人外，其他几乎没人知道内情。

但世上没有不透风的墙。事情过去后的几年间，不少龙族人都听到了一些风声。

这时大伙儿才知道，原来圣洁神明、集万千宠爱于一身的月歌公主，不知道受了什么刺激，发了什么疯，竟然被一个人族少年诱惑，从而堕落。

这个少年后来被证明，来历一点都不简单。

他的真实身份，乃是人族的龙血者，被训练派入龙国潜伏后，因为能力出众，最能折腾，最后竟然被巫龙之王撒菩勒伯收为弟子，然后很戏剧地又被不知情的撒菩勒伯，给派回到人族华夏国潜伏。

具体细节外人无从得知。一来二去，这人族奸细少年，竟骗取了月歌的芳心；他不仅让她坠入了爱河，最后居然还蛊惑她，让她去刺杀她父皇最忠实的兄弟和重臣——撒菩勒伯。

这样丧心病狂的事情，最后自然没能成功；否则现在消失的，就不是月歌，而是巫龙之王了。

虽说月歌所作所为令人发指，邪恶疯狂，但因为固有的感情，所有的龙族之人，还是把仇恨的目标，指向了那个人族少年。

按常理说，这样的罪魁祸首，千刀万剐都不为过，但作为最直接的受害人撒菩勒伯，竟然只是抹去人族少年的记忆和功法，息事宁人般驱逐回人类王国了。

对他这样“软弱”的处理，所有知道这件事的龙族人，都感到难以理解。

虽然心存疑惑，但几乎所有龙族人，都众口一词，称赞巫龙之王深明大义，难怪战后圣龙皇对他圣眷更隆。

说到“圣眷更隆”，其实龙之帝国中有少数有心人，还注意到战后另一个小小的异常——撒菩勒伯在帝座之前提出的所有决策建议，圣龙皇都言听计从。

这样的事，发现之人的第一反应，就是怀疑圣龙皇是不是让撒菩勒伯操控了。

能注意到这点的，都不是一般人，总有各种手段去观察和验证。

只是验证的结果，大大出乎他们的意料。

他们发现,圣龙皇陛下没有一点异常,并且每次看起来言听计从的决议,其实毫无例外也是圣龙皇自己的想法。

得到这个结果,这些龙族权贵高人不由得惊呼:“难怪巫龙之王能够屹立不倒、圣眷日隆,靠的全是这前无古人后无来者的揣摩上意的天赋?”

但这些消除怀疑的龙族贵族们,并没有意识到,一场由撒菩勒伯筹谋的滔天波澜,从人龙大战一结束后,便开始涌起凶险的暗流……

这一场波澜,空前绝后,凶险绝烈的程度,绝对超乎任何人的想象。

因此,即使有部分龙族贵族察觉到蛛丝马迹,也完全想不到其真正面目是什么。

当然,对撒菩勒伯的惊天谋略,其亲信还是知情的。

就在厉华楚对召雾族大开杀戒的一个多月前,巫龙执政官的府邸密室中,狂禅找来他的心腹亲信蟠泽,在交代他一个秘密任务之前,狂禅谈论到他们主子的这一惊天计划。

谈话的缘起,还是因为白骨圣杯。

白骨圣杯远在西海大洋深处的妖族领地灵洲,龙族的势力难以到达;但白骨圣杯本身,又对撒菩勒伯的计划十分重要。别人不知,狂禅和蟠泽却早已知道,白骨与幽冥这一对“光暗圣杯”,通过巫龙王大人的秘术聚合在一起,将迸发出史无前例的巨大能量。

这样的能量,当然不是用来烧锅煮饭、开山采矿,其真正的用途,连此时在场的蟠泽也不知道。

于是,当他在密室中,听着主子大谈特谈光暗双杯融合时的强大威力时,蟠泽忍不住问道:“大人,不知巫龙王大人要这么大的能量干什么?难道是要炸开风暴之墙的要塞吗?”

“呵!”狂禅冷笑一声,轻蔑道,“蟠泽,你以为巫龙王大人就这点格局?光暗双杯之力,实则是用来推动一座旷古绝今的法阵。”

“原来如此。”蟠泽讷讷道,“这样的法阵,一定了不得。”

“当然了不得,”狂禅眯着蓝赤冰火双眼,看着蟠泽道,“以万里山河为基,以亿万生灵为引,你听说过这样的法阵吗?”

“啊!”饶是蟠泽性情阴冷,听得狂禅之言,也不由得大吃一惊。

“这、这……”嗫嚅了半晌，他才问道，“敢问大人，这样的法阵，究竟用来做什么？”

“蟠泽，这问题还要问我？”狂禅蔑然道，“你自己动动脑子，想想咱们的主上，一生大志是什么？”

“消灭魔族！”蟠泽脱口答道。

“对，也不对。”狂禅冷然道，“应该说，是‘灭绝’魔族！

“在主上看来，魔族本性邪恶，性情悖乱，无论杀伤、镇压、封印，都没有用。要解决天地间这个根本不应该存在的毒瘤，就要彻底毁灭这颗毒瘤的生存之地。”

“呀！”蟠泽倒吸一口冷气，愣了半晌后，忽似恍然大悟道，“属下懂了！怪不得主上和大人都说，即将到来的那一天，叫‘净化之日’！”

说到这里，蟠泽忽然想到一事，便有些疑惑地问道：“大人，法阵这般浩大，要山河万里，生灵万千，究竟要去哪里——啊？！难道是……”

疑问刚说到一半，蟠泽自己便猜到了答案，顿时整个人都惊呆了。

“嘀嘀，看来你还不笨。”狂禅看着呆若木鸡的亲信，悠然道，“蟠泽，你向来为我倚重，主上之计划历经二百年，到今日也到了能和你说的时候了。

“不错，你没猜错，这亿万生灵之引，正是那些卑微劣等的人族！否则你以为咱们为什么留着人族不灭？风暴之墙，哈！笑话，笑话！这世上真有不破的要塞城墙吗？

“巫龙王大人正是以天下为棋局，以万族为棋子。留着人族不灭，正是需要在我们的逼迫之下，让他们优胜劣汰，代代改善更迭，最后才能得到符合‘恸天灭地血祭大阵’条件的人族。

“而巫龙王大人筹划的恸天灭地血祭大阵，需以百万血肉精魂为薪柴，以万里天地山河为炉鼎，由光暗双杯启动，之后便能爆发出浩瀚无边的决死之力，彻底毁灭魔族世代所居的湮灭地带！”

饶是蟠泽有了心理准备，听到如此宏大残忍的核心计划时，还是惊得毛骨悚然、张口结舌。

呆愣半晌，意识已经恍惚游离，但本能告诉蟠泽，在主子面前这么长时间不说话，很是失礼。于是他如同梦呓，随口找话问道："巫龙王大人这般，真是雄才伟略；想必圣龙皇陛下，也是十分赞成的。"

"呵！"蟠泽随口一言，却引得狂禅一声冷笑，"圣龙皇？他当然赞成。你想想，与人族大战后，圣龙皇哪一次反对过我们主上的意见？"

"呃！"狂禅看似轻轻巧巧的一句话，对蟠泽造成的影响，好似比刚才说出惊天计划时还要大。

"是、是的……"蟠泽勉强一笑，但笑得比哭还难看。无数细密冰冷汗珠，已经从他额头不由自主地渗出流下。

"你怕什么？"狂禅盯着他，阴冷而得意地道，"你放心，主上是什么人，做这等事焉能留下痕迹？

"你以为，那些卑微人族所说的'巫术'一词，来自何方？不就是我们伟大尊贵的巫龙族么。放心，咱们英明神武的圣龙皇陛下，他所做的一切决断，都出自'本心'。"

"主上……圣明。"附和赞叹时，蟠泽内心却对撒菩勒伯的手段心机悚然而惊。

狂禅注意到他的神色，见他还是面色煞白，便不快道："蟠泽，没想到你胆子这么小。试看今日之域，究竟是谁人之天下？你应该庆幸跟随的是撒菩勒伯大人！"

"是，是！"听得此言，蟠泽的心情，确实变得平静了一些。

"嗯，你别觉得主上大人心机深沉、手段狠辣；其实他才是真正的大智大勇大忠之人。"密室之中，狂禅也有些动情地道，"主上深知，那魔族本性悖乱，一心奉行'灭世重生'，实乃天地间罕见的毒瘤。圣龙皇陛下固然英明神武，但对魔族的处置，还是心慈手软，这样必留后患。

"主上他有坚定之念，一旦认定所行之事正确，哪怕世间所有人都反对，他也会坚持执行。别忘了，我圣龙帝国中，谁人最崇敬爱戴圣龙皇？是主上！现在做下悖逆之事，那也是为了信念迫不得已。

"蟠泽，你以为，主上跟龙皇陛下这么多年的深厚情谊，他不看重么？他才是真正的牺牲者。为了信念，牺牲曾经的深情厚谊，甘当这个'恶人'，主上他内心好受么？主上已经暗自跟我说了，等事成之后，他一定会解除巫术，跟圣皇陛下自缚请罪。”

“原来如此……”听到狂禅这一番推心置腹的话，蟠泽这才真正动容，一时如痴如傻，口中不停地喃喃道：“主上会成功的，会成功的……”

“巫龙王大人的计划，是超出想象的伟大计划，未必百分之百成功，但有件事一定能保证。”狂禅斩钉截铁道。

“什么事？”蟠泽好奇地问道。

“很多‘人’，会因此而死去。”狂禅冷漠地说道。

“那是他们的荣幸！”蟠泽叫道，“本来他们就是卑微低劣的存在！现在有机会参与到如此伟大的计划中，付出的只是卑贱的生命，换来的却是无上的荣耀，这真是他们的幸运！”

“哈哈！说得好！”狂禅狂笑一声，赞许道，“蟠泽，果然不枉我看重你，你这番话，真是说到点子上了。不过现在有件事，还需你去做。”

“请大人吩咐，属下万死不辞！”蟠泽狂热地叫道。

“你听好，”狂禅道，“虽然巫龙王之妹雪冽迩大人，已经启程前去灵洲，夺取那白骨圣杯；但此事实在太过重大，为确保万全，你便尾随其后。

“记住，你只隐在暗中，不要现身。若雪冽迩大人一切顺利便好，你就当去灵洲刺探一番，为我族今后征服妖族做准备；但若雪冽迩大人事情不谐，你便暗中伺机行动，务必保证夺得圣杯，确保巫龙王大人的伟大计划万无一失。”

“是，大人！”蟠泽躬身领命，“属下明白。请大人放心，此事属下必保万全！”

巫龙国中暗室密谋之际，苏渐那边也正紧锣密鼓地准备灵洲之行。在轩辕鸿那里领到任务后，他立即写信给洛雪穹；书信寄出之时，他也整装上路，没带任何人，秘密前往雪晶国。

收到苏渐的书信，洛雪穹见他这么快便答应同去灵洲，还要阻止龙族的阴谋，十分高兴。

十分凑巧的是，在这段时间里，她也从冰笈楼中发现了更多有关灵洲的记载，特别是修复了一张古老的“灵洲山河图”。

于是，当苏渐到来后，洛雪穹稍作准备，便和他一起前往雪晶国的北方海滨，乘坐雪晶族特有的“羽帆雪蚌船”，朝西南方向的西海灵洲扬帆而行。

羽帆雪蚌船，也是雪晶国立国后的这两年多来，从冰笈楼中发掘出的雪晶族古老文明；整艘船无论船体还是帆舵，都是按秘典中记载所建。

所谓“羽帆”，乃是白帆之顶饰以风灵异鸟的羽毛，自动带有风灵之力，即使无风或逆风，也照样能扬帆前行。“雪蚌”，则是指它的船体借鉴了雪蚌的椭圆之形，能够在远洋航行中兼顾速度与牢固度。

同时，在船沿和船身的外侧，羽帆雪蚌船也确实覆盖了一层巨蚌之壳；这样不仅可以抵御海水的侵蚀，在阳光照耀时还能闪现珍珠般的晶彩光泽，样子十分美丽。

兼顾功能与美观，这一点倒确实是传说中晶灵族的风格。

这样的海船，其水准已经大大超过了现在内陆国华夏国的水准；所以当苏渐第一眼看见羽帆雪蚌船时，在感激洛雪穹之余，也确实觉得自己的运气不错。

虽然如此，毕竟海路邈远，风波险恶。两人乘着羽帆雪蚌船，一路向西南，几乎航行了两个多月，才终于接近了传说中的灵洲大岛。

而这一路上，也并不平静。除了轻快坚固的雪蚌船要经常抵抗骤然而来的如山巨浪，在快接近灵洲时的某个夜晚，他们还遭受了诡异无比的长须海妖攻击！

不过海妖袭来的那一晚，苏渐和洛雪穹听到风波异常，便格外警惕；当诡秘的海妖披星戴月踏浪而来，他俩立即反应过来，拼尽全力，联手抵御，最后将海妖击退了。只是那一役中，海妖凶猛异常，最终他们还是损失了五六位同行的雪晶国船员。

二人初登灵洲，是在一个雨后初晴的上午。

蚌壳形的雪白帆船，小心地靠近灵洲东海岸的一处偏僻海滩；停稳之后，苏渐和洛雪穹便离船踏岸，不过两人还没顾得上重新适应脚下坚实的土地，便被灵洲风物的唯美清新震惊了。

此时他们的脚下，是细密的沙滩，那颜色白得就像一整块雪色的纱绢。

他们的身后,是湛蓝的海波,在阳光下闪耀着宝石的光芒,无数雪白色的海鸟翩跹翔舞其上。

他们的眼前,更是从未见过的浩大草丘,它们在碧蓝的晴空下迤逦蜿蜒,无边无际,清风吹来时就仿佛万顷海波动荡起伏。

草丘之上,不乏鲜花,但因为丘原千里,尺度广大,即使局部的花丛无比绚烂,放到如此广阔的天地里,也立即被稀释,成为千里碧毯上零星的彩斑。

此时又是雨后初晴,一条巨大的彩虹横亘在浩阔碧丘的上空,其后乱云飞动,如万顷碧浪之上飞架一座七彩长桥,仙云缭绕,景象十分梦幻。

饶是苏渐二人见多识广,乍看见这样清新唯美的雄丽景象,也十分震撼。

他们之前对灵洲知之甚少,总有种错觉,觉得隐在大洋深处的海岛,既然神州之人听说得不多,那很可能真个荒莽粗劣、艰难凶险。现在一见,却是如此风光秀美,内心不免有巨大的冲击感。

此来灵洲,前路叵测,妖族性情难以捉摸,因此还在海上航行之时,苏渐便与洛雪穹议定,在到达安全地域之前,两人假扮一对未婚夫妻,如若别人问起来此的缘由,就说是因为先前在海上遭遇了风暴,才流落于此。

离开海滩前,洛雪穹又交代那些同来的雪晶国船员和武士,让他们在附近的密林中扎营潜伏,随时等待她的指令。

安顿好一切,洛雪穹便和苏渐踏上未知的征程,在风光如画的草丘之中向灵洲大岛的深处而行。

走了一段时间后他们才知道,西海灵洲的面积远超想象;走了一个多时辰的路,他们才见到第一座妖族的村庄。

和神州大陆的村镇不同,妖族村中的民居风格怪异,与其说是房屋,不如说是在草丘壁上掏出的半圆洞窟。

苏渐一眼便看出,因为此地草丘极多,连绵不绝,所以当地妖族人便因地制宜,选择相对高耸牢固的土丘,在丘壁上挖坑掏洞,再用木板固定洞壁,便成了不错的居所。

这样的妖居,真是十足十的“洞房”;洞房之外,妖族村人再整理出草坪，围以荆棘，形成了一个像模像样的院落。

从这一点也可以看出，无论什么种族，基于同样功能的事物，往往会殊途同归，比如眼前妖族的草丘洞屋，演变得也和大陆人族的院落差不多了。

初登灵洲，苏渐觉得事事新奇，便连这样在灵洲十分普通的妖族居所，也细细打量。

这一仔细观察，还真让他看出些门道来。

他发现，在村子的角落里，有些洞屋已经塌陷，看样子并非天灾，而是人为舍弃的。

从这样的废弃房屋中，苏渐看出，妖族果然习性天然，那洞屋本就从草丘中掏得，一旦废弃塌陷，依然还是一座土丘，对环境不会有任何的破坏和污染。

看出这一点后，苏渐跟洛雪穹一说，女孩儿便也俯首沉思。

半晌无语后，洛雪穹仿佛自省一般幽幽说道："苏渐，这两年我遍察晶灵族经典，发现我族的没落，除了恶魔族的入侵，和本身有很大关系。"

"此话怎讲？"苏渐好奇地看着她。

"嗯，我看到，祖上在晶灵时代的末期，其作为与眼前的妖族截然相反。他们于器物、灵法一途，有了极高的水准，但心境修为却未能跟上。结果，他们对器物和灵术的滥用比比皆是，自然山河也被大量改造，以满足他们日益膨胀的欲望。"说到这里，洛雪穹神色黯然，痛心地说道，"于是恶魔族侵攻之前，各种天灾已开始层出不穷，最后恶魔国度侵略时，我族已是无力抵抗了。"

"唔……我明白了。"苏渐若有所思道，"我族有圣贤说，'道法自然'，又曰'天道守恒'，那天地自然自有其运行之理，岂是这般容易被改造的？与其说是改造，不如说是破坏，最后自是要遭反噬。这样说来，这妖族倒是契合天道自然，虽然僻处灵洲，将来若得机缘，前途不可限量。"

"正是。"洛雪穹点了点头，心中不知联想到什么，一时默然不语。

除了妖族村庄的民居，妖族之人当然也吸引了苏渐二人的注意力。

第一次亲见灵洲妖族，他俩发现，这些妖族之人虽然出身禽兽，但现在的化形已经和人族基本无异；只是有些细节，比如尖耳、毛羽、头角、身后之尾等，还或多或少保留着原有禽兽之身的特征，彰显着他们是不同于人族的族类。

比如眼前这座村庄，从妖的口鼻耳尾特征来看，苏渐觉得不出意外，应是犬族。

这些犬族村人的衣物，虽然风格与神州中原迥异，更类似于人族历史上的胡人衣装，但总的来说，差别并不如想象的那么大。

在这座犬妖村庄中停停走走，行行看看，过了一阵后，苏渐忽然觉得好像有哪里不太对劲。

一念及此，他立即转脸对洛雪穹小声说道："雪穹，你有没有觉得，这些犬族人看见我俩，似乎并不是很奇怪。"

"嗯。"洛雪穹点点头道，"方才这一路，他们见了我俩，神色毫不惊异，莫非……"

"应该是了，"苏渐道，"看来也是我孤陋寡闻，这灵洲应该也有我族的人常来常往。"

正说到这里，他俩听前面一阵喧哗；还没反应过来，就见附近的犬族人纷纷向前奔走，边跑还边喊道："东土异人来了！东土异人来了！"

"东土异人？"苏渐和洛雪穹闻言一愣，相互对视一眼，便也加快脚步，跟在这些妖族之人后面，赶到前面去一探究竟。

本来还挺好奇，等到了近前一看，苏渐和洛雪穹发现，被围在一圈犬族村人中央的，只是个衣着寻常的神州男子。

"呵，"见得如此，苏渐哑然失笑道，"雪穹，刚才看妖族纷纷奔走，呼朋唤友，还以为东土异人是什么奇人异士，没想到原来只是我们那里的普通人。"

"嗯。不过也不能算普通。"洛雪穹看着那人，若有所思道，"能经历千里风波、万里海涛，来到灵洲这里的，总不是寻常之人。"

"对！"苏渐恍然道，"看来这人应该有点门道。反正现在也无事，便去看看这人不远万里来到这里，究竟要弄什么噱头。"

于是，他俩也挤在妖民群中，想要看这人想干什么。

"各位妖族大人，小人常泰，乃是东土华夏人士。"只见中土汉子朝四周团团一拱手，用洪亮的声音说道。

"哈？原来还是我国之人。"苏渐小声笑道。

又听了一会儿，他才知道，原来这位叫常泰的华夏人，并没有什么惊天的行径，只是推销他带来的那些核雕。

这些核雕，虽说小而精美，以径寸之木或为宫室器皿，或为人物鸟兽，但在华夏国中，也属于常见之物，而常泰这位仁兄，却把这些核雕吹得天上有、地上无。

煞有介事地吹嘘也就罢了，他竟然敢大言不惭地说核雕是由各国国师施大法力，通力合作才制成的。

听到这里，苏渐几乎要笑出声来！很显然，这位常泰老兄只是个走江湖的不入流角色，"国师"这词儿从他嘴里说出来，本身就有一种莫名的荒唐感。

正暗笑之时，他忽然听到常泰嘴里蹦出一句话，顿时更加愕然——那常泰竟然说，他手中最顶级的那几只核雕，是由华夏国最著名的"孤胆屠龙"苏英雄，提着血歌剑，蘸着兽龙之血，亲自雕成的！

听到这话，苏渐先是有点不敢相信自己的耳朵，确认无误后，那脸上的表情别提有多精彩了……

这时洛雪穹还有些信以为真，转脸低声问道："没见的这一两年，你真的在研究雕刻之术？只是这血歌剑，雕橄榄核，稍大了些吧？"

"稍大了些？根本就不能雕好吧！"苏渐苦笑道，"怎么，连你也相信啊？"

听少年这么一说，洛雪穹也觉得有些荒唐。想了想，她笑道："苏渐，你的名头现在不小啊，连走江湖的都拿你的名头来卖东西，真不错。"

"不错什么，"苏渐嘟囔道，"赚了钱，也没见分我一文两文。"

常泰的话，连洛雪穹都有些信以为真，更别提本地那些犬族村人了。他们对常泰的话深信不疑，每当常泰舌灿莲花之际，他们还爆发出震耳欲聋的叫好声。

见此情景，苏渐从旁冷眼观看，发现这位常泰虽然做的事情不入流，但各种机巧手段，倒也有过人之处。

比如这等哄人之时，常泰特地让身上没带钱的妖族人，不要回家拿钱，而是当场互相借钱来买他的核雕。

对这样的做法，苏渐开始有些不理解，但仔细一想便觉得还真有道理：一旦人群走散，回家拿钱，就算不被他人三言两语提醒，就这一路被风一吹，也难免清醒，觉得常泰卖的价格太贵。

心中暗赞此人心思机巧之时，苏渐也掏钱买了一只小舟造型的核雕，算是异国他乡，帮衬帮衬自己的同胞。毕竟，虽然对常泰满嘴胡言有些不以为然，但苏渐也经历过贫苦之时，便也有心帮衬。

当他掏出银钱，购买核舟之时，常泰看见他的样貌，显然一愣，不过也不敢多言，赶紧从这位同族之人的手中收过钱，递予核舟，赶紧去跟其他犬族人收钱交货去了。

这会儿忙着生意的常泰倒没想到，刚才这位清俊洒脱的同族少年，正是自己拿来当幌子的"孤胆英雄"苏渐。

收钱交货，毕竟有个过程，这其中有些先买了常泰核雕的妖族村人，便准备散去。

见得如此，常泰又开始大叫，叫大家不要急着走，因为他为了感谢大家，凡是购买了他核雕的在场之人，每人都有一串上等的核雕手串相赠。

一听说有免费的东西送，那些正四散的犬族村人全都停住脚步，聚拢回来，不走了。

有了刚才心中的琢磨，苏渐很快就明白了常泰这样说的用意：他要用这样的小恩小惠，留住人群，避免有人先回家，被家人一顿说，清醒过来，回来厮闹退钱。

见得如此，苏渐不免感叹，心说这样的小民为了赚点钱，不顾万里波涛的凶险也就罢了，光这个小买卖的过程，就花费了无数的心思筹谋。从这一点说，他高价卖点这些不值钱的核雕也算合理。

于是，当最后常泰也递给他一串粗陋不堪的核雕手串时，苏渐也就欣然收下了。

见他好似毫无所觉地收下手串，洛雪穹不免蹙眉道："苏渐，难道你看不出，这些只是走江湖的小民哄人的把戏吗？”

“怎么会看不出？”苏渐笑道，“别忘了我是干什么的，简直就是这些人的祖师。不过别忘了，我俩现在就是小民啊！这核雕手串为什么不要？我要拿它来送给你！”

说着话，他便把手串递向了少女。

对他这样孩子气般的举动，洛雪穹有些猝不及防；微一惊讶，刚想嘲讽，她不知想到什么，那粉洁如玉的面皮儿，便微微有些发红。

一吻传情

作为雪晶国之主，洛雪穹什么奇珍异宝没见过？但此时此地，当苏渐递过来一只粗陋不堪的核雕手串，愣了一下后，她飞快地伸出手，收下了。

再说那常泰，发完不值一文的核雕串后，果然和苏渐料想的一样，一溜烟便跑掉了。

说起来常泰是个很普通的人物，但当他开溜之时，苏渐一直紧紧地盯住他；那认真的姿态神情，倒好像在认真观察常泰远去的路线一样。

当常泰的身影消失在茫茫的草野中后，苏渐最后还是忍不住，跟那些还在把玩核雕的妖族村人，委婉地指出，这些核雕可能并不那么值钱。

没想到，他好心提醒后，那些妖族村人却笑了。

他们用生硬的神州语跟苏渐说，这些核雕也许在东土不太值钱，但对他们来说，是太新奇太精巧了，简直是世所难求的珍宝！反倒是常泰这位"东土异人"，跟他们索要的金银铜钱，在他们这里有很多，并不怎么值钱。

"哎呀！"听得这样的言论后，苏渐霎时茅塞顿开！他立即对洛雪穹道："哈！果然'行动须有三分财气'，出来走走，就知道了一条生财之路哇。将来万一我在华夏国混不下去了，就来这里做生意，到那时，如有必要，你雪晶国可要给我发通关文牒、通商凭证！"

"呵，怎么会？你还想做海商么？"洛雪穹闻言一笑，有些不以为然。

"不要笑。"苏渐一脸认真地道，"雪穹，我还真不是开玩笑。虽不知贵国商贸情况，但你们离此灵洲相对不远，真可考虑开埠通商的。相比我等人族，贵国之民传承雪晶族衣钵，和妖族沟通起来更亲切。”

“嗯……”听着他的话，洛雪穹的神情渐渐严肃，最后俯首不语，认真思索起来。

“这件事情，以后再想吧。”看她陷入深思，苏渐笑道，“我们先做正事。走，我们去找一个人。”

“找一个人？谁？”洛雪穹有些茫然地问道。

“自然是——”苏渐刚要说出那人名字来，忽然听得不远处有人暴喝道：“呔！你们是什么人？！”

伴随这一声暴喝，转而便是一阵脚步乱响；苏渐二人抬头一看，便见七八个妖族武士，正舞刀弄棒地朝这边冲来！

很快这群犬族武士便冲到近前。

为首那人，体覆白毛，双耳更尖，正提着一口板刀，面相凶狠地看着苏渐二人，大喝道：“你们究竟是什么人？来我灵洲，鬼鬼祟祟，是要干不法之事吗？”

“啥？”听得此言，苏渐觉得十分冤屈。

正要辩解，这犬族武士首领又喝问道：“你们和刚才卖核雕的那人，是一起的吗？”

“当然不是！”苏渐立即道，“我们和他素不相识，只是刚才——”

“哎呀！原来不是常泰大人的人！那你们更可疑了。”首领喝叫道。

苏渐闻言，一脸尴尬。他没想到，原来那位不入流走江湖的常泰，在此地的名声竟是如此好使。他心说，早知如此，刚才就该认常泰那厮的亲戚了。

只是这时候后悔已经晚了；苏渐想了想，便从容道：“这位大人，其实我二人确是东土神州人士，还是指腹为婚的夫妻，只是暂时还未成婚。

“我二人想在成婚之前，乘船出海，略作游玩，没想到半路遇上台风，一路将海船吹到此地，最后撞上礁石倾覆，我二人便流落到贵地来。刚才大人所言，实在冤枉，你看我们小两口，年纪轻轻的，能有什么企图？”

“那你们身上为什么带剑？”犬族武士首领依旧一脸怀疑地看着他。

“我们神州男女远行，无论会不会武艺，都会佩剑啊。”苏渐理直气壮道。

“这是什么道理？”武士首领迷惑道。

“很简单啊，一来可以防身，二来也可以装饰。”说着话，苏渐一旋身，摆了个造型，冲犬族武士首领道，“大人，难道你没觉得，在下腰间有剑，显得更英姿勃发了？”

“什么乱七八糟的！”武士首领一脸不耐烦，又把目光看向洛雪穹。

“不对！”看了一两眼，他便冲苏渐叫道，“这女子板着个脸，跟湖面结冰似的，就算偶尔看你，也面无表情，怎么看都不像和自家男人结伴出来玩的。”

“这也没什么奇怪的啊，”苏渐额头冒汗，嘴上一句不肯让地辩解道，“她本来性子就冷淡，再加上好好出来玩一趟，还遇上海难，这心情能好吗？再加上被你们问东问西——”

刚解释到这里，忙着辩解的少年，忽然感到身边人朝自己挨近，还没等他反应过来，便感觉右边的脸颊上，温润微湿。

异样的举动，来得如此突然，而少年在这方面又实在缺少经验，于是在这一口印上来之后，苏渐愣怔了许久才忽然醒悟过来：

“哎呀，雪穹刚才在我腮帮子上，吻了一下呀！”

虽然醒悟，但苏渐的表情，瞬间僵硬得跟灵洲海滩的礁岩一样。

“嗯？”犬武士首领更加怀疑地看着他。

见他这表情，苏渐顿时醒悟过来，忙道：“这很奇怪吗？我还是童子之身，对男女亲热，吃不消不行吗？难道大人你这个年纪，就对这样的事情习以为常了？”

犬武士首领想了想，道了声“也对”，便挥了挥手，让他二人离开了。

不过刚走了七八步，苏渐便听得那武士首领忽在身后喊道：“喂！你这人族女子，也是我们妖灵一族的吧？”

“咦？为什么这么说？”苏渐觉得很奇怪，转过身来看着那武士。

这时洛雪穹也停步转身，有些疑惑地看着说话的犬族武士。

“当然啊，”只听犬族武士首领自信道，“别以为本大人没看过你们神州的书！你们人族故事里，不都是说，如果普通人娶到美貌的姑娘，那这姑娘不是妖怪，就是鬼灵；我看这女子大太阳底下行动有影，不是鬼灵，那自然就是咱妖族咯。”

“什么?!”一听此言，苏渐气得暴跳如雷，跳脚大叫道，“你哪只妖眼看出来我普通啦?!”

见他怒发冲冠，洛雪穹不禁莞尔一笑，暗中牵了牵他的衣袖，暗施灵力，也就把他拖离此地了。

一边拖，洛雪穹一边忧虑：“唉，自上灵洲，苏渐便不像原来的苏渐，颇显得孩子气。这……会不会坏事呀?”

在犬族村庄中这一番闹腾后，不到半个时辰，那位正在一棵大榕树下喜滋滋数钱的常泰，忽然看到眼前多出了两个黑影。

“啊呀!”倏然出现之人，行动无风，完全出乎常理之外，顿时就把常泰吓得一激灵，霎时间猛地跳了起来!

毕竟，身在异国他乡，常泰心里这根弦还是时刻紧绷着的；所以两道黑影鬼魅般出现时，他这吃的惊吓可想而知。

“你叫常泰?”黑影之一苏渐问道。

“是，小人是常、常泰，你们是刚才那两位……”很显然，常泰一眼便看出苏渐和洛雪穹，刚刚在他生意场里出现过，还买了只小核舟。

虽然这时苏渐二人穿的都是常服，但那股子气势十分惊人，常泰的舌头开始不由自主地打结，称呼也自动谦卑起来。

自称“小人”之际，他甚至连身子都开始往下塌，好像凭空矮了一截。

“唔……是你就好。”苏渐点了点头，盯着他道，“常兄弟，别害怕。我们来找你，只是有点小事。”

“小事……”常泰眼珠习惯性地一转，恰瞥见苏渐腰间悬挂的血歌剑。

“这剑!”常泰陡然一惊。要说能来灵洲的，再怎么谦卑，自然不是凡人；常泰的眼光岂是那些犬族之人可比? 一看见血歌剑柄，常泰立即便知道，这绝不是一把普通的文士剑。

“大大大、大人……”常泰的舌头立即更加打结，满脸惊恐地叫道，“刚刚刚、刚才，小人不合骗了你们的钱；这钱我我、我加倍还给你们!”

说着话，他便手忙脚乱地开始去行囊中掏钱。

“不是钱。你误会了。”苏渐看着他,平静地说道。

“不是钱?!”常泰变得更加惊恐,脸色煞白。趁着苏渐一个不注意,他猛一转身,撒丫子就朝荒野中跑去。

只是,才跑了没几步,就听得“轰”的一声,一愣神后再看,他赫然发现自己的四周已腾起熊熊火焰,将自己围在正中心。

“是幻象吗?”常泰经验丰富,即使四周火焰飞腾,他还不忘伸手一探,想看看是不是自己也会的骗人幻术。

很可惜,对他这样的江湖术士,苏渐还没必要运用自己不熟的幻系法术。所以紧接着这无人的荒野中,瞬间响起常泰杀猪般的嚎叫:“哇呀哇呀!烫烫烫!疼疼疼!是真的火!”

“还逃吗?”苏渐冷静的话语,再次在火圈之外响起。

“不逃了,不逃了……”常泰囔囔了两句,猛然“扑通”一声跪倒在地,凄惶号叫道:“好汉、好汉!还有这位女英雄,我常泰虽然走南闯北骗人无数,但真没干过半件伤天害理的事情,最多倒腾些不值钱的小玩意,骗骗这些异族愚民。谁叫俺常泰没本事呢?家里又上有老下有小,八十八的老娘要我养,两三岁的孩儿又刚出世,我——”

刚嚎到这儿,常泰这不走心的套话就被一声暴喝打断。

“闭嘴!”苏渐怒喝道,“我只是想问你几句话,怎么这么多事?难不成你把我当成杀人越货的盗匪了?”

“难道不是……啊!我错了我错了,不是不是不是,千万别是!”常泰连声叫道。

“当然不是。现在能好好说话了吗?还逃吗?”苏渐看着常泰喝道。

“能,能,必须能啊!”常泰忙不迭地保证道。

“那就好。”苏渐点了点头,朝身边的女子看了一眼。

洛雪穹会意,手一扬,一道青色的旋风倏然激发,带着尖锐的啸音顺着火圈飞旋而过;刚才还火势熊熊的烈焰圈子,转眼便消失无踪。

见洛雪穹这般手段,常泰的神色立即变得更加颓然。

看着这两人,他苦笑一声,自嘲道:“唉,刚才怕死,还想逃呢。现在一看,太蠢了。两位英雄手段如此高绝,就是放在神州之中都是数一数二的,我常泰就一走江湖卖艺的,能跑到哪儿去?”

至此,这位心思极为活络的江湖术士,终于端正了心态,心平气和地听苏渐问话。

本来还以为,这两个小年轻,只是问点猎奇的事情;但听苏渐问了几个问题后,常泰的眼神渐渐变得惊诧起来。

本来,以他的江湖经验,面对能问出这些问题的人,绝对要少说话,尤其不能问东问西。但到最后,常泰还是忍不住心中的好奇,开口问道:“这位小爷,还有这位小姐,你们究竟是什么人?”

“我们是什么人,你不用管。”苏渐还是一脸亲切明亮的笑容,平和说道,“常泰,我再问你一个问题:你想不想进玄武卫?”

“想啊!”常泰想也不想地叫道,“玄武卫在小人心中,简直是神仙一样的存在,怎么不想进呢?只是……”

刚刚兴奋起来的常泰,一想到自己的身份,立即变得颓然,沮丧道:“我这种只会耍嘴皮子的江湖术士,那玄武卫的老爷怎么肯收?虽然小人身份卑微,公子您这样取笑我,真个不厚道。”

“你就当我取笑你好了。”苏渐不动声色道,“常泰,若你相信我,此行回到华夏,你去玄武卫京华城总部中,找一个叫‘唐求’的人;到那时,你只需要把今日之事一说,他自会安排。”

“啊?!”常泰一听立即兴奋地叫起来,“唐求!‘撞山猪神’唐求!你居然知道他老人家的名字!看来你不全是戏弄小人;那你是他家亲戚,还是他的仆从?”

“常泰,”苏渐一脸含笑地看着他,却是语气森冷地道,“以后,若真进了玄武卫,你这多嘴的毛病,可得改一改。”

“是,是!”常泰一脸恭敬,连连称是。

“那好。刚才我问你的几个问题,虽然答了,但还不够详细。你再好好说说。”苏渐说道。

“好好好!这样,公子,你问的这些,我光靠嘴也说不清;等我拿几张纸,给你画出来。”常泰殷勤地说道。

“很好,够机灵,不枉我引荐你。”苏渐点点头,心中对常泰的活泛劲儿也甚是赞许。

在常泰殷勤的回答中，苏渐和洛雪穹对灵洲的了解，开始渐渐清晰起来。

从常泰的话中，苏渐二人知道，作为众矢之的的白骨圣杯，就放在作为妖族祖庙的“万灵圣庙”中；而万灵圣庙，就坐落于灵洲南部花语草原的落霞之丘中。

本来在苏渐和洛雪穹看来，此地的青草丘原，风景已经极为优美；但据常泰说，这里和圣庙所在的花语草原落霞之丘一比，简直是天差地别，不可相提并论。

还别说，苏渐还真问对了人；这常泰简直就是灵洲的活地图，对本地的各种风土人情都如数家珍，让苏渐省了很多探听情报的力气。

当然从这一点也可以看出，常泰这家伙没少在灵洲各地骗钱。

从常泰的口中，苏渐第一次知道，原来白骨圣杯确切安放的位置，是在万灵圣庙的“灵骨圣塔”中。

因为有白骨圣杯在，万灵圣庙的守卫极为森严。据常泰说，在花语草原中，时时刻刻都有披甲长毛金刚犀牛，围绕万灵圣庙转圈而行。这金刚犀牛，乃是灵洲特有的异种，不仅半通灵性，生性还极其凶猛，正由山魈之族管理。

万灵圣庙作为妖族圣地，地位也十分尊崇，所有的灵洲妖族，路过圣庙周围方圆五十里之内，只要天气晴好，就能看见灵骨圣塔的塔尖，不管看到的塔尖影子有多淡，都会遥遥俯首膜拜。

当常泰解答完所有疑问后，他还十分殷勤地手绘了一张灵洲地理草图，赠给二人。

此后，从灵洲东部海湾上岸的苏渐二人，便按照常泰提供的这张潦草地图，对照着洛雪穹带的那张“灵洲山河图”，开始一路往西南方的花语草原而行。

在白骨圣杯所在的花语草原西北方，离花语草原十几里地的地方，有个叫林水镇的妖族小镇。

这小镇依水而建，有一条名为“白浪川”的河流，从南边的花语草原中蜿蜒而来，在林水镇这个地方转了个弯，又往东方流去。这林水镇正建在白浪川这个河湾边。

因为地势极好，又接近灵洲的核心之地，林水镇和苏渐刚到灵洲时碰到的村子不一样，这里并不属于哪个单一的妖族，而是各路妖族会聚于此，称得上“五方杂处”。

正因为五方杂处，四路通衢，这林水镇也成了三教九流最好的落脚地。如果有什么人想来花语草原做点事情，又不想引起注意，这林水镇是最好的藏身之处。

这一日，在林水镇一户普通的妖族院落里，司徒威宰相派来的两位得力干将，正在暗室中议事。

相比苏渐，宰相派来的甘文光和萧龙雀，早来了一些时日。和苏渐直接询问常泰不同，这些天里甘文光二人亲自跋涉了不少灵洲地方。

在了解了当地的情况后，他们便选中白浪川边的林水镇作为落脚点。他们在镇子边缘寻了一个不起眼的妖族人家，用重金将整个院子包下来，潜伏于此。

这一天，甘文光便和萧龙雀，在原主人的卧房中，秘密商议此次究竟该如何行动。

相比面如好女的萧龙雀，年纪更轻的甘文光，虽然容貌一样俊美，但面容轮廓更加冷毅，更有男子气。

就如“金面甘参军”的外号所言，甘文光的面皮白中泛黄，黄中透金，远远地乍一看去，还以为是哪座庙里的罗汉金身显灵，跑了出来。

别看他面前这位老兄，不仅号称“神戟将”，还是京华第二杰，可谓名动天下；但面对他，高傲无比的甘文光依旧一副冷若冰霜的模样。不仅神情冰冷，连语气也冷冰冰的，就差鼻孔朝天了，摆明不把萧龙雀放在眼里。

见他这样，萧龙雀自然没什么好心情。要知道他也是极骄傲的人；也就是甘文光了，若换了另外任何一个人对他这样，他早就挥出焚天戟，将他碎尸万段了。

能这样克制，除了先前多年的共事中，萧龙雀知道甘文光这样的臭毛病，更重要的是，此行出发前，他的义父司徒威反复叮嘱，让他一定要听甘文光的。

当时司徒威特地将萧龙雀叫到书房，推心置腹地跟他说，此行任务极为特殊，不仅明里要装着帮助灵洲抗击龙族夺宝，还要暗中协助龙族成事；这其中种种不露痕迹、轻重拿捏，极为不易，因此萧龙雀一定要唯甘文光马首是瞻。毕竟，过去许多事情都证明，甘文光虽然武力平平，但那脑子不用说人族诸国，就算加上龙境诸族，也能称得上独占鳌头。

和甘文光类似，萧龙雀也是天生骄傲；他骨子里的傲气，甚至比甘文光有过之而无不及。但他这个人有个不为人知的最大特点，便是“感恩”。

作为罪囚之子，最后能活，全靠司徒威一力担待，这里面的恩德，萧龙雀可谓永铭五内。并且，萧龙雀长大后调查得知，当初自家被满门抄斩，确实和司徒威毫无关系。

简单说就是，一生厚黑、不择手段的司徒威，在拯救萧龙雀这件事上，着着实实地做了一件好事。所以在这个世上，萧龙雀可以傲视任何人，但义父司徒威永远除外。

于是，当司徒威跟他郑重交代，灵洲之行要听甘文光的时，萧龙雀纵然心有不甘，也不折不扣地执行了。

只见这密室之中，萧龙雀等了半天，甘文光才轻摇手中折扇，好整以暇地说道：“萧将军，宰相大人所托之事，我等该如何行事？”

“此事我已想过，龙族乃敌族，要协助其事，只能不露痕迹。”萧龙雀认真答道。

“哈！不露痕迹？”甘文光嘴一撇，嗤之以鼻道，“我等乃天朝上国的名臣良将，来到灵洲这样蛮荒化外之地，有什么好顾忌的？自当放手去做了。萧将军你这样谨小慎微，真像女人！”

“像女人”这样的话，对萧龙雀来说，从来都是如龙之逆鳞般的存在；听得甘文光这么说，他顿时勃然大怒，立即便要翻脸。

只是怒发冲冠之时，萧龙雀一看甘文光，见他正面带嘲讽地看着自己。

一见他这神情，萧龙雀的冲冠怒火顿时冷却下来。

“甘参军，那你说该怎么办？”萧龙雀强压怒火问道。

“自然是不露痕迹地帮助了。”甘文光大咧咧地说道。

“你!”萧龙雀闻言大怒,喝道,“甘文光,刚才我便是这么说的,你全盘推翻;怎么等我问你,你又和我说的一样?”

“一样吗?”甘文光眼皮子一翻,“你的理解能力何其之差?本参军的重点在于,放手去做。不露痕迹地协助,本就是放手去做中的一种,这一点莫非你理解不了?”

“哼。”到此时,萧龙雀已看出甘文光是在故意损他,也就冷哼一下,不作声了。

屋内一时陷入沉默,气氛微妙之际,便显得极为安静;屋外庭院中的飞花落叶之声,也能听得十分清晰。

本来暗自恼火的萧龙雀,听得这样的自然之声,心绪也渐渐变得幽静。

只是就在此时,他们不约而同地听到庭院中一阵异响。

甘文光和萧龙雀,那都是什么人?一下他们便听出,这异响竟然是有人在翻墙!

“什么人这么大胆?”萧龙雀正好一腔怒火没处发泄,听得有人翻墙,立即冷笑一声,白玉般的纤细手指,已经摸上了佩剑的剑柄。

在屋中两人的静待中,那翻墙者终于跳落到庭院中,脚步乱响地朝这边跑来。

“咦?”听得这杂乱虚浮的脚步,严阵以待的萧龙雀,觉得有些意兴索然。

“唉,只是不入流的小毛贼么?”心中这般想时,萧龙雀本来生出的戏弄发泄之心,顿时转淡。他心说,算这人走运,只等他一靠近门,就一剑将他洞穿了事吧。

很快,那脚步声便朝这户响来;萧龙雀手中的剑柄,也渐渐被握得更紧。

“哗啦——”只听得房门一声响,萧龙雀正要出剑,没想到来人在推门之前,已经大喊道:“喂喂喂!门里的两位大人,都是自己人自己人——可千万别拿剑在我身上扎洞啊!”

“什么?!”听得这声叫唤，萧龙雀一阵愕然，不由得转脸和甘文光面面相觑。

“是我。”很快那房门便被推开。随着门外阳光的透入，萧龙雀二人正看见一张笑得稀烂的脸挤了进来。

“是我是我，小弟苏渐!”这蓦然闯入之人，不是别人，正是当今华夏国的铜徽卫苏渐。

“怎么是你?”这下不仅萧龙雀，就连甘文光也很愕然，脱口问道。

“怎么不是我?”苏渐笑嘻嘻道，“甘大人这话说得有趣，能在这么隐秘的地方找到你们，难道除了我还有别人?”

“唔。”也是因为心中有鬼，苏渐这句很普通的话在甘文光听来，总觉得别有用意。

“咳咳，”甘文光清咳一声，好似若无其事道，“苏渐，别怪我们惊讶。这灵洲远离神州，不啻万里，突然见你出现，不惊讶才怪。”

“也对，也对。”苏渐乐呵呵笑道，“也怪我，没跟你们说清楚。你们前来灵洲所为何事，小弟十分清楚。正因为兹事体大，我等玄武卫也不能袖手旁观，蒙大统领看重，特地差小的来灵洲便宜行事。”

“哦?”甘文光一听，心里想道，“看来这玄武卫，还真是朝廷鹰犬，鼻子真叫灵。若说急火火赶来灵洲，是为国为民，鬼才相信，显然是他们看到咱宰相一派日渐壮大，心急了，处处想争功夺利。”

心中这般想时，他表面却伪作不知，一脸正色地说道：“苏渐，你来得正好。此番远涉灵洲，没办法多带人手，正好你来了，也好助我等一臂之力。怎么样？你对阻止龙族的阴谋，有什么好的想法?”

甘文光这问话，看似顺口说出，其实却是暗藏玄机。

他明里暗里都在告诉苏渐，此事以他为主，苏渐若是识相，就老老实实打下手，别乱说乱动。

甘文光暗示这一点，倒不是想在这事上争什么权，毕竟他从来都是“以天下为己任”的，根本看不上这点鸡毛蒜皮；他这么说，是为了避免苏渐干涉太深，影响他们暗中动手脚帮助龙族。

苏渐这会儿，虽然还不知甘文光一伙居然彻底倒向龙族，但终究心怀警惕。听甘文光这么问,他随口反问道:“不知甘参军有何高见?参军您才高八斗,是众所周知的,连我平时巡察的卖菜大娘都知道,我又怎么敢在您面前卖弄?”

听他如此说,甘文光心中倒是十分受用,心说“你知道就好”。

他看着苏渐,自矜着说道:“无他,灵洲毕竟妖族领地,我等只合不露痕迹地帮助妖族守卫圣杯。”

“哈哈!”苏渐闻言,想也不想地脱口大笑道,“不露痕迹?哈哈!参军此言怎么像个女人?”

苏渐这话,其实并不符合他平时性情;此言听来鲁莽,却是他故意说来让自己显得有勇无谋的,因为来之前,苏渐分析过甘文光的性格,知道他一生以智计自诩,对鲁莽冲动之人最是鄙视。

所以,苏渐决定扮成一个鲁莽之人,虽然不知道后面会发生什么事,但让自己可能的对手轻视,总不是什么坏事。

他这如意算盘打得倒是不错,却不知道这间屋子里,刚刚发生的一番谈话,甘文光恰好以同样的话来嘲笑萧龙雀。

于是,苏渐说出这话后,甘文光脸色铁青,强抑怒火,萧龙雀却“扑哧”一声,笑出声来。

见两人如此反应,正打着如意算盘的苏渐,忽然有种不祥的预感,觉得自己是不是做错什么事情了。

一时间,苏渐觉得有些不对劲,便不想久留,随便说了几句话后,就拱手告辞离去了。

当他离去后,已收起笑容的萧龙雀,肃然提醒甘文光道:“甘参军,你别看苏渐刚才大大咧咧,据我所知,他可不是这样的人。”

“呵,不是这样的人?”没想到甘文光不以为然道,“这厮所谓的事迹,本参军多有耳闻;因为太过煊赫,本就怀疑。刚刚一见面,竟真是小小年纪,那更可知传闻多不可信,定然是夸大其词。”

“甘参军,我知道你眼高过顶,可这苏渐,你真不可小觑。”萧龙雀诚恳劝诫道。

“我知道。”刚才看似随意的甘文光,这时却双目一眯,露出凶狠的光芒，沉声道，“不管他以前如何，今日来此灵洲，却注定有来无回了。”

“嗯？参军此言何意？”萧龙雀惊讶地问道。

“这还用问？”甘文光面带嘲讽地看着他，“别忘了我等此行所为何事。既然襄助龙族，还真以为能不露痕迹？世上就没有不透风的墙！

“而这事，乃是当今圣上亲自交代的，届时肯定难以含混过去，我等必定要找个替死鬼。”

“你是说……”萧龙雀迟疑道。

“当然。”甘文光一拍手中折扇，冷笑一声道，“呵，本来还发愁，没想到刚想睡觉，就有人来送枕头。苏渐，你我往日无冤，近日无仇，只能怪你不该往这灵洲走一遭！”

“可是，说他暗助龙族，有人信吗？他可是号称‘孤胆屠龙’啊，民间都奉他为屠龙大英雄呢。”萧龙雀质疑道。

“哈，龙雀兄，别怪我总不认同你。”甘文光一副轻佻的语气说道，“你稍微用脑子想一想，便知道此事栽赃给其他任何人，都不合适。

“反而这苏渐，编造出来的事迹太多，经历如此复杂，又是勇闯龙境，又是深入魔界，花里胡哨，本意骗赏贪功，却不知说多错多！到时候说他于龙境之中，已暗中私通龙族，否则也不可能活着回来，这样再顺理成章不过。

“萧龙雀，你别忘了，上回他被龙囚诬陷通敌，虽然后来还他清白了，可有个词叫‘三人成虎’；只要稍后灵洲事发，不用我们出面，自然有人怀疑他上回并不冤枉。”

“这……果然不愧是智计无双的甘参军。”萧龙雀虽然心有不满，但听甘文光这一番分析，也不由得不叹服。

只是服气之时，他在心中也暗叹一声道：“唉，甘文光用计，自然百发百中，苏渐那小子绝无幸理；只可惜，他死了的话，幽家小妹妹要伤心了……好吧，看在她的面上，事发之时，我抢先出手，给苏渐留个全尸吧。”

这时往回走的苏渐，还不知道自己已经被人当成死人了。被甘文光和萧龙雀念叨之时，他还真打了几个喷嚏，一脸茫然地说究竟谁在记挂自己。

他回到林水镇另一端的落脚处，和等他的洛雪穹见了面，便把面见甘文光二人的事情说了说。

听了他的叙述，洛雪穹有些奇怪地问道："苏渐，贵国政事我也略知一二，你们玄武卫不是跟宰相一党不对付吗？为什么你会这么快去找他们？而且，为什么要明里接近他们？这回事情，我们隐在暗中不是更好吗？我……真没想到，你这么守规则。"

"我不是守规则。"苏渐摇了摇头道，"我从来都只是守原则，具体行事，从来不拘小节。"

"那为什么要如此呢？"洛雪穹更加迷惑道。

"你不知道，这一回除了圣杯公事，我还有一件私事要办。"苏渐看着窗外渐浓的暮色，肃容说道，"有一桩陈年旧案，事涉我最尊敬的兄长同袍，我始终都没能忘记。

"多年以来，我一直留意追查凶手，却没什么眉目。不过近日我偶然得知，当日屠杀同袍、里通外国的凶手，很可能与宰相一党有关。所以，我必须接近他们，留心那人露出的马脚。"

"这样啊，"洛雪穹想了想道，"莫非那人，是甘文光？"

"还是别猜了。"苏渐看着她，真诚地说道，"此事重大，又涉我华夏权贵，所以我并不想把你也牵连进来。"

"哦，我懂了。"洛雪穹淡然回答一声，不再追问。此后她侧过脸去，看着窗外庭院中那沐浴在夕阳余晖里的草木，悄然静立，半晌无言。

坐落于花语草原落霞之丘的万灵圣庙，作为妖族圣地，守卫森严。

在万灵圣庙所有的防卫力量中，一个叫"逐香"的蝶妖族长老，作用尤其关键。

逐香乃是女儿身的蝶精，年岁久远，但作为蝶妖族的缘故，容貌依旧宛如少女。

虽然貌若少女，但逐香在妖族之中德高望重，深受妖民爱戴。

因为心思缜密，三十多年前她就受妖族女王惑梦的委任，负责万灵圣庙的守卫。

并且，和负责守卫外围的山魈之王石冈不同，蝶精长老逐香负责的是最核心的万灵圣庙。

万灵圣庙整个防卫力量的阵容和机关，每天都在轮换；其设计的更换和日程的安排，皆由精于此道的逐香长老编排。

正因为万灵圣庙的守护力量每天都在变化流动，所以圣庙这么多年来，从没有发生任何意外。

要知道，万灵圣庙中不仅供奉着白骨圣杯，还珍藏着无数妖族历年收集的奇珍异宝，从来都是多方觊觎的对象；要不是妖族严阵以待，早就被各方势力偷盗一空了。

第一百〇四章

美人九尾

虽说个人因素有限，但不得不说，经验丰富、精通机关之术的逐香长老，几乎相当于万灵圣庙一半的守卫力量。

正因如此，虽然蝶族在灵洲妖族中的规模和势力都很弱，但因为逐香长老的缘故，即使灵洲中势力最大的山魈之王石冈和狼族之王裂风，也对蝶族保持着难得的尊重。

要知道灵洲妖族之中，奉行“强者为尊”的丛林规条。如果没有逐香长老的存在，蝶族别说受人尊重了，连生存都会很困难。

这一日，对万灵圣庙具备极大意义的逐香长老，正在圣庙中巡视，却忽见自己的蝶族亲随武士急匆匆飞来，还没等靠近便大叫道：“长老，长老，不好了！”

“什么不好了？”逐香长老下意识地往圣庙周围一看，却没看出任何动静，便秀眉一蹙，声若银铃般说道，“别急，你慢慢说，究竟发生了什么事？”

“不是圣庙这里。”蝶族武士也意识到自己的莽撞，忙双翼一敛，落到地上，恭敬说道，“禀长老，是那两个神州来的贵人出事了。”

“哦？”逐香长老有些讶异，想了想道：“是华夏来的甘文光和萧龙雀么？”

“就是他们。”蝶武士道，“他们前日见过女王陛下之后，本来安待在客舍之中。只是今日一大早，他们说要出去玩玩，希望看看南边‘青风之丘’的风光；没想到刚才有人来报，说有猛兽骚动，将他们困在青风之丘上了。”

“这!”逐香长老吃了一惊,不过想了想便有些奇怪地问道,“那青风之丘,倒是在我蝶族领地附近,但毕竟位置偏远,已靠近南方荒芜海滨。他们是从万里之外神州来的人,怎么会知道这么偏僻的地方?”

“应该是有人说了吧。”蝶族亲随道,“虽然青风之丘偏僻,但长老您别忘了,传说中那里还是咱灵洲妖族起源的地方呢;传说当年天神将咱千族百类的妖族种子,随着青葱色的神风飞撒,落在灵洲青风之丘的地方,才有了我们现在的妖族,连青风之丘的名字都和这个传说有关呢。所以属下认为,那华夏贵人应该是听闻了这个传说,便想去看个新鲜。”

“嗯,此言有理。”逐香长老点点头道,“所以,报讯之人就让你来找我了?”

“是呀。”蝶族亲随一脸敬意地说道,“论降服暴躁的兽群,灵洲之中长老您称第二,就没人敢称第一了。”

“呵,倒也是。唉,正因有些虚名,你家长老才这般忙碌。”小小抱怨一句,逐香长老也爽快道,“那就快走吧! 人命关天,还是神州来的贵客,要是真出了事,后果十分严重。”

青风之丘在花语草原的西南方,正靠近十分荒凉的海滨。虽说青风之丘在传说里是妖族的起源,但毕竟地方偏僻,还时常暴雨倾盆,本地妖族基本没什么人去。

当然作为远来的神州客人,甘文光和萧龙雀因为好奇前去游玩,倒也合情合理。

话说自从林水镇与苏渐那次“巧遇”之后,甘文光和萧龙雀也就正式拜会了妖族女王。出于不可告人的原因,这次拜会,他们并没有开门见山地言明此来的目的,而是含糊其辞,说自己倾慕灵洲的风土人情,前来优游一番。

灵洲相隔神州中土,不啻万里,风波险恶,除了常泰这样零星的小民,其实互相并没多少往来。因此妖族女王和长老们,不仅弄不清甘文光二人的来意,甚至连两人在华夏国中真正的身份地位,也一无所知。

同样因为地理阻隔,灵洲的妖族也相对单纯。因此他们见甘文光和萧龙雀不仅身具异相，还谈吐过人，风度翩翩，便单纯地相信了他们所说的一切。

现在这两位贵客，被暴动的兽群困在了青风之丘。

因为深知事情的严重性，逐香长老即使位高权重，也一路振翅疾飞，匆匆赶往青风之丘。

匆忙赶近，还有五六里路时，逐香长老便在半空中看到远处躁动的兽群。

逐香长老因为是蝶族，眼力很好，又飞在半空，因此虽在五六里外，还是一眼看清了状况。

她看见，无数鬣狗和豺狼，气势汹汹地围住青风之丘，其中甚至还有不少大象，正四足踏地；沉重的蹬地声，和响成一片的狗吠狼嚎互相应和，宛若雷鸣。

看见这么一大群黑压压的猛兽，逐香长老大吃一惊！

也来不及细想，她立即凝目搜寻，不一会儿便看见那两个前几天刚见过的神州贵客，果然站在青丘的最高顶上。

此时为了吓阻兽群冲上来，他们显然也施了法术，青丘之顶燃起了熊熊的火圈，将他们护在了中央。

兽群天生畏火，他们用这种办法倒也能勉力支撑。但逐香长老深知，这个火圈乃无源之火，没用任何薪柴，全靠灵力催发，一旦施法之人灵力消耗殆尽，火光一灭，那千军万马般的兽群就会汹涌扑上；到那时任你再是法力通天，也难逃肝脑涂地、血肉横飞的下场！

心中这般想时，逐香长老看到那火圈已经有削弱的迹象。

一见这情况，逐香长老再无迟疑，立即振翅加速疾飞，朝兽群的上空迅速飞去。

当飞临兽群上空时，逐香长老离地还有两丈多距离。这个距离不高不低，利于她接下来施法驱走兽群，又可以避免被豺狼鬣狗飞跃扑击。

幸运的是，往日多风多雨的青风之丘，今日倒是风和日丽。

面庞和羽翼感觉着细细的清风，逐香长老点了点头，心想道："真是天助我也。今日天气，正宜我飞撒'迷香花粉雾'。若是狂风吹荡、骤雨倾盆之日，我还真不知道怎么驱散这些孽畜呢。”

心中这般想着，她从怀中掏出一只小陶罐，冲着下方的兽群，不断地挥舞。

一边挥舞，一边口中念念有词，转眼之间便有黄绿与红粉之色的烟雾，从小陶罐中倏然喷出，在空中形成彩色的烟雾，伴随着一阵迷离沁脾的花香，朝下方的兽群笼罩而去。

迷香花粉雾，正是逐香长老身为蝴蝶精怪特有的法术。一旦围困青风之丘的低等兽群吸入了迷香花粉，顿时就会变得纯良无比。

不仅如此，它们还会如同醉酒，晕晕乎乎，完全失去本来的神志。到时候，逐香长老再念动特有的驭兽咒语，这些凶猛的野兽就会变得如同小绵羊一样，在她的指挥下乖乖地四散离去。

逐香长老的独门法技，今日依然效果显著。那些咆哮奔腾不已的凶险猛兽，在花香粉雾的笼罩下，渐渐变得安静。也许过不了片刻，它们就会如同被驯养的家畜，乖乖地主动离去。

见一切都在自己的掌控之中，逐香长老十分满意。

这时她的心神已经较为放松，甚至开始想到事后要追查兽群暴动的原因。

正神思悠悠时，她忽然察觉到兽群中央一阵骚动。

当然这样的骚动和刚才的暴动相比，已经十分轻微，但逐香长老心思细密，性子极为敏感，这些许的骚动立即引起了她的注意。

“嗯，就让本长老的调查，从这处骚动开始吧。”心里这般想着，逐香长老身姿一转，十分轻盈地朝那处骚动的兽群飞去。

在灵洲这片大地上，逐香长老已经纵横上百年，今日这种事情在她的眼里，只不过是微不足道的小场面。

飞向异样骚动的兽群局部时，她的心神虽然十分放松，但多年老到的经验，还是让她睁开蝶眼，本能地预先扫视了兽群一遍。

如此谨慎的扫视，并没有发现任何异常，于是她彻底放心，放慢了羽翼扇动的速度，降低了高度，缓缓地接近躁动的兽群。

一待接近，她再次扬起手中的小陶罐，想先在这处局部施放迷香花粉雾，加大剂量，让这里的猛兽先镇静下来。

只是，就在她扬起小陶罐的一刹那，骚动不安的兽群竟是猛然朝两旁一分！

“怎么回事？”逐香长老还没反应过来，一道黑影已是冲天而起，朝她疾速冲来。

“是刺客！”逐香长老反应过来，却不急不忙。

在她漫长的生命里，这样的刺杀场面，和刚才兽群暴动一样，她何曾少见？见黑影假借兽群掩护，然后倏然暴起朝她冲来，逐香长老只是冷笑一声，长袖一挥，一道缭绕花影彩光的“风花斩”，已朝那人迎面劈去。

风花斩的名字，听着风雅轻柔，但被逐香长老挥出之时，势若雷霆；那些彩光看着如同天花乱坠，一旦沾身，却如同梦泽国雨林深处最毒的瘴气，转眼便是溃烂中毒之局。

这样的风花斩，逐香长老已是浸淫多年，所以对发出的这招极有信心，好整以暇地等待那黑影惨叫坠落。

果不其然，紧接着这处兽群的上方，便传来一声凄厉无比的惨叫！

“啊——”这声惨叫，即使凄厉惊恐，却并不是那么难听，甚至仔细分辨，还声若银铃。

“怎、怎么会？”当逐香长老捂住自己被洞穿的喉咙，砰然坠落时，一双瞳孔圆睁，根本不敢相信这样的结局。

蝶族的鲜血，天生带着一种花香，此时它们喷洒飞溅时，竟也带着一种莫名的美感。

就在这凄美的漫天血雨中，受人爱戴多年的逐香长老，就此香消玉殒，坠落在成群猛兽的爪牙之下。

这时候周围的猛兽，虽然还沉浸在逐香长老先前飞撒的花粉迷雾之中，但野兽嗜血的本能，还是让它们一下子失控了。

本就骚动的荒野，霎时间一阵沸腾！

可叹灵洲万众景仰的逐香长老，竟迎来这样的结局。即使在弥留之际，还被无数豺狼鬣狗撕咬践踏。轻盈百年的柔美风姿，就此翛然远逝，只留青风之丘下，满地的血肉残羽。

“呵。”这时候，在纷乱的兽群中，却有一人傲然伫立。

虽然猛兽狂乱，却好似本能地忌惮此人，即使嗜血奔突之际，依然本能地将他避开。

兽群如潮，斯人独立，和刚才漫天的血雨相比，倒也形成一种动静对比的极致之美。

停了一时，见逐香长老已被践踏成泥，此人仰起脸，朝青风之丘上遥遥一拱手。

这时青丘顶上，本来好像惊慌失措的甘文光和萧龙雀，忽然判若两人，变得镇静从容。见兽群中那人拱手，他们也向青丘之下遥遥还礼。

见他们还礼，兽群中这人摆了摆手，做了个告别的手势，忽然拔身而起，如同一道闪电般在兽群中纵横转折，转眼便来到兽群之外，很快就消失在茫茫的草野中了。

到这时，刚才随逐香长老同来的蝶族武士亲随，才如梦初醒。

但他此刻，虽然眼神惊恐，却已经说不出任何话来；那纤柔的喉头间，只能发出“嗬嗬”的吞咽声。

转眼间，他便砰然倒地，并且死不瞑目——因为在他临死前，心中还充满了问题：

“刚才杀害长老的凶手，只是离去时在自己面前一闪而过，看都没看清，怎么这会儿咱就死了？

“当然自己死去这种事，已经不重要了；重要的是，这么可怕的人，究竟是谁？到底为什么他要杀害长老？”

带着这几个疑问，逐香长老的亲随武士，充满怨恨地死去了。

蝶族武士没弄明白的问题，有一个人却好似知道答案。

就在兽群奔散，刚才所有的当事人死的死、走的走，现场忽然变得空荡时，有一人从没膝的野草中悄然浮现。

这人正是苏渐。

这些天，他和洛雪穹分头行动；洛雪穹去打听妖族和万灵圣庙的详细情况，他自己则盯紧了甘文光和萧龙雀。

有了对萧龙雀的怀疑，他现在比任何人都更接近真相。

苏渐坚信，这一回来灵洲，他不仅能确认萧龙雀就是当初寂灭林的凶手，还可能找到他们跟龙族勾结的证据。

青风之丘的潜伏旁观，让他更加坚信了自己的判断。

从草野藏身之处走出后，他看了看满地的狼藉，一声冷笑。

此时青丘之下，长风渐起，满目萧条；风吹衣冷，苏渐却恍若不觉。

看着远方云空低暗，草野如浪，他心中默默地想："甘文光，萧龙雀，你们果然有问题。刚才那人，虽然还戴着鬼面，我苏渐却一眼就看出他是谁了。

"唉，厉华楚啊厉华楚，你是不是对这款鬼面具特别偏爱？上回北沧海国中戴的是这一款，今天还是同一款型。"

"逐香长老，她死了啊……"想到这一点，虽然之前素不相识，苏渐还是觉得有些伤感。

"不管怎么说，她是为救华夏之人而死。"看着逐香流血之地，苏渐弯下腰，恭恭敬敬地行了个礼，口中默念安抚亡魂的道家祷词。

到这时，苏渐越来越确信，厉华楚很有问题。因为他自己也做过卧底龙族的"奸细"，知道无论表面如何，一个真正忠诚的卧底，绝对不会是厉华楚这个样子。

"厉华楚，你太投入了。"苏渐心中想，"这般投入，无论你心里怎么想，一切表现得比敌人还敌人的话，那你就是我们的敌人了。"

"只是……"想到这里时，苏渐却有些头疼。

之前他也跟天宸阁说过，北沧海国之事，厉华楚表现得大有问题，结果天宸阁的长老之一、厉华楚的授业师父应无忧，却坚信弟子绝对没有问题。

他这样的态度，苏渐十分理解，因为厉华楚可以说是历届龙血者中的翘楚，已成了应无忧无比骄傲和自豪的最杰出徒弟。

厉华楚本身的表现，也同样十分优秀；如果不是这样，当初应无忧作为天宸阁的最高层长老，也不会破格在下属的无名山庄中，亲自收这位龙血者为亲传弟子。

有关这部分的记忆，苏渐已经完全回忆起来了。他十分清楚地记得，当初天宸阁之人来无名山庄通报此事，带走厉华楚时，自己和同伴们有多羡慕。

现在天宸阁不相信厉华楚出了问题，同样也不相信司徒威有问题；他们和光武帝李翊一样，都认为当今的华夏宰相，只是一个有些迂腐的求和派而已。

所以，现在他虽然找到了司徒威的人和厉华楚相互勾结的证据，结果却变成：

这两方，因为对方没问题，现在这般配合无间，反倒互相洗白了。

至于逐香长老的死，根本不会成为任何有利的证据。

苏渐几乎可以想得到，有关这一点，甘文光他们一伙，可以编出千百条理由来辩解。

毕竟，就如他们预先筹划的那样，在灵洲位高权重的逐香长老，是被发狂的兽群践踏而死的啊；谁又能先入为主地坚信，他苏渐说的就是真实的呢？

想到这样充满反讽的结果，苏渐只得苦笑一声。

心中已是愁绪万千，再想起轻盈若仙的妖族长老转眼零落，碾为血泥，苏渐更感人生无常。

青丘风冷，沉默了一阵，他便摇了摇头，转身踏入萧瑟苍茫的原野。

苏渐的心中，或有郁积，但并不气馁。

回程之时，他看着辽阔苍茫的草原大地，心中想道："任你们奸猾似鬼，最终还不是要帮龙族夺取圣杯？不要告诉我，今天杀死负责万灵圣庙防卫的逐香长老，只是因为看她不顺眼。所以任你诡计千万条，我只盯牢万灵圣庙便是！"

此后这几天里，苏渐继续和洛雪穹分别行动，走遍万灵圣庙周边各处。

他俩详细观察花语草原的地形，察看龙族最有可能隐藏的地方，也顺带检查妖族守卫的薄弱之处，尽力推断届时龙族最可能从哪处下手。

这一日，苏渐在落霞之丘的西南方查探，眼见日影西斜，便沿着白浪川向北而行，想去林水镇的落脚地和洛雪穹会合。

刚走到一半，他往西边一望，恰好看见那里有几座山峦正围成一圈，形状倒有点像一座铜香炉。

尤其是山峦围绕的中间山谷，有白云涌动，形似圆团游移，片片冒出，绝似荷花荷叶。

“云荷谷?”见得云气形状，苏渐脑子里忽然蹦出这么个地名。

这地名还是常泰手绘的那张灵洲地理草图中写的，说此地在灵洲空有好名，但不知道为什么，平时少有人去。

“少有人去?”一想到这个，苏渐顿时来了兴趣，便中途转折，往西方那处云荷谷而行。

“望山跑死马”，刚才苏渐在白浪川畔看着云荷谷挺近，等赶到附近时，那日头已经落到了山丘之顶，不多久便是黄昏了。

天色将晚，对苏渐这样的玄武卫来说，反而更好行事。

即使是常泰口中人迹罕至之地，苏渐也依然保持着警惕。进入云荷谷时，他依靠山壁而行，尽量将自己的身形隐在落日照不到的阴影里。

从云荷谷东边的豁口往里走，还有很长的距离。一边走，苏渐一边观察四周，只见此地果然荒凉，不仅到处怪石嶙峋，草木繁密，还有许多瀑布深潭，不时传来水声轰然。

也许是深潭中有温泉涌动，先前在谷外看见的白色云气，应该是从这些深潭沟壑中涌出的。它们在谷中凝集一阵后，便化作荷花荷叶状的白云，悠悠飘向天空。

越往里走，这样的白色云雾便越多，不仅让景象显得更加诡秘，也影响了苏渐寻找前路的视线。

这时照进谷里的日光，也越发黯淡。云雾缭绕之际，苏渐更加谨慎，前行的速度便放慢了下来。

虽然步履放慢，行路艰难，苏渐对这处云荷谷的兴趣，却越来越浓。

随着行进的深入，苏渐越来越发现，这里简直是一个绝佳的天然藏身之地。

又走了一阵，远处山岩上映照的最后一缕余晖也彻底黯淡；一轮满月，升上东方的苍穹，灿烂的光华如水银般泻下。

这时候，苏渐感觉已经走到了云荷谷的最深处。

借着圆月之光，他发现前面最深邃的地方，乳白色的雾气格外浓重。

“会有龙族之人藏在里面吗？”饶是胆大，月雾朦胧之际，苏渐的心也跳得更快了。

定了定神，他悄悄抽出血歌剑，握紧了剑柄，朝前面那团最浓重的白雾蹑足而去。

静夜之中，山谷格外寂静。远处偶尔传来的瀑布飞溅的水声和不知名鸟兽的鸣叫，更添静谧与凄清。

此情此景，让云荷谷这个苏渐偶然起意的探寻之地，显得十分诡秘。

“我只看一眼就好。”感受到这样的气氛，苏渐在心中宽慰着自己。

提心吊胆地前行时，猛然间从前面那团云雾里，传来一声凄厉无比的嚎叫：“嗷——”

这声嚎叫，十分惨烈凄绝，其中透露出来的痛楚，简直生不如死！

更重要的是，这一声嚎叫不类人声，苏渐受惊的同时，心中也是骤然一紧。

听到这怪声，苏渐反而没有刚才那么紧张。他立即低伏身形，小心翼翼地逼近嚎叫声传来之处。

就在他临近白雾还有十来步距离时，让他没想到的是，云雾的中央好像旋起一团狂风，霎时将浓密的云雾吹散！提心吊胆又期待看到的场景，就这样突然一览无遗地呈现在他的眼前！

如果说，这时候苏渐看到谷中的，是任何妖魔鬼怪，或是龙族，都不会有现在这么惊讶。云雾散处，月光照下，一览无遗在他眼前的，是一个身姿极为曼妙的女子，正在水雾蒸腾的潭水中，向天舒展美妙无比的身形。

“这……”霎时间，苏渐目瞪口呆。

惊诧只是瞬间的事，受过良好训练的苏渐，立即平复下波动的心情，屏息凝神地观察谷中女子。

这一看，却让他有些脸红。因为他发现，这女子身上只覆着一层轻薄的绢纱，在今晚皎洁的月光下，如若无物。她的身姿，格外修长，望月舒张之际，呈现着罕见的美感，曲线妖娆中散发着惊人的诱惑力。

尤其此际星月在天，水雾湿身，那勾勒出娇躯轮廓的婉转曲线，上下微微起伏，星月的光泽便也顺着凹凸的曲线婉转流动。于是，神秘女子透露出来的魅惑风姿，已经远超“光彩照人”的范畴，简直灼人视线，让人心痒难熬，又不敢直视。

因为离得比较远，身材易见，容貌却看不太清晰；不过苏渐眼神不错，虽然只看到神秘女子在星月之光中隐现的面庞轮廓，便也知她的样貌定是倾城倾国。

“她会是龙族吗？”看着惊人唯美的女子身姿，苏渐心中并无多少绮念，而是在紧张地判断。

借着灿烂的月光，他凝目观看，想看清女子身上可能有的龙族特征。只是很不巧，虽然月光皎洁，刚才云雾也被狂风吹散，但随着仰首向天的女子双手一挥，她身子所处的山潭中又升腾起一片云雾，将她半隐半现地遮住。

苏渐见状，不得已又向前靠近一些，想看得更加真切些。

恰在这时，云雾中的女子忽然再次凄厉嚎叫一声，整个姣丽的面容霎时扭曲如鬼，与此同时，附近所有的山潭瀑布，全部雾气游离，以她为中心，汇聚过来！

月光中苏渐看得分明，四处涌来好似铺天盖地的水汽云雾，都被那女子吸纳；吸吮的速度极快，整片山谷云雾都以她为中心，飞速地旋转起来，就好像一团巨大的旋涡，场面极其可怖。

“这！”看见这情形，苏渐倒吸了一口冷气。到这时他才明白，刚才云雾忽然消散，根本不是什么狂风的功劳，而是这女子的吞噬！

看见这样诡异的场景，苏渐尽管胆子不小，也忍不住头皮发麻。

“看来不是龙族……但还是要确定一下。”即使心中恐惧，苏渐还是十分执着地伏在原地，想要看到确证。

当浓重的云雾不停地涌入女子口中时，云荷谷顶上那轮满月，也似乎起了某种莫名的变化。倏忽间，它变得更大、更圆，颜色也从原本的灿白，变成某种神秘的橙红之色。

硕大无比的橙红之月，悬在云荷谷的上方；当某一缕猩红的月光照到潭中女子的身上时，“嗷”的一声，这女子再次发出一声凄厉的嚎叫。

即使有了心理准备，苏渐还是被嚎叫吓了一跳。当然有了先前的铺垫，现在他不会再那么惊惶。

低伏在暗角，他此时甚至还有心情想道：“嗯，这女子姿容，可谓国色天香，但口中发出的叫声，却跟美人完全不沾边，简直像野兽的嚎叫。”

刚想到这里，他便惊异无比地看见，好似应和着他心中的想法一般，橙红月光中的女子，尻尾之处，竟然真的蓦然冒出几条尾巴！

这场面来得太快，苏渐甚至都没反应过来，还在那儿傻乎乎地数道：“一条，两条，三条……什么？九条?!”

在数的过程中，苏渐逐渐反应过来，因此当数到女子身后竟然冒出了九尾之时，他虽然没出声，但惊诧之下，身子一动，便不小心碰到了旁边的岩石。

这块看似一面整体的壁立岩石，其实石壁上有一小块石斑已经风化，本就临近脱落，现在被苏渐一碰，便如成熟的果实一样，“嗒”的一声掉在地上，还朝旁边骨碌碌滚了好几圈。

“不好！”苏渐暗叫一声不好，立即翻转身形，朝旁边一滚。

“轰！”一团巨大的水雾如有实质般砸在他刚才的埋伏之地。刹那间，地上碎石乱飞，眨眼就被砸出一个深坑。

“啊呀！”一看这情形，苏渐吓了一大跳，想也不想便跳起来，朝外面疾奔而去。

苏渐的脚力不可谓不快，全力奔逃之际简直如同脱缰之马、离弦之箭，瞬息之间便已奔到数十步之外。

只是他快，那女子的手更快！只见她素手一扬，一道雪白的云气如匹练般疾射而出，瞬间便扑近苏渐的身后。

逼近少年之时，这条白雾如有灵性，飞速一卷，如同一条怪兽的长巨白舌，将苏渐灵活无比地拦腰缠住，然后往回一收——

一心奔逃的苏渐，就这样被诡异无比地席卷而回。

当苏渐反应过来，双目恢复视力，睁眼一看时，见刚才诡秘哀嚎的九尾女子，已经站在面前咫尺之地，正双目如狂地盯着自己！

看到她这样的目光，苏渐忽然觉得很熟悉。

想了一想，他忽然大惊想道："这分明是猛兽吞噬猎物前的眼神！"

还没反应过来，女子便扑了过来！她张牙舞爪，手脚并用，看似杂乱无章，但瞬息之间好似产生无数幻影，朝苏渐劈头盖脸地砸来。

苏渐猝不及防，被女子的拳头和足弓雨点般打中，剧烈的刺痛瞬间布满全身，痛入骨髓。

忍着剧烈的皮肉之痛，苏渐分明看到，越是狠揍自己，那女子的神情越发轻松舒坦，倒好似这样的攻击，能减缓她自身难熬的痛苦。

可能正因为这样，女子出手越来越快，下手越来越重，神情也越来越疯狂。

见得此情，苏渐惊惧不已；剧痛之中，他也极力闪避，但那女子如影随形，始终将拳头雨点般砸在他的身上。

"完了！"苏渐在心中既惊恐又悲哀地想道，"难不成我苏渐一世英名，最终会死在一个疯女人的拳头底下？

"这说出去不好听啊！咱就算不要求星流术，要死好歹也死在什么秘技绝学上啊。不行！不能死得这么窝囊！这要传出去，会被京华城那帮爷们儿笑掉大牙！"

心中愤愤不平，苏渐便开始极力求生。

如此近距离的搏击，别的招数一时也指望不上，渴望求生之际，苏渐本能便发动那"血瞳心眼"的秘技。

事实上，"孤胆屠龙"苏渐，近年来无论剑技还是法术，都大有长进，很少有人像今天这样，能逼得他用上那招更像死中求活的"血瞳心眼"来。

今日这云荷谷中，随便碰到的一个无名疯女人，就逼得他不得不施展出压箱底的绝招。如果此时他还能有闲暇琢磨，就会立即察觉，这身披薄纱的"疯女人"，来历绝对不凡。

但此刻他哪还有时间细琢磨？趁那疯女人拳头雨点般落在自己身上时，苏渐闭目凝念，激发那"血瞳心眼"，顺着女子的拳头，察看她暗藏的弱点。

"找到了！"绝境之中，苏渐的效率也极高，很快心中便惊喜叫道，"原来她的弱点是‘膻中穴’！”

慌乱之际，他也没工夫仔细想这膻中穴的位置；说时迟那时快，他伸出食指，便朝女子身上的膻中穴点去。

只是，如此混乱境地中，哪那么容易随心所欲地点中？运指如风之时，他点那膻中穴没点到，往右边平移了将近两寸的距离。

“嗯？”手指点实之时，苏渐只觉得指尖深陷，触处极为松软，便不由得一愣。

要知道在灵鹫学院修习了三年的他，自然精通人体穴位，所以即使慌乱之中，苏渐也知膻中穴乃人胸前正中央的心窝位置，实在不可能在自己指尖触及肌肤时，还有如此相对长距离的深陷，更不可能触感还会如此绵柔温软，毕竟，膻中穴那儿是胸骨啊……

所以，当结果和预想不太一样时，苏渐本能地一愣。而他点中之处，对那女子而言，实则是如此的敏感和羞人，而且少年混乱中还歪打正着，所点之处竟然无巧不巧，恰好是局部的中心制高点。所以即使状若疯狂之际，那妖娆女子也是一愣，原本出手如风的攻击，一时也停了下来。

“哎呀，‘血瞳心眼’果然奏效！”苏渐心中狂喜地大吼一声，再无迟疑，立即再次出手如电，骈指点处，正中那女子的胸口正中——

这一次，他再也没点错地方，正巧点中位于女子两乳中间的膻中穴。

“血瞳心眼”并没有欺骗苏渐，这地方正是这一身怪异功夫的女子的弱点。被他这重重地一指点中，刚才势若疯虎的女子，瞬即“嘤咛”一声，整个人已是软软地瘫倒在地。

“吓！还怕制不住你？啧啧，这‘血瞳心眼’果然是我的保命绝技，哈哈，真管用！”见自己一招得手，苏渐顿时得意一笑。

长舒一口气后，他振一振精神，喝道：“呔！你究竟是什么人？在这深谷中装神弄鬼，莫非是想行什么不法之事？”

说话间，苏渐不知不觉地就用上了玄武卫的官腔。

只是，虚弱瘫倒在地的女子，没有回答他的话。

在地上挣扎了片刻，她努力地抬起头，虚弱不堪地朝苏渐唤道：“救、救我……”

“呃?”直到这时,苏渐才借着月光,近距离看到女子的情形。

这一看不要紧,苏渐顿时大吃一惊!

原来,这女子眼神涣散,脸色苍白,嘴唇乌紫,虽然身姿曼妙,浑身却萦绕着一股死气,怎么看都像快要断气之人。

“怎么会这样?! 和刚才的反差也太大了吧??”苏渐惊奇不已。

“救、救我……”在他惊讶之际,这女子还在翕动嘴唇,一边呼救,一边努力地向他爬动。

“别过来!”苏渐本能地往后一跳,跳到一个安全的距离,才警惕地低头看着她道,“你先告诉我你是谁,我再考虑救不救你。”

“我、我……”对这个基本的问题,濒死女子却一时迟疑。

“哼! 果然有鬼。你不说,我就走了。”说着话,苏渐转身作势欲走。

幻象之心

“我……我叫惑梦。”看他要走，地上女子踌躇一下，还是说出了自己的名字。

“惑梦？呵，这名字说出来有啥？也不是什么通缉罪犯的名字。”苏渐漫不经心地随口说道。

不过，很快他的呼吸就变得急促起来。停顿片刻，他一下子跳到女子跟前，低头看着她，失态般叫道：“惑梦？你说你叫惑梦？”

“对。”这时候，虚弱的女子反而变得镇静下来。

“这样啊……”苏渐小心地试探道，“据小爷所知，当今灵洲之主、妖族女王，也叫惑梦。你究竟是和她重名，还是就是她？”

“当然就是她。”匍匐在地的女子，忽然神采傲然地说道，“我就是惑梦，天下灵洲之主，西海万妖女王。”

“这！”一听此言，刚才还板着脸的少年，顿时一脸灿烂的笑容，无比殷勤地说道，“原来是女王陛下！恕海外之臣有眼无珠，我这就给您行礼。”

正要弓腰行礼之时，惑梦女王却低声叫道：“不用了。你……可以的话，救救我吧……”

“没问题没问题，差点忘了这茬！”苏渐一边殷勤地凑近，一边说道，“你先别动，等我给你号号脉，看看是凶脉还是喜脉；然后便望闻问切，保管给你出一张物美价廉还药到病除的药方来！”

“别……”惑梦女王虚弱地道，“我这病，药石罔效，寻常的杏林医术，对我没用……”

“啊？那怎么办？”苏渐急道，“公务之余我可是遍读医书，颇晓得几个古方的；你现在说寻常医术无效，岂不是让我这个街坊邻居公推的杏林高手，没了用武之地？”

“扑哧……”听见苏渐这话说得有趣，即使穷途末路之际，倒在地上的惑梦女王，也忍不住笑出声来。

“唉……”见她惨白的面容，笑得如同一朵美丽的白莲，苏渐反而悲从中来。

“唉，真是天道不公，世事无情；生得像你这么好看的女子，却转眼要香消玉殒，埋骨黄土。”苏渐忍不住悲怆地感慨。

悲叹之时，他蹲下来，离得惑梦更近，想在女子弥留之际，好好送她一程。

近距离看着惑梦苍白而美丽的面庞，他用最温柔的语气说道：“女王陛下，虽然外臣和您刚刚见面，还被您一顿狠揍，回去肯定要找跌打医生买瓶药酒搽；但好歹也是一场缘分，我就在这里陪您最后一程。

“所以您有什么定国遗言，就说与我听；我以华夏之民的荣誉保证，一定帮您一字不差地传达。”

“不、不用……”近在咫尺的惑梦女王，正用一种很奇怪的目光看着少年。

“怎么，你信不过我？”苏渐急道，“难道你没听说，我东土华夏之民，是最讲信义的吗？”

“不是……”惑梦虚弱地道，“我是说，我觉得我还可以再抢救一下。”

“抢救？”苏渐一愣道，“你不是说你已经药石罔效，怎么这会儿又说要抢救，怎么救？”

“不用药石。你就可以救我……”说此话时，惑梦看向苏渐的眼神更加古怪莫名。

“啊？不是吧！”苏渐不知道想到什么，脱口叫道，“难道那些坊间游侠小说写的都是真的？那种事……可以用来疗伤？”

说到这里，他忽然惊恐地大叫起来：“不要啊！我神州华夏之人最重名节，我苏渐更是磊落正直的好男儿，岂能在这荒郊野地行苟且之事？”

刚说到这里，他忽然一愣，心里想到，佛家有云，“救人一命，胜造七级浮屠”，那现在惑梦女王明明命悬一线，自己究竟要不要谨守名节，见死不救？

正愣怔间，刚才好似濒死的妖族女王，不知道哪儿来了一股力气，猛地朝他扑过来——相距咫尺之遥，惑梦骤然猛扑，苏渐避之不及，被一骨碌扑倒在地上！

“哎呀！你、你居然用强——”苏渐还没反应过来，才叫得一两声，就被惑梦奋力撕开衣物；“嘶啦嘶啦”的裂帛声中，云荷谷里霎时响起少年凄惨的哀嚎：“我那京城老字号重金置办的衣服哇！”

这句哀嚎余音还未消散，紧接着“啊”的一声，苏渐再次发出一声惨叫，其惨烈凄绝的程度，绝不亚于惑梦女王先前痛不欲生的嚎叫。

“你、你怎么咬我？”剧烈的疼痛，反而让苏渐变得有点木然，呆呆看着眼前的女王。

此时天边的月轮，已恢复成正常的光色；于是灿烂如银的月光里，苏渐看到惑梦女王双膝跪地，双肘拄地，腰肢下凹，将本就婀娜妖娆的身姿，拗出一道更惊艳诱人的婉转曲线。

但此时苏渐的注意力，根本没办法停留在女子妖娆的身姿上。他的目光，直愣愣落在惑梦的嘴角——

在那里，还有鲜血不停地下坠滴落，景象极为瘆人。

“哇呀！”直到这时，苏渐才猛然反应过来，惊恐叫道，“你、你居然吸我的血！”

喊叫之时，阵阵痛楚从胸口传来，他低头一看，见自己裸露的胸脯上，正留着两排整齐的牙齿印；猩红的鲜血，还在不停地往外渗流。

见此情景，苏渐更加惊恐；忽然间他不知道想起什么，脸色猛然变得苍白无比，脱口大叫道：“你、你有九尾，是狐妖！啊呀呀，我想起来了，狐狸可是食肉的哇！”

惊呼之时，苏渐一骨碌爬起来，准备转身就跑。

刚转过身，身后就传来惑梦的声音：“你错了，我虽是天狐之妖，却不想吃你的肉。"

"哦?"一听不是要吃肉,苏渐有点安下心来,转身看着她道,"原来不吃肉啊,你早说啊,吓了我一跳。"

"嗯。"惑梦点点头道,"我不是想吃你的肉,只是想喝你的血。"

"什么?!"苏渐惊叫一声,再次转身就要跑。

"先别急着跑,听我说完。"惑梦女王的声音,这时已经变得清越醇和,再也不像开始那样断续虚弱。

"好,就听你说说,看你要说什么。"这时苏渐也定下了心神,转过身来。

不过聆听之时,苏渐已将血歌剑握在手中,虎视眈眈地看着惑梦。

对他这样不友好的样子,惑梦却是视若无睹。见他不急着走,女王的眼眸中闪过一丝欣慰的神色,站了起来,看着少年,从容地说道:"你,叫苏渐?"

"咦?"苏渐一愣,惊讶道,"你怎么知道我的名字?"

"你刚才自己说的啊。"惑梦苍白的脸上,露出一丝笑容,"怎么,这么快就忘了?刚才你还说,你苏渐是磊落正直的好男儿,不能在荒郊野地行苟且之事来着。"

"呃,还真是我说的啊。"苏渐有些不好意思地道,"那还不是因为我情急嘛,生怕你疯狂之下要用强……"

"说什么胡话!"惑梦女王俏靥微微一红,脱口叱道,"你别说得好像自己是正人君子似的!是谁先前用手摸我那里来着,还那么好的准头?"

"啊,哪里啊?什么准头不准头的?我刚才有用手摸你哪里吗?"急切之间,苏渐已忘了先前失了准头的膻中点穴之事,还表情十分认真地追问。

"还有哪儿?不就是……哼!不说了。"这时候惑梦女王也有点害羞,赶紧正了正神色,肃容说道,"我叫你别走,想喝你的血,没别的意思。你难道没看出来,本王的脸色好多了吗?"

"哦?是吗……咦?还真是的!"明月光中,苏渐看见惑梦的脸庞,虽然还有些苍白,但明显不似刚才那样惨白如纸,一股子死人气。而且,经过惑梦一提醒，苏渐还注意到，先前仿佛虚弱得说不出话的女王，这时候语调明显流畅了。

“怎么会这样？难道是……”苏渐立即想到了一种可能。

“对。”惑梦看着他，笑吟吟道，“就是因为你的血。”

“这……”苏渐的脸色忽然变得很难看，勉强笑道，“女王陛下，既然人血能治你的病，那请移玉趾，回城镇去找人放血治病吧。为了保证女王您的安全，外臣我可以护送您出去；等到了谷外找到你的随从属臣，您便可安全无虞地去城镇治病了。”

苏渐殷勤地劝说之时，美丽的妖族女王只是静静地看着他，并不打断他的话；等他说完，惑梦却忽然道：“没用的。能缓解我这病的，只有你的血。”

“啥？!”苏渐立即跳起来道，“这是啥道理？难道这血还分什么酸甜苦辣、外敷内服？凭什么认定只有我的血能治你的病？”

“很简单，”惑梦冷然说道，“因为你的血，是龙之血。”

“这……我懂了。真是晦气！”苏渐一脸苦笑，郁闷道，“果然就知和龙族沾边没什么好事。”

“你觉得不好吗？”惑梦奇怪地看着他，“我知道龙族对你们做的事，但他们的血脉，号称‘神之血’，你与他们的血脉相近，应该庆幸才是。不说这个了；刚才只是一小口，还不够，本女王要度过今日之劫，还需好几口。”

一听此言，苏渐忙正色说道：“女王陛下，忽然想起来，我今日还有些要紧的事情没做，这就告辞。”说着话他转身便跑。

“呵呵……”看着他落荒而逃，惑梦女王毫无动作，只是呵呵冷笑。

就在苏渐快跑到云荷谷最近的谷口，正庆幸自己逃出生天时，身后却猛然一阵冰冷云雾涌来——

这回他可不是“如坠云里雾里”，而是真真切切被云雾裹挟着卷走！

等他反应过来时，便看见云雾散处，近在咫尺的，还是惑梦女王那张灵动冷傲的脸。

“这、这……”苏渐心中发慌，口角嗫嚅，正不知如何是好时，听惑梦冷笑说道：“苏渐，先前我剧痛缠身之时，便能将你席卷而来；你以为现在本女王已喝了你一大口血,功力还不如刚才么?”

“啊!”苏渐闻言大恼恨道,“晦气! 这正是作茧自缚、农夫与蛇!”

“什么茧啊蛇的,”惑梦不耐烦道,“你们人族言语花样就是多。告诉你吧,今日你若不想给我再喝几口血,休想离开这里!”

听得此言,苏渐心中一惊,想起来这惑梦乃是灵洲之主,从刚才这一番做派来看,绝不是善茬;这种情况下,如不遂她的愿,今日不能离开此地恐怕还是轻的。

想到这里,他立即换了张笑脸说道:“女王陛下这说的是哪里话? 倒好像我苏渐小气似的。不就是几口血吗? 救人一命胜造七级浮屠,没问题!”

“早这样不就行了。”惑梦说着,便探嘴过来。

“等等!”苏渐见状连忙一摆手道,“虽然我答应,但有个要求。”

“什么要求?”惑梦停住动作,奇怪地看着他。

“很简单,”苏渐严肃道,“这次女王陛下咬我之前,要先告诉我咬哪里,我好有个心理准备,预先熬着疼;省得像刚才那样,不仅吃个大惊吓,还因为没防备,疼得入骨。”

“扑哧!”惑梦闻言忍不住一笑,带着嘲讽说道,“还以为是什么要求呢,就这个啊。好好好,本女王告诉你,我接下来这一口,要咬你手臂;我需要喝不同部位的血,这手臂之血最为有力,我要借这血恢复气力。”

“好……那来吧。”苏渐撸起袖子,把胳膊伸到惑梦嘴前;为了避免先前出其不意的那一咬,苏渐特地圆睁双眼,死死地盯住惑梦那张红艳艳的樱桃小嘴。

“能不能别这么看我?”惑梦欲咬又止,忍不住说道。

“为啥?”苏渐不解道。

“我喝东西时,不习惯别人这么看,很损形象的。”惑梦说道。

“哈?! 那你爱喝不喝!”苏渐说着话,作势便要放下袖管。

“好好好,我喝,我喝。”面对苏渐这惫懒的作风,惑梦还真没办法,只得“委屈”自己,张开檀口,在苏渐手臂上咬了一口,然后又细啜其血。

这一口之后,惑梦女王作势再要咬时,苏渐连忙又道:“再等等!”

“又怎么了？”惑梦奇怪地看着他。

“要不这一次，我还是背过身去不看吧。”苏渐苦笑道，“也许还是突然咬我比较好。刚才我目不转睛看时，心里直发毛，简直比你第一次咬时还煎熬。”

“怎么这么多事！”惑梦不耐烦道，“好好好，随你随你。你背过脸去吧。”

“嗯。”苏渐转过脸，故意仰望天上的圆月流云，还暗咬自己的舌头，想用这样的方法来转移自己的注意力。

虽然背过脸去，但苏渐还是本能地紧绷着身子，预备着忍受被咬之痛。

只是，出乎他的预想，紧接着他感受到的，不是痛楚，而是自己裸露的右肩上，忽然有什么温润微湿的小小一片，软软地印了上来。

刚开始时，苏渐还没反应过来是什么；但当他感觉到这片温润之中，还有个更湿热柔软之物舔了舔，蹭了蹭，他才意识到发生了什么。

“哇呀！”他顿时满腔悲愤，想道，“想不到异国他乡，荒郊野外，我竟然被人给调戏了！”

悲愤之际他正要喝止，没想到刚才肩膀上温柔的吻痕处，猛然传来一阵剧痛！

“哇咧！”苏渐霎时疼痛难忍，脱口惊呼！

女王的这一口，咬得实在猛烈，再加上苏渐正好分神，就显得更加剧烈难忍，痛得让苏渐一时失神；等他反应过来时，那惑梦女王已经吸血完毕，放开了他的肩膀。

“咬得这么狠啊！”苏渐慌忙回头瞪着惑梦，气愤叫道，“你、你这哪是天狐族啊，你是狗妖吧？”

“大胆！”惑梦女王神色一变，大声呵斥。

不过不知想到什么，她面色忽然一松，含笑说道：“这样，念你献血有功，本女王就恕你妄议灵洲之王血统之罪。来吧，把你另一边肩膀侧过来，我还要喝。”

“不行！”苏渐断然拒绝，正色说道，“女王陛下你有所不知，我等人族自古以来，便尊奉‘事不过三’之理。”

“什么？事不过三？哪有这样的道理。”惑梦面色不愉地看着他。

“当然啊，我不骗你。”苏渐临危不乱，一本正经道，“道家经典有言，‘一生二，二生三，三生万物’。所以凡事逢三则吉，再多就不吉利了。”

“好吧……”见少年一脸坚决，妖族之主只好无奈地道，“那就喝这么多吧，唉。”

“呃？”看着惑梦这副意犹未尽的样子，苏渐忽然心中一动，愣了片刻便开口问道，“惑梦女王，你真的需要刚才那三大口血吗？”

“当然。”惑梦断然说道。不过，过了片刻，她却舔了舔嘴唇，咂着嘴道：“啧啧，真好喝，传说中的龙之血啊，又香又甜！依我看啊，胜过我灵洲任何花果酿成的美酒……”

看她这副垂涎欲滴的样子，苏渐忽然悲哀地意识到，恐怕自己刚才后面那两口，完全是受了无妄之灾。

也正因为想通这一点，他忽然明白了，为什么刚才最后那口时，那惑梦女王会先温柔无比地亲吻——现在想来，那就是对美食无限的享受和眷恋啊……

正满腔悲屈之时，他忽然听到惑梦用质问的语气说道：“你这人族小子，为什么刚开始一进山谷，看到本女王就跑？”

“嗯？这、这是因为……”苏渐额头冒汗，紧张地想理由。

正在这时，却听惑梦紧接着道：“怎么，难道我不美吗？”

“呃？”苏渐闻言，下意识地看了她一眼，脱口便道：“美是美，但我想，您可能穿好衣服更美。”

原来，一直折腾到现在，在云荷谷中吞雾吸血的灵洲女王，却只身披薄纱，在今晚明亮的月光下，和“一丝不挂”也只有理论上的区别。

被苏渐这么一说，惑梦也恍然大悟，顿时满面羞惭，那眉弯秋月，靥染羞霞，脸红红地赶紧施法，旋起云雾将苏渐再次席卷到一边，然后她便去山潭边着紧地穿好自己的衣裙。

惑梦穿衣之时，苏渐有了难得的空闲，便把今晚自闯入云荷谷后的所有事，都梳理了一遍。

当惑梦再转回来时，已是一身云裳，宫袖宛然，脸上的神色也变得庄严冷傲，和先前妩媚诱惑的模样判若两人。

“这才像个女王的样子嘛。”苏渐随口评价一句，便直截了当地问道，“女王陛下，刚开始我一进谷中，就看到云雾如旋，后来方知是您在山潭中吞云吸雾，面容还极为扭曲痛苦，我想问问您，这到底是怎么回事？”

“你都看到了？”惑梦反问一句，也不等少年回答，庄严的神情就忽然变得极为痛苦。

“你看到的，只不过是最表面的东西。”惑梦悲戚说道，“你相信吗？我最痛苦的，不是肉身，而是灵魂上的煎熬和迷失。有好几次，我都分不清虚幻与真实，差点蹈火海、跳深渊，甚至杀死自己最信任、最亲近的人！”

“呃！怎么会这样？”听到惑梦的话，苏渐大吃一惊。

“就是因为这枚戒指。”说着话，惑梦抬起右手，伸到苏渐的面前。

这时候，苏渐才注意到，妖族之王的纤纤玉指上，戴着一枚奇特的戒指。

“幻象之戒？”因为熟知十大晶海神器的传说，苏渐脱口便道。

“是。”惑梦神色复杂道，“就是‘幻象之戒’。我，惑梦，灵洲之主，万妖之王，正是百年幻戒之主。”

“这……”得到确认，苏渐本能地屏息凝神，仔细观看这枚传说中的神奇指环。

如同惑梦的身姿一样，幻象之戒的指环，造型扭曲妖娆，颜色晶莹闪耀，月光下似银蛇游移，又如一抹水银流动。

最奇特的还是戒面。

来自幻象晶海的“幻象之心”宝钻，呈六芒星形，本身好似没有任何颜色，澄澈空灵，如水淡然，只在边角之处反射天上圆月的光芒时，才有几分璀璨。

正当苏渐觉得宝钻戒面不过如此，没什么可看，要移开视线时，他却忽然愣住了。

原来就在那淡若无物的“幻象之心”中，苏渐忽然看到了日月星辰、山川江河，看到了草木禽兽、亭台楼阁；姿态万千的大千世界仿佛一下子浓缩到方寸之间的晶钻里，并且它们并不是静态，而是如同天地自然中那样运行流转——日升月落，花开花谢，白云苍狗，沧海桑田……

这一刻，苏渐不仅看到了大千世界，还看到了万丈红尘。

他看到贩夫走卒街边游走，看到将军士卒旷野奔行，看到了炊烟袅袅，也看到了落日长河。

到最后，他早已忘却的童年之事，竟在方寸宝钻中一一闪现，就如同散落在时间长河中被遗忘的水晶，这时在他的眼前熠熠生辉，让他泪流满面。

看到最后，苏渐已不知眼前的一切，到底是虚无的光影，还是真实的存在；因为他仿佛已经置身于眼前的山川江河，重历那过往的种种，虽然速度快得有点让人不敢相信，但那些喜怒哀乐之情，却是真真切切的。

正当苏渐完全沉浸在眼前的一切景象中时，却听得"咔嚓"一声霹雳巨响，霎时将他惊得一跳。等反应过来时他才发现，自己不知何时竟已闭了双眼；再睁眼时，眼前还是只有云雾缭绕的月色山谷，和幽静无言的美丽女王。

"苏渐，你现在知道，这幻象之戒，有多厉害了吧？"清冷的话语，仿佛从月边云端传来；直到最后几个字时，苏渐才终于听得真切，重归正常。

"这！"清醒过来的苏渐，回想起刚才的一切，深感神奇的同时，也不禁一阵后怕。

惊悸之余，他忍不住喃喃自语道："这、这幻象之戒真个奇特；好像在里面什么都看不到，又好像什么都有，那森罗万象的，真让人不知孰是虚幻，孰是真实。"

"你说对了。"惑梦女王赞许地看着他，"这幻象之戒，变幻万象，不仅能控制人心，幻化表象，甚至还能改变时光之流中事件的本来面貌。

"想必以你这样的身手和见识，也听过有关它的传言；今日作为它的主人，我要告诉你，传说中所说的一切，都是真实的。

"'幻象之戒'游走于真实和虚幻之间，十分危险，因为每一个拥有它的人，在幻化大千世界、获取神秘力量的同时，也在虚无自己的内心。"

"那你现在……"苏渐一脸担忧，欲言又止地看着她。

“我现在已经到了最危险的时候。”惑梦女王一脸忧郁地说道，“你也看到了，今晚先前那些异象，就是我借助云荷谷这里的天地风云之力，来对抗幻象之戒对我的侵蚀和操控。”

“有用吗？”苏渐担心地问道。

“有点用，但不能解决根本问题。”惑梦苦笑道。

“那你能不用幻象之戒吗？听起来，只要不用，远离它，便不会有这些事。”苏渐诚恳地建议道。

“不能。”女王依旧苦笑着摇了摇头道，“你看我灵洲好似风光如画，一派祥和，却不知有这样的结果，完全是本女王依靠幻象之戒一力维持的结果。

“我灵洲地处西海大洋，你一路前来，便也知道，西海大洋和别处不同，整日巨浪滔天，风波险恶，这就显得我灵洲是西海之中难得的福地。

“所以，那周遭鬼妖海怪的侵袭，一直都很狂暴；为了保护灵洲妖类诸部族，我必须借用幻象之戒的力量，即使身受蚀心苦痛，我也不会放弃。”

“这……确实可敬可佩。”苏渐听完，由衷地赞叹。

不过想了想，他便委婉地说道：“女王陛下，不知有句话当讲不当讲——既然已经凶险至此，何不妨把幻象之戒交给其他妖族能人？”

“呵，你以为本王是恋权之人？”惑梦听出了少年话中之意，不仅不怪，反而耐心地解释道，“你这方法，我不是没想过。毕竟当女王再风光，也不及自己这条性命。实在是这域中，看似豪杰无数，实无一人能担当起这如山之责。

“那狼王裂风，慷慨有武力，但缺耐心，乏智谋。

“山魈王石冈，有武力，也仁义，虽然容貌凶悍，却以仁德之名闻名灵洲。只可惜，我总觉他各种举动，为行善而行善，真实想法未为可知。

“除了他们，其他人更加不堪。羊妖族长怯懦，犬妖族长卑下，蛇妖族长贪婪，虎妖族长暴躁，遍看灵洲诸族，竟无一人能当此大任。所以……”

点评灵洲英豪至此，神色肃穆的惑梦女王，语气忽转轻松，粲然笑道：“所以，你以为呢？本女王容颜这么好，最适宜做一位安静淑德的美女子；现在还要出来抛头露面，被你这样的毛头少年调戏，真是苦也苦也！”

听得她最后这句话，苏渐只是苦笑摇头，并不反驳。因为他现在已经有些知道，出身天狐族的妖族女王，谑言善笑，并非真个佻达轻浮。

低头想了想，他又跟惑梦提起逐香长老身死之事。

听他提及逐香，惑梦神色黯然，叹息说道："唉，逐香姐姐，也是该有此劫。我妖族之人，最亲自然，最信天命。她今日身死，也只是应了劫数吧，虽有忧伤，但不必悲叹。"

"这……"见惑梦如此淡然，苏渐心中一番思想斗争后，还是忍不住道，"女王陛下，那两位我华夏来的客人，你们恐怕要注意。还有我从海路而来，听到传闻，恐有龙族对你们白骨圣杯不利，很可能已生了觊觎之心。"

"哦？"惑梦闻言一愣，转过脸来，看着苏渐。

此时，流云遮月，月色不如刚才明洁，却更添朦胧情致。

朦胧的月色里，惑梦对苏渐熟视半晌，忽而粲然一笑，坦然谢道："谢谢你，苏渐。虽然不知你所说是否属实，但本女王已经感受到你的真诚。我族待人最诚，只看你这一点，你便是我惑梦最尊贵的客人。"

"谢谢。"面对惑梦真诚的肯定，苏渐也诚心相谢。

谢礼已毕，他看了看天上，见已是月移中天，便拱一拱手道："既然女王陛下您贵体暂时无恙，我还有些事，便先回去了。"

"好，去吧。"惑梦敛衽回了一礼，尔后摇手而别。

不过苏渐才走出四五步，又听到惑梦在身后开口呼道："喂，苏渐，你在东土华夏国之中，应该不是一般人物吧？"

"嗯？也还好，"苏渐不明其意，转身站住，随口答道，"我其实只是华夏京城小吏，算不上什么大人物。"

"我不信。"惑梦笑吟吟道，"你别怕，我不是想叫你做什么上刀山下火海之事。本女王只是有个小小的请求，请求你回到东土神州之后，管管那些写志怪小说的文人。"

"呃？怎么了？这些人怎么会得罪你们灵洲妖族？"苏渐只觉得摸不着头脑。

"怎么不会得罪？"惑梦一脸义愤填膺地说道，"是这样，那些可恶的志怪著者，写到我们狐妖一族时，总说我们美丽的狐妖女子，一心倒贴给那些不上进的凡夫俗子，真是太不合理、太过气人！”

“哈？”苏渐一听此言，顿时好似遇上知音，连连说道，“对对对！那些闲书里总写平凡之人遇上美貌狐妖，便得她们倾心相交，然后人财兼得，简直太老套、太没道理！上次你们犬妖族的武士，居然因此推断当时和我同行的美貌女伴，是女狐妖——”

刚说到这里，苏渐义愤的话儿戛然而止。因为他忽然意识到，那件事很丢人，按刚才批判的逻辑，不就是犬妖武士把他当成普通俗人了嘛。于是他脑筋急转，顿时闭口不言。

不过惑梦女王何等聪明，尽管苏渐没继续说，她却洞悉了一切未尽之辞。

于是她绽开如花笑颜，微笑说道：“苏渐，虽然我不知道你的身份和底细，但至少有一件事我知道，你，绝不是普通人。”

“别别别！”苏渐忙笑道，“我还是做个普通人吧；否则按那些小说话本，都没美丽狐妖来找我啦。”

“怎么会？难道我不美丽吗？我不仅是狐妖，还是最尊贵的九尾天狐呢……”惑梦接言谑笑时，那一双明眸中的眼色，已如天上云月朦胧。

见女王眼眸中情意流转，苏渐不辨真假，总觉得惊心动魄，便连忙挥手告别。离去之时，他一路跌跌撞撞，全不似先前的矫健，简直像落荒而逃。

“呵……”看见他这般狼狈的模样，惑梦既好气又好笑。

停了片刻，她那雪白贝齿便轻咬嘴唇，芳心之中暗暗想道：“苏渐，你究竟是一个怎样的人？嗯，不管你是什么样的人，今晚能在我最危急的时刻，闯进如此人迹罕至的云荷谷，还用鲜血救了我，那就证明我们二人，极有缘……”

此后，无论是趁着月色往林水镇赶路的少年，还是留在云荷谷中继续疗伤的女王，都在思考着一个问题：

为什么两人第一次觌面，就这么谈得来？

最后，这两人也如同心有灵犀般，想到了同一个可能：

正因为两人从不相识，又是异域异族，不仅没有利益方面的冲突，还没有那些高下尊卑的世俗顾虑，因此在这良辰美景的云荷谷中，只是头一回相见，却能谈笑风生，推心置腹，就如熟识多年的老友。

除此之外，碎衣吮血，虽不涉狎亵，毕竟肌肤之亲，自然给二人无形中增添亲昵和暧昧。

踏月而行时，苏渐再回想今晚的遭遇，觉得可能世上缘分一说还真奇妙。自己只是偶然踏入一座烟云缭绕的荒野山谷，没想到便遇见如此妙人，真乃人生快事。

因为快意，被女王吸血时的疼痛和恐惧，早被他抛到脑后。

当苏渐从云荷谷中回到林水镇之时，已是深夜。

苏渐本以为洛雪穹早已睡着，没想到来到他俩包下的那座小院前，却看见洛雪穹正倚靠在院门边等他。

月下倚门，待他回来的女孩儿貌仍清冷，但行为却犹若人妇。苏渐感动之余，想起今晚云荷谷中之事，竟对洛雪穹生出些莫名的愧疚。

星河在天，明月莹澈。

白霜绕树，谁立中宵？

月色中宛如飘飘仙子的女子，见他回来，不由面露喜色，清柔说道："你回来了？冷夜清寒，速回房吧——咦？你的衣服怎么了？"

原来苏渐走近，洛雪穹看到了他身上破碎的衣衫。

见她问起，苏渐也将今晚云荷谷之事，跟她坦然相告。

当然，诸如女王几近裸身立于山潭之中，过程中还几次言语笑谑，这些细节便省略了。

听他说完，洛雪穹道："你先进来，我去给你拿衣服。"

不待少年说话，洛雪穹已经飘然回屋。苏渐跟在后面，进了院来，回身便将木门关上；拴牢门闩时，洛雪穹已捧着一叠新衣来到近前，让他换上。

一边穿衣，苏渐一边苦笑着对洛雪穹说道："你相信吗？今晚虽与那女王相逢，还被她撕裂衣服，但我并没有做任何违反礼教之事。"

洛雪穹闻言，俯首略思，然后抬头看着少年，微微一笑说道："我信。

因为，你完全可以推说猛兽凶禽所裂啊——呀，你为什么要跟我解释？我……又不是你什么人……”

说到这里，洛雪穹薄羞微嗔，颊上染上红晕。

少女如此情致，苏渐从没见过，因此月下小院中乍见如此别样风情，他竟一时呆住。

呆愣之际，他随口说道：“是啊，我没必要解释的，真是画蛇添足——”

刚说到这里，洛雪穹忽然毫无征兆地问道：“妖族女王，她美吗？”

苏渐闻言一愣，想了想道：“美，这位灵洲之王，确实颇美。若和你比较，则她如花鸟歌艳，你似梅雪清妩。”

“嗯……”洛雪穹低声应答，眉目流转之间，神色略赧然。

第一百〇六章

山魈之王

对立中宵，更深露重，夜渐清寒，于是两人互相道别。

只见如水的月华里，女子合掌，少年拱手，相对躬身一礼，各自回房休息去了。

月下如此简单的告别，场面却极清幽风雅。似此汉唐遗风、华夏风采，确非此地灵洲妖族可比。正是：

> 是谁向幽谷寻来，
> 似蓬山弱海仙姝现。
> 眼中余卉皆尘土，
> 避却风露，泠泠庭院。
> 小立悠然香自远，
> 最牵惹寒宵魂梦，明月纱窗转。

到了第二天，苏渐便将云荷谷中与女王的一番对答，详细地告知了洛雪穹。

听了苏渐的讲述，洛雪穹也啧啧称奇，特别是她这几日出去探察，听到民间对灵洲妖族几位首领的评价，跟苏渐从女王那儿听到的，大体相同。

不过，其中那位山魈之王石冈，民间的评价却和惑梦女王的看法大相径庭。

惑梦言语含糊，似是暗示石冈颇有野心，洛雪穹却看到，妖族民众对石冈极为爱戴，甚至称他为“凶面圣人”。

面对这样的分歧，苏渐的看法还比较客观。他并没有因为云荷谷中和女王的一夕相会，便全盘接受女王的看法。

毕竟，从洛雪穹侦查的结果可知，就民望而言，山魈族长石冈，已经稳坐第二把交椅，是灵洲中实质上的二号人物。

任何事情，一旦涉及名利，苏渐便觉得，惑梦看法未必就不对，但也许有偏颇。

毕竟身在局中，哪怕再是理智聪颖之人，一旦牵扯到利益，尤其涉及自己的竞争者，往往很难客观。甚至常常连他们自己都没意识到这一点，还觉得自己的评价，是中正诚恳之语。

不管那位山魈之王石冈是怎样的人，总之苏渐已经注意到他。先不谈对他评价的分歧，石冈本人有个职责，苏渐不得不注意。这个职责就是，驾驭统领环绕万灵圣庙的披甲长毛金刚犀牛。

想到这一点，他便觉得，现在惑梦女王对石冈的猜疑，根本就不算个事；眼前最值得注意的，是石冈本人的安全。毕竟，另一位承担圣庙守卫重责的逐香长老，已遭人暗算而死，成了前车之鉴。

到现在为止，苏渐已经从各个方面，了解到许多信息。这一天晚上，入睡之前，他躺在床上，看着窗外皎洁的明月光辉，脑子里开始认真地梳理起整个事情来。

想了一阵，他隐隐觉得，和那个幽冥圣杯被夺相比，这回白骨圣杯之事有很大的不同。

眼前自己所在的这灵洲，地域广大，妖族众多，上千年来自成一体，整体实力和上次那个出事的召雾蛮族，完全不可相提并论。

因此，这次想夺取白骨圣杯，十分困难，绝对不可能像幽冥圣杯那样，据说只由一人便从容夺去。所以苏渐推测，龙族一定会来更多的人。

想到这种可能，苏渐并没有被可能面临更多强敌而吓倒，反而变得更加兴奋起来。因为玄武卫的经历让他知道，人越多，露的马脚也越多，也就更容易让他找出破绽，从而顺藤摸瓜，彻底突破。

想到这里，苏渐有些激动起来，思绪顿时变得开阔。

就在这时，他好像忽然想到什么，顿时愣住了。

“哎呀……我怎么把她给忘记了?”他一拍脑袋，欣喜地想道，“我怎么忘了，上回天雪城之事，最后那隐龙君雪冽迩，在云空中说了段话，当时我还觉得莫名其妙，想她是不是被我打得脑子有问题，便说疯话，没想到隐喻了今日之事!”

原来，苏渐想起来，那雪冽迩被自己击败退却之前，曾在云天中说:

“很快我们会在荆棘的荒野中相会;到那时老友相逢，必端起白骨的酒杯，满斟鲜血的美酒，庆祝你我的再会!”

当时苏渐不能理解，现在他恍然大悟，原来雪冽迩暗示的，便是他们要来灵洲夺取白骨圣杯。

想到这一点，苏渐觉得这里面颇有线索——

雪冽迩很可能会亲自前来，这意思已经非常明显。除此之外，什么是“老友相逢”?莫不是会有她的得力帮手们前来?还是说这灵洲里面有她的友好内应?

苏渐脑筋大动之际，如果让雪冽迩知道他这么联想，估计会气得吐血!

毕竟，她说的“老友相逢”，明明是说可能和苏渐这位“老友”再次相遇;她没想到的是，苏渐对她的话无视文义地胡乱解读，居然在某种程度上，接近了事实的真相。

有了这样歪打正着的理解，苏渐的思路变得更加开阔。

皎洁的月光中，他灵机一动，自己只要想个办法，让一众龙族势力，包括厉华楚、甘文光、萧龙雀，以及可能的龙族内应，都夺不到白骨圣杯，就会逼得隐藏在暗处的雪冽迩不得不出手，这样他便可以借助灵洲强大的妖族力量，将雪冽迩这帮人一网打尽。

苏渐判断，灵洲离龙之帝国太远，即使龙族十分强大，要来灵洲这种地方，也不可能来多少人，很可能还是采取“贵精不贵多”的策略。所以，任你雪冽迩再是强横诡秘，在人多势众的灵洲妖族面前，还是很可能会束手就擒。毕竟，“强龙压不过地头蛇”嘛。

而雪冽迩是什么人？巫龙之王的亲妹、大陆最神秘组织的首领，一想到她能束手就擒，苏渐就觉得莫名兴奋。

于是，接下来他好长时间都没睡得着；辗转反侧之际，他恨不得马上就天亮，这样就好立即爬起来，去想办法帮妖族加强万灵圣庙的守卫。

正当苏渐踌躇满志之时，第二天一大早，他还没起来，便听得所住的院落门外一阵喧哗。

“怎么回事？”苏渐有点惊讶，刚披衣而起，想要出去看看热闹时，听得“哗啦”一阵破门声，转眼便有无数脚步声传来。

“不好！”苏渐的直觉告诉自己，这等乱象一定是冲着他来的。他立即抽出血歌剑，奔到窗户边，用剑尖挑开窗帘一角，朝外面瞥了一眼。

这一看，他顿时大吃一惊！

刚才脚步乱响，果然冲进来许多妖族武士，正站满院落。

不过如果只是些寻常妖族武士，倒还不会被苏渐放在眼里；但他从窗帘后细细观看，发现这些妖族武士个个精悍无比，离得这么远，都能看到他们长大的脸形上鼓凸的太阳穴，眼中也不时闪现着精光！

“怎么会这样？”看到这些精锐武士，苏渐忽然意识到事情的严重性。

他想到，就算自己放下一切顾忌，和洛雪穹各自施展星流术冲出重围，但之后怎么办？楼下这阵势，已经表明了十分决绝的态度；如果自己两人再奋力脱逃，无异于火上浇油。

到那时，他二人成了灵洲人人喊打的大逃犯，如果可以一走了之也没什么，但今晨自己刚刚想到的“逼龙出洞”计划，走了还怎么施行？

于是，一直都善于逢凶化吉的玄武卫少年，这时却真正陷入了进退两难的境地。

这时候，他还怀有一丝侥幸，希望眼前的情景只是个巧合。因为这里乃是四进院落，客房众多，说不定还有其他房间里，住着什么十恶不赦的罪犯，自己只是倒霉正巧碰上。

刚这么想时，院中的武士人群忽然齐声大喊：“苏渐！洛雪穹！你们谋害逐香长老的事犯了！识相的，快自己出来束手就擒！”

听到这样的吆喝，苏渐刚才酝酿的所有理智，忽然便失去了。

“什么?!”他立即在心中怒吼道,“我苏渐被华夏朝廷官府缉拿也就认了,什么时候轮到你们这样的番邦外国大呼小叫?”

身为玄武卫,苏渐平时也是敏锐谨慎之人,这时候有这样的冲动,从中便能看出,当下华夏之民“天朝上国”的思想,已经深入每一个华夏之民的骨髓,变得根深蒂固了。

心中恼恨时,苏渐已“苍啷”一声抽出血歌剑,飞身冲出门外。几乎与此同时,一道雪白色的身影也飞出门外,苏渐扭头一看,正见洛雪穹也提着“月神白虹剑”,转脸朝自己看来。

两人相互一视,便知双方心思一同。只是,正要仗剑冲杀突围之时,他们忽然听到,在武士人群之后,有一个沉重而醇和的声音,语调友好地说道:“两位东土来的贵客,且息愠怒,听本王将原委细细说来。”

“嗯?”听这语调亲和、措辞得体,苏渐和洛雪穹尽皆一愣,手中蓄势而发的招式,顿时收住。

在他二人的注目之中,妖族武士的人群朝左右一分,人群中慢慢走出一位身形高大的妖族之人。

这位妖族之人,身着金紫长袍,服饰华贵优雅,说话也和蔼亲切,但面相着实凶恶。

在清晨的日光中,苏渐看得分明,这位妖族贵人脸色灰黑,脸形和手足同样长大,一双眉骨向外凸出,鼻梁也极长;尤其让人称奇的是,虽然他看着尚是壮年,但人中与颌下皆有白须,还绕着巨口连成一片,蓬蓬松松,如同雪狸的白毛一样。

见他这番模样特征,苏渐心中忽然想起一人来。

正心中转念时,他见来人双手合十,冲自己和雪穹躬身一礼,然后用一种和恶形恶相截然相反的清和语调,曼声说道:“在下石冈,见过两位东土小友。

“我石冈乃是山魈族长,部族之王,忝列灵洲长老。今日前来,特奉灵洲之主、惑梦女王之命,拘请二位回去;此拘非为其他,乃请二位说清逐香长老罹难之事。”

听得山魈之王石冈这一番话,苏渐在虑及内容之前,首先想到:“呀,这石冈别看凶人恶相，说话却文绉绉，显然多看我东土华夏典籍。如是这样，颇不好对付啊。”

心中转念之时，他也一笑，拱手还礼道：“石冈族长，幸会幸会。别的不说，听你口气，也是知书达理之人。那小子请问，今日之事，无凭无据，便要拘人回去，小子虽鲁钝，却也不服。”

“诚哉斯言，是为此理。”石冈掉了个书袋子，一脸无奈地道，“小友息怒，若无证据，我也知此举唐突。只是，贵东土华夏之甘参军文光、萧将军龙雀，亲证是你和这位姑娘，设下陷阱杀死了逐香长老。

“除此之外，近来北陆有几个交通要道的海滩，我族守卫士兵也被人陆续杀死；据当地族人说，也是你们仗剑行凶，所描述的相貌身形，与你二人丝毫不差。”

“这！”一听此言，苏渐惊怒交加，有心据理力争，不过想一想刚才石冈之言，他冷静了下来。

“族长阁下，”他冷静地说道，“既然有了人证，还是我华夏的达官贵人，看来我二人似是无法辩驳了。只是束手就擒前，我只想问一句：对此事，贵族女王陛下如何看待？”

“女王陛下？”石冈闻言稍稍一愣，想了想，便说道，“她只是命我带人来抓捕，并无他言。怎么，你认识我灵洲女王？”

“不认识。”苏渐摇了摇头道，“我是什么身份，怎么有机会碰见灵洲之王？好，既然承蒙女王亲令，又劳族长大人来，我便不让你白走这一趟。雪穹——”他转脸看向少女，“我们便随他回去？”

“好。”洛雪穹点头相应，也无他言。

“那族长大人，你也看到了，我二人愿意同你回去，极其配合，这绳捆索绑，就不必了吧。”苏渐一脸从容地说道。

“这怎么行？！”还不等山魈族长说话，旁边一个山魈族的首领武士，便急声反对。

“嗯？！”刚才恭谨有礼的少年，闻言霎时脸色一变，寒声喝道，“你们不都觉得我俩是几桩血案真凶吗？那便应知道，以我二人作案身手，今日要真是搏杀逃生，虽不说有十足把握，至少也能让此地尸横遍野、血流漂杵!"

"说得好,哈哈!"山魈之王石冈闻言大笑一声,洪声赞道,"没想到小友也是妙人。真是'诚哉斯言'。好!我石冈便做主,让你俩这杀人凶犯,成我灵洲史上头两个不绑之人。"

说到这里,他有意无意地瞥了少年手中剑器一眼,看似随口赞道:"你这是口好剑。"

"嗯,"苏渐平静应道,"是好剑。莫非想收走?须知剑在人在。"

"好!"石冈一拍巨掌,笑道,"没事了。"

之后,石冈一声令下,山魈族武士便朝两边退却;苏渐和洛雪穹这两位被认定的血案真凶,大摇大摆地跟在石冈的身后,随他一同前往花语草原的灵丘。

说起这灵丘,乃是花语草原中另一个重要的丘陵。在那里,坐落着惑梦女王起居议事的万灵妖宫。如果说落霞之丘的万灵圣庙,象征着灵洲妖族的精神家园,那灵丘的万灵妖宫,则代表着妖族至高无上的权力与威严。

对这目的地,苏渐也早已知之甚详;于是跟随石冈前往万灵妖宫时,他心中也安慰自己:"毕竟坐落灵丘的万灵妖宫,就在落霞之丘的万灵圣庙东侧不远。我本就想协助妖族加强圣庙守卫,现在就当提前去了,还有这么多山魈族人陪我。

"反正,刚才也听石冈说了,这次拘捕,是让我二人去惑梦女王驾前说清几起凶案之事。假的就是假的,嫁祸就是嫁祸,相信以我三寸不烂之舌,还有和惑梦的一夕之缘,定能转危为安的。"

没想到一到灵丘之后,根本没有想象中的御前辩护,而是直接关到了灵丘西侧的山魈族驻地大牢之中。

关押过程中,苏渐还想抗议,没想到山魈族长依旧一副朴厚仁德的样子,无奈地告诉他,女王陛下事务繁忙,一时不能接见他们,只能委屈他俩先在山魈大牢中等待一时。

直到这时,苏渐才忽然觉得事情有些不对。

被关在山魈狱中后,他反而变得更加清醒。这时候他便想到,刚才石冈提及的系列妖族凶案，还真未必全是龙族之人干的。

虽说逐香长老之事，自己亲见是厉华楚下的手，但刚听说的其他几桩妖族守卫被害之案，并不能排除是甘文光和萧龙雀那帮人做的。

毕竟，从石冈的话里可以知道，甘文光他们已经急不可耐地跳出来诬陷自己。如果真是甘文光让人下的手，那么他们至少可以达到一箭三雕的目的：

一来顺从了对龙族亲善的宰相心意；二来报了先前苏渐的言语不敬之仇；最后还为他们暗中协助龙族之事，扫清了障碍。

本来，苏渐并不能肯定甘文光这些人前来灵洲的真实用意，即使目睹了逐香长老之事，也不能完全排除，因为也可能只是巧合。但他们居然诬陷自己，让妖族将自己和洛雪穹打入大牢，如此，他们暗中协助龙族的可能性，就大大增加了。

这样的话，苏渐觉得，自己和雪穹久留狱中，危险性同样大大增加了。

先前还觉得石冈虽然恶形恶相，但谈吐温蔼有理，值得信任。现在回想起今日之事，他却有些察觉，石冈的态度，其实十分暧昧，甚至还可能是虚言哄骗自己。

想到这种可能性，苏渐觉得，这山魈族的牢狱，不能再待了。

心中这般想时，他看看倚在对面墙壁的女孩儿，笑道："雪穹，还别说，我俩还没有一起蹲过牢房呢。这感觉，挺好的。"

洛雪穹闻言，薄嗔道："都到这时候了，你还有心说笑。"

"好好，不说笑了。"苏渐告饶道，"本来还想好好享受与你同为狱友的感觉，但局势不明，我等还是早些脱身为妙。"

"嗯。"洛雪穹点点头道，"苏渐，你不觉得石冈此人，虽然言语亲切，却别有用意吗？"

"我感觉到了。"苏渐道，"所以，我们得尽快脱身，不能在他的地盘久留。"

说到此处，他看了看牢房外，见山魈武士往来穿梭，络绎不绝。看了一阵，他便小声说道："雪穹，虽然计已定，但脱身还是等到晚上吧。以我在玄武卫中的经验，到了夜里，再怎么说，监牢守卫也会松弛，并且趁着夜色脱身后，更容易藏匿行踪。”

“好，那便等到晚上。”洛雪穹寒声道，“若是那时，山魈武士阻拦我等，苏渐你不可心慈手软，必与我一同大开杀戒。”

“好！”苏渐点头答应，心知她也被这无妄之灾给惹恼了。

被关在牢房里，本来十分烦闷，连一日也难挨，但就如苏渐所说，他和洛雪穹关在一起，这时间便不那么难熬了。

这一日白昼之中，他们两人一起倚坐在墙角，絮絮地说些当年灵鹫学院中的陈年趣事，再谈谈这几年两人分别后的各自境遇，便一点也不觉得时间难挨。

等日光流转，终于到了深夜，早已按捺不住的洛雪穹便先开口道：“苏渐，我们出去吧。”

说着话，她看了看粗大的牢门栅栏，苦恼道：“要说我等施展法术，摧毁牢门，也不甚难。只是如此夜深人静之时，这么做动静太大，定惹来无穷兵士，就算血战突围，也有些不值。”

“对。所以我们不能强攻，只能智取。”苏渐说道。

“怎么智取？你想到什么办法了吗？”洛雪穹看着他。

“当然就用‘美人计’！”苏渐胸有成竹道，“我刚才看了，那腰间挂着牢门钥匙的山魈狱卒，往来巡逻时，经常偷眼看你；我想若你出马，用一招美人计的话，定能骗得他五迷三道；到时候我看准机会，抢下他的钥匙，便万事大吉了。”

对少年郑重提出来的这个计谋，洛雪穹没有直接回答，只是朝他翻了个白眼。

“啊？不行啊？”苏渐见状，想都不想便道，“既然你不愿意出马，那我只好用剑灵‘血歌姬’来行此计了。”

“呃？”洛雪穹闻言恼道，“苏渐，你在戏弄我吗？明明有剑灵可用，为什么还要我去使、使什么美人计？！”

“哎呀，怎么会戏弄你呢？”苏渐叫屈道，“这不是考虑成本吗？若你去用美人计，咱就算没成本；现在动用血歌姬，我还要耗费大量灵力不是？这明显不划算嘛！”

“你……”看他这副理直气壮的样子，常在雪晶国万千臣民面前慷慨陈词的洛雪穹，此刻却无言以对。

山魈大牢的看守狱卒，选的都是族中勇武有力之人。

看守苏渐和洛雪穹的这位山魈守卫，在本族中也不是泛泛之辈。只是原本的彻夜巡逻变成了中途“干好事”去了，等他清醒过来，揉揉惺忪的睡眼，好似大梦初醒。

刚开始，这山魈看守还没反应过来。睡眼蒙眬之际，他满脑子还在想着昨晚的事。

“啧啧，这娘们儿，真带劲！”他流着口水，粗俗地想道，“那该凸的地方凸，该凹的地方凹，实在风骚！哎，这骚浪劲儿也忒大了点，弄得老子腰都快断了。

“哎呀对了，昨晚光顾着和这小娘们儿干好事了，回头怎么跟屋里那婆娘交代啊？嗯，嗯，也很好办，只要那臭婆娘张口说我一句不是，我就立刻把她休掉！然后来找这位新相好。”

心里打着如意算盘，山魈守卫流着口水，一脸淫笑地转过那张大长脸，想找一夜销魂的美人儿继续缠绵。

没想到他头刚一转，顿时一愣，很快脸色变得煞白。

“怎、怎么回事？”看着眼前的这一切，他惊恐地想道，“怎么我睡在了牢房里？那美人儿呢？啊！那俩人族囚犯呢？！”

到这时山魈看守终于清醒过来，一下子从污秽流离的墙角草堆中跳起来，冲到了牢门口。

这时他看到，牢门上拇指粗的铁链子，依旧里三圈外三圈牢牢绕在栅栏上，整个牢门被锁得严严实实。这样的情景倒是和先前一样，唯一不同的是，囚牢里不见了那两个细皮嫩肉的人族男女，他这个看管牢门的狱卒，反而被关在了牢房里！

面对这诡异的情形，刚刚如梦初醒的山魈狱卒，一时还没反应过来。

过了片刻后，这清晨静谧的山魈大牢里，忽然爆发出一阵杀猪般的哀嚎！

再说苏渐。午夜时分和洛雪穹一起脱出牢狱后，他们两人便趁着夜色，在花语草原的野草花丛中一路潜行。

花语草原方圆上百里，他俩一路疾行，期望在黎明到来前，能够逃出这里。

经过昨天的商议，无论苏渐还是洛雪穹，都嗅出了一丝不寻常的危险味道。

他们发现，现在灵洲上的几股势力，甚至包括同为东土而来的甘文光那帮人，都成了他俩的强敌。

“君子不立危墙之下”，无论古语，还是灵鹫学院和玄武卫的训练，都让苏渐深深明白，当务之急，就是脱离看不清形势的叵测之地。只有先保证了自身安全，他才有可能看清事态，争取翻盘。

对他的看法，同是灵鹫学院毕业的洛雪穹，完全赞同。她和苏渐一起，对着苍穹之北的方向，一路潜行。

让他们没想到的是，本以为轻而易举的事情，在这一夜却变得格外艰难。

山魈族的大牢，在灵丘西侧，也就是在灵丘和落霞之丘的中间。其东，有万灵妖宫，其西，有万灵圣庙，这样的位置可以说是灵洲妖国最核心的地带，因此守卫相对森严，苏渐也能理解。

但让他无法理解的是，这一夜不知道为什么，草野中到处有妖族士兵成群结队地游弋。

他们打着松油火把，将所到之处照如白昼，让他俩不得不经常左躲右闪，借着起伏的丘陵和没膝的草丛躲避。

好不容易远离了灵丘，没想到不知为什么，身后某个方向上忽然一阵喧哗，紧接着无数妖族武士奔走呼号，听声音倒像是在夜间操练演习。

这时苏渐和洛雪穹，正在草丛中低伏，本就离得远，夜风又大起来，呼呼的风声中并不能听清那些妖族在喊什么。

听到这样乱纷纷的情况，苏渐刚开始还觉得是好事，觉得这样让自己更能浑水摸鱼，趁着黑夜逃出去。

没想到，纷乱一起，不仅巡逻的妖族武士数量越来越多，巡逻频率越来越密，那一群永远在外围转圈的披甲长毛金刚犀牛，也变得更加凶猛。

一头头巨大沉重的金刚犀牛，在山魈武士的驾驭下，四蹄踏地如飞，连声吼啸，向内缩小了巡游的圈子。

于是，还没逃出多远的苏渐二人，在密集的妖族巡逻武士和逼近的金刚犀牛双重威压下，竟然两个多时辰里，向外逃出还没七八里。

见此情形，苏渐心里有些打鼓。当几番尝试都失败后，他俩只得隐在一处丘陵的凹地里，静待更好的时机。

这一等，便到了东方大白，雄鸡唱晓。

花语草原上的晨景，霞光万里，花草飘拂，露珠璀璨，鸟雀鸣啼，本来美极，但此刻苏渐看在眼里，只能是一脸的苦笑。

他这时候更加希望，今天是个大阴天，整个天空云如黑墨，四野昏沉，最好还下起瓢泼大雨，这样就能让守卫力量稍稍松弛。

但没想到，今日天公是这么不给面子，那风和日丽、万里无云的样子，竟是他俩登上灵洲以来天气最好的一日。

能见度太高，苏渐只好寄希望于天光放亮后，那些妖族能回家睡个好觉。但没想到，霞光一照，他们更加兴奋，胡吼乱喊着四下奔走，显得兴头更高了。

见得这样，苏渐郁闷之余，心中也隐隐生出一丝不安。

正惶惑间，洛雪穹忽然转过脸，紧握手中宝剑，脸似寒霜地说道："苏渐，看样子他们对我二人，是势在必得，实在不行，我们便放开手脚，杀出重围去！"

"好！"苏渐点一点头道，"现在看来，也只能如此。不过雪穹，你真觉得这一晚纷乱，只是为了追缉我俩吗？"

"这……"经苏渐一提醒，洛雪穹蓦然一惊，顿时若有所思。

不管如何，他们现在离花语草原核心二丘实在太近；要是还这样一直等下去，"束手就擒"会是他二人的唯一结局。

想到这一点，苏渐暂时也抛开一切疑虑，"唰"一声擎出血歌剑，准备和洛雪穹一起血战突围。

当他爬上眼前的丘陵之顶，悄悄地探出头时，却忽然大吃一惊！

"怎么了？"感觉到他的异样，洛雪穹忙仗剑奔上丘陵，朝外面一看——这不看不要紧，一看洛雪穹霎时目瞪口呆。

原来，前方草原之上，无数妖族武士一字排开，执刀弄剑，朝这边仔细搜索而来。

明亮的日光中，他们散开的样子，如同中原故土钱塘江上的一线江潮，虽然间隔稀疏，但在一览无遗的丘原上，如同拉开大网捕鱼，绝难疏漏。

见此情形，苏渐吃了一惊，和洛雪穹对视一眼，赶忙返身往后看去——没想到这一看，两人更是大惊失色！

原来在两人身后两三里远的地方，不知何时也是千百妖族武士拉网式搜捕而来，如此前后夹击，他俩插翅难逃。

在这样严密的搜捕之下，苏渐和洛雪穹别无他法，很快便被妖族大军前后合围，抓了起来。

本以为已经脱身，在陌生的丘原上折腾一夜，最后还是落得个束手就擒的下场，苏渐十分郁闷。

郁闷之际，他转脸看向洛雪穹，见她虽然也被绳索绑住，却面无惧色，一脸凛然。

见得如此，苏渐心下便有些愧疚。

不管怎么说，洛雪穹此来灵洲，本意只是寻访亲族，这阻止龙族夺取白骨圣杯的任务，是他苏渐额外加给她的。如果一切顺遂倒也罢了，没想到现在连累她一起落得如此境地。

心下愧疚，苏渐看向洛雪穹的目光，充满了懊悔和歉意。不过洛雪穹一双明眸回视过来时，见他如此，只是轻轻地摇了摇头，眼神中充满了坦然和宽容。

见她如此大度宽容，苏渐心下反而更添惭愧。满腹愁肠之际，唯一让他庆幸的是，妖族将他俩抓捕之后，并没有“就地正法”，而是将他们带到了万灵妖宫中。

这一点让苏渐很是意外。他没想到，昨天自己被捕后希求面见女王的机会，竟在今日被拉网式二次抓捕后，意外地实现了。

只是他还没来得及窃喜便发现，自己两人现在的处境极为不妙。在被押入充满异族风情的万灵妖宫中时，他一路都听到路过的妖族们的窃窃私语。仔细聆听时，他听到的信息竟然是："白骨圣杯失窃了！"

"什么?!"这个消息如同一道晴天霹雳打在他的心坎上！他立即朝洛雪穹看去，看到她也向自己看来，眼神中充满了惊异。

很快，他们两人便被簇拥着押上了万灵妖宫的殿堂。到这时他俩才发现，万灵妖宫的白玉殿前，各路衣甲华贵的妖族首领已是齐聚一堂；在金色宝座上，正端坐一位庄严冷艳的女子，穿一身雪白色的华丽战甲，目光威严地朝殿下观看。

"惑梦！"苏渐第一眼看到宝座上之人时，便认出她正是大前天晚上，云荷谷中和自己一夕相会的妖族女王。

此刻端坐在云纹装饰的金光宝座之上的惑梦女王，却是一脸庄严；偶尔朝殿下少年看来的目光，冷峻而平静，毫无波动，就好似根本不认识苏渐。

见此情景，苏渐心中有些打鼓。

正当他犹豫要不要说破前情、殿前相认时，忽然听到一声哭号之声，很快便有一人从妖族首领群中越众而出，哭叫着拜伏在王座之前。

"女王陛下！"跪伏之人泣不成声地叫道，"全怪微臣办事不力，没看穿贼子阴谋，这才引狼入室，让这俩东土贼人趁夜得手，偷走了'白骨圣杯'！"

这人突如其来的哭诉内容，已让苏渐惊异非常，但更让他惊讶的是，这个一把鼻涕一把眼泪的妖族首领，竟然是人高马大的山魈族长石冈！

这样的反差也实在太大，以至于苏渐没能第一时间意识到，自己已经被说成了偷杯之人。

等他反应过来时，立时大吃一惊！也不管正被妖族武士押着，他一鼓劲儿向前冲了几步，朝宝座上的女王大声叫道："冤枉！冤枉！我二人只是被石冈扣押，关在山魈族大牢中，何来偷盗圣杯一说？"

"哦?"刚哭得涕泪横流的山魈之王，忽地止住悲声，转头朝他说道，"既然如此，我手下武士找到你们两人时，为什么不是在我山魈大牢中，而是离得好几里的野外丘原？"

“这、这……”口舌便给的少年，一时语塞；他看着山魑族长皮笑肉不笑的凶恶面容，忽然有一种不祥的预感浮上心头。

果不其然，石冈刺了他一句后，便转过头去，朝女王以及所有在场的妖族权贵大声说道：“我石冈深自愧悔，本以为抓到这两个杀死逐香长老的凶手，便能阻住他们进一步的阴谋；没想到，本长老的抓捕之事，竟然也被他们算计成盗杯之事的一环。

“于是昨夜他们用邪术迷惑了我的牢狱守卫，潜出监牢，趁逐香长老身死后万灵圣庙的防卫空虚，生生把我族至宝‘白骨圣杯’给盗走了！”

听他此言，满殿妖族首领全都满面怒容，朝苏渐二人怒目而视，显然已把他们两个当成了杀人夺宝的真凶。

见此情形，本来满心惊惶的少年，反而镇定下来。

“族长阁下，”苏渐看着石冈朗声说道，“我东土有言，‘捉奸捉双，拿贼拿赃’，既然你们都说我偷了圣杯，那请问圣杯现在在何处？我二人就立在此处，随便你们怎么搜；只要搜到了圣杯，我俩二话不说，即使没做，也都认了！”

苏渐昂然说出的这话，甚是厉害。本来已经被石冈一席话说得认定苏渐二人便是真凶的妖族首领们，眼中又现出犹疑之色。

“呵！”这时候，石冈却不为所动。冷笑一声，他朝殿上拜了两拜便站起来，来到苏渐面前，用一种无比威压的姿态，冷声说道：“你二人做出的事情，简直比草原上的豺狗还要残忍狡诈！盗取圣杯这么重大的事情，你们怎么会没有同伙？”

第一百〇七章

千夫所指

“你们身上没有圣杯，反而说明你们是大奸大恶之人。”石冈沉声说道，“你们留在这里，一来拖延时间，二来扰乱视线，用‘拿贼不见赃’的理由，洗脱自己的嫌疑。

“这一来二去，你们的同伙早就远走高飞，找个偏僻海湾扬帆远航，等我们反应过来时，早已不知去向何方。

“别怪我一口咬定，以你俩又是杀人，又是越狱的手段，做这些事情简直轻轻松松、顺理成章！”

不得不说，石冈这一番话杀伤力极大。刚才已经被苏渐言语动摇的妖族权贵们，听石冈这一番分析下来，简直觉得事实就是这样。

见得如此，苏渐可真有些慌了。

他想了想，正想据理力争，没想到一个阴恻恻的声音忽然从身后响起：“苏渐，没想到你狼子野心，竟偷到灵洲来了！”

苏渐闻声一愣，回头一看，却见正是黄脸金面的甘文光甘参军，此刻正朝自己冷笑说话；在他旁边，俊美如好女的萧龙雀，也正眼神冰冷地看向自己。

“你们看你们看！”石冈一见甘文光也说话了，顿时激动地大叫道，“怎么样？怎么样？连和这两贼子同宗同族的东土贵人甘大人，也这么说了！女王陛下、诸位同僚，难道你们还不相信我石冈的话吗？”

听得此言，众人心下全都彻底认同，对苏渐二人愤怒的眼神，也变得更加凶恶。

当此之时，苏渐却怡然不惧。

石冈言之凿凿，他却断然冷笑道："笑话！山魈长老，你之前所说的一切，说我们刺杀逐香长老，杀死海滨守卫，全靠人说；现在指控我二人盗走圣杯，也还是全靠一张嘴。

"说嘴这种事，谁不会？一张嘴，两张皮，说话太容易，你们信，我不信！而你话里话外好似都在说，东土来的人说话就可信，那请问，我和我同伴，是不是也是东土来人？"

被他这样一驳斥，石冈一时语塞，正准备反唇相讥，他却看到苏渐已不理他，而是转过头去看向了甘文光。

"甘参军，"苏渐盯着金面参军，冷笑说道，"'欲要人不知，除非己莫为'，这其中种种之事，参军大人心中自知，小心有报应。"

"你！"甘文光一向顺风顺水，何曾被人如此当面指责威胁？霎时他便怒气攻心，一张黄脸涨得发红，张口便要反驳。没想到苏渐这时又撇下他，转脸看向旁边的萧龙雀。

"萧将军，"苏渐盯着那张如花俊脸冷然道，"萧将军你也久负盛名，乃是我华夏豪杰，难道今日也要做此助纣为虐、有损阴私之事吗？"

"哼。"萧龙雀闻言，只是冷哼一声，默然不语。

见他冷硬，苏渐猛地爆发出一阵大笑！大笑声稍歇，他便连声道："好好好！'举头三尺有神明'，萧龙雀，你也小心有报应！"

说此话时，苏渐目光闪烁，似有所指。

萧龙雀见状，忽然心中起疑；正仔细打量苏渐神色时，却听少年紧接着说道："哼，此回我若脱身回去，定要去狠揍幽小眉之臀！"

"你！"刚才毫不动容的神戟将，一听此言霎时勃然大怒，脱口叱道，"苏渐，你敢！你、你真是个大奸大恶之徒！"

"呵，我是恶徒，你才知道？"苏渐冷笑一声，神色忽转索然，叹息一声道："唉，罢了罢了；看来你也不知道。等有一天，你也这般被千夫所指时，就知道是什么滋味了。"

"好个牙尖嘴利之徒！"还不待萧龙雀回应，这时石冈见苏渐一阵明骂暗讽，将几个重要人物说得哑口无言，连忙叫道，“好哇！果然如萧贵客所言，你真是大奸大恶之徒！看来，不动点真格的，你是不会招认了！”

说此话时，石冈并没说明什么是动真格的，而是看向狼王裂风。

向来以仁德闻名的山魈之王石冈，自然是不会亲自说出用刑这种残酷事情的，但狼王裂风就不同了。

狼王裂风，确切地说，是灵洲上妖族中比较高等的白狼之族首领。

裂风身形高大，相貌英武，除两耳尖如白狼之耳、长发犹如白狼之毛外，身上其他地方并没有什么狼族的特征。不过他那一双铜铃巨眼中，时常扫视的锐利目光，却显露出白狼的凶悍坚忍。

就如惑梦女王在云荷谷中的评价，白狼之王裂风虽然为人慷慨有武力，但缺乏耐心，缺少智谋。于是被石冈话头一挑，早就看不惯苏渐一张利口指东打西的狼王裂风，立即咆哮怒吼道：“狡诈的人族，闭上你的臭口！这么多人都说你们是凶手，竟然还敢狡辩？看来不动大刑不行，今日就叫你们尝尝我狼王鞭刑的滋味！”

“好！”一直没说话的洛雪穹，这时却目视白狼之王，寒声开口道，“想打就打吧。三木之下，何言不得？看我等会儿会不会叫一声痛、求一声饶。只是，若真鞭打，你必后悔终生！”

脸罩寒霜的女子，最后这一句威胁，自然是指灵洲将会面临雪晶国无穷无尽的报复。

这含义，狼王裂风一时无从知晓。但他还是一时愣住，因为他看见了洛雪穹说话时双眸中蕴含的奇异神采。于是刚才还咆哮如狂的狼王气焰，顿时有些削弱溃散。

不仅如此，看着少女梅清雪妩般的容颜，白狼之王的心弦，不知为什么竟好像被猛地拨动了一下。他铜铃般的大眼中，不仅冲天的怒火顿时变成了小火苗，刚才的狂妄暴戾一扫而空，而且还流露出一丝柔情。

见他如此，石冈心中叫苦，连忙撇下瞎火的狼王，将煽风点火的眼神看向其他妖族首领。

见他这样，一直冷眼相看的苏渐，忽然朝殿上一拱手，躬身施了个大礼，然后朝这群妖族首领们朗声说道：“我很奇怪，难道这灵洲之王，只是平时随便叫叫的吗？这一阵喧闹沸腾，又是吵闹又是咆哮，就没一个人问问宝座上那人的意见吗？你们，都当她是死的吗？”

少年此言一出，刚才还骚动不安窃窃私语的殿上人群，霎时间变得鸦雀无声。

死一般的沉寂之后，惑梦女王清冷幽静的声音，终于从大殿的深处飘下：

“你们，都说说自己怎么看。”

被这么一问，几乎所有妖族首领都义愤填膺地说要严刑逼供。

全都表态后，所有人都把目光投向了宝座之上的女王。

惑梦女王的神色，依旧庄严，只是那一双凤眼中流露出的眼神，却变得冷傲灵动，勾魂摄魄。

寒光四射之际，女王冷冽的声音如从云端飘来：“既然二人都喊冤，就给他们一个机会。苏渐，洛雪穹，你们就和我们一起留在灵丘。我倒要看看，那‘白骨圣杯’究竟去了哪里。”

“啊？”一听女王的裁决，殿下妖族诸臣全都愕然。

“怎么回事？”有人在心里惊愕道，“女王为什么这么裁决？看这两个人族嫌犯，就算冤枉，也不值得女王这般维护啊。难道女王她以前就认识这两人？这不可能啊！

“又或者女王以貌取人？也不可能。这两人长得算是不错，也只能说成顺眼，那耳朵又不尖，头上没有角，身后也无尾，很普通嘛，女王陛下怎么可能喜爱他们？真是奇怪奇怪。”

众人犹疑之时，山魈王石冈将他们的神色尽收眼底，便暗露喜色。想了想，他依旧用谦卑温和的声音，向宝座上的惑梦女王问道：“女王陛下，听您的意思，是我们这些人，都留在灵丘？”

“是。”惑梦答道。

“这……”石冈故作迟疑了片刻，才诚恳地说道，“女王陛下，恕我直言，圣杯既然丢失，无论是谁偷的，也该广派人手，去四面八方寻找；要是被盗宝的奸贼偷运出灵洲，那就悔之晚矣。”

“嗯。”惑梦点点头道，“石冈大人，你所言也有几分道理。只是本王认为，圣杯只不过是昨晚失窃的，花语草原又守卫森严，仓促间贼子应该还没来得及运出花语草原去。”

“女王陛下圣断英明！”石冈赞美一句，便提高了些声音说道：“可微臣斗胆进一句忠言，那贼人能从戒备森严的圣庙中偷出圣杯，就不能不防他也能神不知鬼不觉地运出去！”

“是啊是啊！”听了石冈这绵里藏针的话，其他一些部族首领都觉得很有道理，便纷纷叫道，“女王陛下，请三思啊，我觉得石冈大人的话，有几分道理啊。”

“这样啊……”见群情汹涌，惑梦一时沉默。

不过只沉吟了片刻，她便站起身，环视众人，缓缓说道：“既如此，那便以两日为期；两日之内，花语草原给我围个严严实实。若两天内并未找到圣杯，那再广布人手，扩大搜寻范围。”

“这……”听得女王此言，不少妖族首领心存异议，还想再争，没想到惑梦女王已霍然起身，离开宝座，一甩袖子，朝内堂飘然而去了。

见她遽然离去，妖族众首领面面相觑，纵然心中不甘，也只得各自散去。

一时之间，本来成为众矢之的的苏渐二人，倒反没人来管了。

刚才跟他们针锋相对的石冈、甘文光和萧龙雀，这时好像约好一样，跟没看见苏渐和洛雪穹这两人似的，自顾自地走出殿门去。

见连他们都不再来管自己，苏渐也不再逗留，拉着洛雪穹一起，随着人流走出了万灵妖宫的大门。

这时候，已有万灵妖宫的官吏们等在门外，向大家传达女王的旨意。他们说，这两日之内，请所有人都住到灵丘东侧谷地里，那里有临时搭起的充足帐篷。

妖族起居本来就粗犷，穴地而居是常有的事，因此即使这些妖族首领位高权重，听到这样的安排时，也神色如常，三五成群地前往灵丘东侧的谷地而去。

这时候，有个体态轻盈的狐族女官，特地走到苏渐二人面前，行了个礼说道：“两位贵客，小婢乃女王贴身亲卫，名叫岚草。二位请跟岚草来，女王陛下已交代，由我来安排你二人的住处。”

“好，谢谢。”苏渐和洛雪穹各自还礼，便跟在这位岚草女卫的后面，朝灵丘东侧而行。

就在这一路前行时，洛雪穹忽然转过脸，目视苏渐，小声说道：“苏渐，无论殿上还是殿下，那惑梦女王对我们都很是回护优待。看来那一晚，你们两个相处得很好啊。”

“这……”听得洛雪穹这样平常的话语，苏渐却一激灵，直觉着似有警兆降临。

他也来不及细想，忙笑道：“还好还好。你也知道，我一向与人为善，广结善缘。看，今天就起作用了吧，我俩化险为夷。”

“嗯。”洛雪穹点点头，轻声说道，“回想起来，刚才还真有些惊险。毕竟这里是妖国地盘，要是他们用起强来，我二人还真没什么办法。”

“谁说不是呢？唉。”苏渐叹息一声，满怀歉意道：“雪穹，对不起，这件事是我将你牵扯进来的，平白惹得你跟我一起倒霉。”

“不必如此说。”洛雪穹摇了摇头道，“倒霉我自不喜，但也看跟谁一起倒霉了。”

“跟我呢？”苏渐顺嘴问道。

“跟你，我乐意。”洛雪穹轻声道。

给他们两人安排的住处，在灵丘东边谷地的北侧。面容秀丽的岚草女卫，行动颇为干练，很快便带领着苏渐二人，来到两顶给他们准备的白毡帐篷前。

岚草一指白帐，笑语晏晏道：“二位贵客，这就是你们的住处。别看外面瞧着不大，里面挺宽敞的，各种应用之物也一应俱全。”

等苏渐和洛雪穹进了各自的帐篷，看了两眼又出来后，岚草便问道：“两位贵客，可有什么缺漏？”

“我这边没有。雪穹，你那边呢？”苏渐笑道。

“我这边也都安好。”洛雪穹道。

“那便好。”苏渐转向岚草说道，“岚草姑娘，承蒙照顾；羁旅之人，何言许多要求？已经很好，你便忙去吧。”

“好！”岚草也不拖泥带水，拱手而别道：“二位贵客，请先入帐休息；若有什么事情，千万不吝言说。这附近有万灵宫中的侍从，随时待命；有什么重要事想通传，便让他们找我岚草即可。”

“多谢。”苏渐和洛雪穹各行一礼，便看着岚草转身，足步如风，飘然远去了。

等她走了，苏渐便对洛雪穹若有所思道：“看来，这女王还颇有心思，不仅给我们专配了一个亲信心腹，还特地把我二人的帐篷，和那些妖族权贵的银顶之帐隔离，显然是怕我们再起冲突。”

“嗯，”洛雪穹闻言，淡然道，“心思是有，管用与否还难说。你没见，虽然隔离，却不过数丈之远；若真有事，一阵冲锋便掩杀而至，我看也不管大用。”

听得此言，苏渐往旁边走了两步，仔细看了看，发现还真如洛雪穹所言。

眼见如此，苏渐苦笑道：“看来，倒是我高看惑梦女王的用心了。雪穹，你我男女有别，并不能相处一室；但身处风波之地，吉凶叵测，不得不防。那今晚你我二人，不如轮流歇息，一人睡时，另一人便在帐外守护，如何？”

“善。”洛雪穹道。

两人想得不错，觉得到了今天晚上还能睡觉；没想到，还没过多久，他们便发现自己错了。

刚才在妖宫玉殿之上，女王惑梦的“两日之期”，可不是随便说说的。一散朝，所有还在花语草原的妖族力量，无论女王直属的灵洲妖军、天狐武士，还是各妖族首领带来的本族武士亲随，全都被撒出去寻找白骨圣杯。

在遵循不能踏出花语草原半步的禁令下，数千名妖族人手在花语草原上遍地寻找。从中午开始，他们一直找到日落西山，月亮升起，都还没停止搜寻。

不仅历时很长，他们搜寻得也十分仔细，简直要把所有疑似的藏匿地点都掘地三尺。

只是，直到月升东山，还是一无所获。

到这时候，所有人都发了狠，在简单地用过晚饭后，他们便在女王和各部妖王的严令下，打起了灯笼火把，继续在草原上连夜寻找。无数的灯火长龙开始在草原上蔓延，照得黑夜的草原如同白昼一样。

万灵妖宫一旦动员起力量，实在非同小可。只是这花语草原方圆广大，即使有草原外的各部妖族得了讯息，源源不断地增加人手，一旦散到整个花语草原里，也还是显得人数极少。

刚开始时，从上到下，大家还信心十足，都觉得这花语草原作为灵洲最核心的地带，几乎每个土生土长的妖人，都对此地极为熟悉；那白骨圣杯要藏匿，按常理讲，不可能随便找个平地挖坑一埋，总要找个适合隐匿的地形遮挡，这样便有了脉络可寻。

退一万步说，就算贼人平地挖坑掩埋，也不可能完全不留痕迹。

"雁飞有影，蛇行有迹"，只要有蛛丝马迹，他们这些在花语草原上长大的族人，总能察觉到异常。

怀着这样的信心，即使草原广大，夜色深沉，他们也打起灯笼火把，用极大的热情通宵寻找。

只是，到了第二天黎明升起之时，他们还一无所获。这时候，很多人便开始动摇了。

当然，这部分人暂时还不敢把这种情绪流露出来，还跟其他人一起继续寻找。只是，暗中的精气神儿，已经大不如一天前。

随着旭日升起，时间推移，这样的悲观情绪开始大范围蔓延，越来越多的人开始懈怠。

那些妖族首领也不是瞎了，看到这样的情形便都知道，再这样干下去，不仅没效率，也没效果。

于是，到了中午，各部族首领聚在一起商量了一下，再跟惑梦女王请示之后，这样大规模的寻找行动便逐渐停止了。

虽然无果的寻找停止了，但悲观的情绪在继续蔓延。到这时候，不用说本来就持反对意见的人，很多开始相信惑梦女王观点的人，也开始动摇了。

在一些有心人的煽动下，一个充满怨气的观点，开始在禁足花语草原的妖族间飞速地传播：

如果不是女王一意孤行，让妖族的精锐都窝在这片草原上，说不定偷圣杯的大盗早就被四出的妖军抓获了。现在倒好，一堆人窝在草原上掘地三尺，除了挖出不少草原鼠的老窝，弄出了不少被它们偷的黍米，其他一无所获，简直让贼人暗中笑掉大牙。

没有人能想到，一场并不复杂的搜寻行动，现在竟然闹到动摇灵洲女王的权威了。

在这一天多的紧锣密鼓的寻找过程中，苏渐也极为紧张。从他的角度来说，女王能暂时保下他，便是认为被盗的圣杯还没来得及运出去，和山魈族长石冈所说的同伙带出、远走高飞不同。

所以，甭管之后怎么样，眼前要是圣杯找不到，苏渐和洛雪穹显然会陷入天大的麻烦。

因此，在灵洲妖族热火朝天地寻找时，苏渐和洛雪穹也一直在四处巡看，希望能助一臂之力。

当然，他们此刻还属于被重点监视的对象，无论走到哪里，都有一群妖族武士跟随着。

此时苏渐二人的心思，都放在寻找失落的圣杯上，对虎视眈眈的妖族武士视若无睹。

幸运的是，每回有生性凶狠的妖族武士故意拦阻挑衅，那岚草女卫都会及时出现，刚柔相济地将挑衅之人赶走。

苏渐和洛雪穹的努力，也和妖族之人一样，在这花语草原上找了几乎大半天，还是一无所获。

这时候，连苏渐也有些悲观了。他越来越发现，这花语草原说大不大，说小也不小，现在这两三千人散在草原里寻找，就如一把黄豆撒在沙漠里，和整座草原无数犄角旮旯相比，几乎可以忽略不计。

到了第二天旭日东升之时，他也暂时放弃了，和洛雪穹坐在某处野花繁茂的丘陵顶上，怔怔地看着东天的日出。

日出东方，霞光万里，此时整个草原都沐浴在彤红色的朝晖里。面对这样的美景，苏渐却提不起任何兴致，还在紧张地思索如何破解眼前的困境。

和搜肠刮肚的少年相比，洛雪穹显得颇为淡然。

晨风之中，她的发丝被风吹起，在霞光中飘逸飞扬，被朝阳一染，如同飞起万缕金红的旌旗流苏。

沉静了一阵，洛雪穹扭头看看苏渐，见他一脸苦色，仿佛对眼前的美景视而不见。

“苏渐，放宽心。”霞光中，洛雪穹安慰道，“就像你昨天所说的，就算找不到圣杯，也不能定我们的罪，因为到目前为止，全是人证。若圣杯找不到，就是无物证，对我们更有利。”

“是嘛……”苏渐闻言苦笑道，“我们这么说，很有道理，就怕那些人不听我们的道理。”

“只要有道理，怎么会不听呢？再者，实在不行，我两人表明身份，尤其剖白自己，并无偷盗圣杯的动机。”洛雪穹坦然说道。

“动机？”听到这个词儿，苏渐蓦然一愣。

“怎么了？”看到他面色有异，洛雪穹连忙问道。

“我怎么没想到！”苏渐忽然从丘顶跳起来，兴奋道，“我被这些妖族人给带歪了！一天多中，我尽想着怎么找到圣杯了，我怎么没想到，‘动机’‘动机’啊！”

“嗯？这和找到圣杯有什么关系？”洛雪穹一时还没反应过来，疑惑地问道。

“大有关系！”苏渐叫道，“眼前寻找圣杯之事，只是细枝末节；我们须得追根溯源，想想谁最可能偷圣杯，便很可能想到他藏在哪儿了。”

“对！”听得此言，洛雪穹也激动起来。只是稍微一想，她便眸光烁烁，看着苏渐道：“谁最可能在前晚偷圣杯，我想到了一个人……你呢？”

“我也想到了。”苏渐脸上原本的愁苦之色一扫而空，目光灼灼地看着少女道，“咱们都先别说。你把手伸过来，我在你掌中写一字，你看看是不是。”

“嗯。”略一忸怩，洛雪穹便把一只雪玉般的纤纤素手伸过来。苏渐也没细想,一手抓住少女的手腕,用另一只手的指尖,在她的掌中一横一撇地轻画起来。

很快他便写完,迫不及待地问道:“雪穹,知道我写的什么字吗?”

“痒……”洛雪穹轻轻道。

“啊?痒?”苏渐一愣,忙道,“不是这个字。快把手拿过来,我重写!”

“不是。”洛雪穹嗔道,“我是说,你在我掌中轻轻地画,我觉得很痒。”

“噢!是我没想到,”苏渐歉意道,“就怕用力重了弄疼你,便轻轻画动,没想到让你痒了,是我考虑不周全。”

“没事,已经不痒了。”洛雪穹看着少年,如雪俏靥上绽放一缕甜美笑容,吐气如兰道,“你写的,是‘石’;我想的,也是‘石’。”

“对吧!”苏渐一拍大腿道,“我便知是他!没有这么巧的,急吼吼地抓我们去,又不提到女王驾前审问,就把我们关在离圣庙不远的山魈大牢里,还让我们越狱——

“雪穹,其实我一整天都在想,山魈大牢地处灵洲妖国的核心地带,我俩再是手段高强,也不可能这样轻轻松松地越狱,恐怕这里大有文章。”

“是。”洛雪穹点点头道,“你还说用‘美人计’;很可能,用任何计策,结果都一样,便是让我们脱出牢狱,然后恰好圣杯失窃,让我二人怎么都说不清。之前诬陷我二人杀死逐香长老、海滨守卫,便是在为此作铺垫。”

“没错了!”听洛雪穹这么一补充,苏渐对心中的猜想更加自信。

“雪穹,我其实很尊重真正的卫道之士。”苏渐郑重道,“但像石冈这样,满嘴仁义道德,说到动情处还涕泪横流之人,我着实厌恶。”

“不错。”洛雪穹点点头道,“反而是甘文光那种真小人,还相对好一些。”

“也只是相对好了,都不是好东西。”苏渐挥一挥手,“好了,既然猜想出罪魁是谁,那咱们便按这个顺藤摸瓜吧。”

于是接下来,他们两个跑下草丘,围绕石冈最可能隐匿圣杯的地点,一一寻找。

让他俩没想到的是,这花语草原中凡是和石冈有点关系的地点,包括二人曾待过一天的山魈大牢,他们全都找过了,还是一无所获。

一无所获也就罢了，他们紧盯山魈族相关地点的行为，还被不时遇到的妖族之人，嘲笑为挟私报复。

这样的讥诮，苏渐和洛雪穹并不为所动。不过要命的是，好不容易推断出真正的盗宝之人，却没想到还是找不出赃物藏匿之处——“拿贼拿赃”，这话可是苏渐之前在妖宫殿上亲口说的。

转眼间，已是日上中天。简单地用过岚草送来的饭食之后，苏渐也有些泄气，便和洛雪穹一道，往灵丘外围的方向走去，想先散散心。

此时灵洲的时节，不是春天就是秋季，正午的阳光明亮而和煦，暖暖地照下来，让人感觉到温暖的同时，又不至于过于强烈。

沐浴在温暖的阳光中，苏渐二人朝灵丘之外走出大概三四里地后，便又回到早上议事的那座草丘上，在丘顶坐下来休憩。

此时日光明丽，相比还有些晨雾的清晨，苏渐和洛雪穹现在能看到的范围，变得更加地遥远辽阔。

坐在草丘上，两人静默无言。

洛雪穹先是看看身边五颜六色的小花，又看看远处的云天风景。这一瞥一望之间，她看到身边少年的神色，又变得和早晨一样，郁闷而愁苦。

不知道为什么，洛雪穹此刻并不为自己的困境而发愁，却有些心疼面色愁苦的少年。

心中动念时，她便站起来，在这繁花如星的草丘上，弯腰寻觅美丽的花朵。

她心想，自己采一束花，送给少年，他便能开心一些；又或者，索性编成一个花环，带在自己的头上，让自己变得好看些，说不定苏渐看见更好看的自己，心情也会变得更好一些。

冷傲无双的雪晶国国主，动动这样的小心思，做做这样的小事情，还不是手到擒来？很快她便集满一束娇艳动人的鲜花，也等不及编成花环，便想献给少年，让他心情能快点好起来。

这样的小动作，只为带来点朋友间的小情趣，完成开心解颐的小目标，本来洛雪穹也没太在意；只是当她刚伸出手去，想将这束鲜花送给少年时，也不知道看见什么，竟是愣住了。

这时苏渐恰好转过头来，看见少女递过来的鲜花，开颜赞道："呀，真不错呀，这些野花散布四处，看着不起眼，被你一收集，集成一束，想不到变得这么好看。"

说到这里，他便伸手去接，想把少女递过来的花束拿过来。

手刚伸到半道，他惊讶地看到，明明要送花给自己的少女，却蓦然缩回手去。

"咦？"苏渐见状愕然道，"雪穹，怎么你也开这样的玩笑？"

"不……不是开玩笑！"蓦然间，洛雪穹把花束往地下一抛，竟是一反常态地兴奋叫道，"我知道了！我知道了！"

"你知道什么了？"苏渐惊讶地看着她。

"你看那里——"洛雪穹朝少年身后一指。

"嗯？"苏渐转过身，顺着少女手指的方向看去，不远处的草原上，那一支披甲长毛金刚犀牛的队伍，正从眼前隆隆而过。

头顶明烂的日光，无论是金刚犀牛身上披挂的精钢铠甲，还是本身晶铁化的胛骨和牛角，都在阳光下闪闪地发着金光。

和一般的犀牛不同，灵洲的长毛金刚犀牛身形格外高大，晶化的胛骨和牛角格外坚硬锋锐，身上的毛色也呈现出一种不同寻常的红棕色泽。正如其名字，长毛金刚犀牛的棕红色牛毛格外地长，甚至比星降高原上牦牛的毛还要长。

而肩负巡逻职责的金刚犀牛，又是百里挑一，这浑身上下的红棕长毛油光水滑，呈现出一种犹如丝绸般的油润光滑美感。

因为身躯高大，它们从苏渐眼前经过时，四蹄踏地，震如雷鼓，就好像有一队青铜战车疾驰而过。

虽然这队金刚犀牛比较特别，但这几天里苏渐经常看见，便习以为常了，见洛雪穹忽然兴奋地指点这些金刚犀牛，苏渐还是有些反应不过来。

正当他迷惑不已想要追问时，洛雪穹忽然靠近了他，低低说道："苏渐，相信我吗？我已经知道，那白骨圣杯藏在哪里了。"

只听了个话头，苏渐便两眼一亮，盯着少女道："你是说，它被藏在某只金刚犀牛的身上？"

“对!”洛雪穹斩钉截铁道,“你不觉得,这金刚犀牛身上的长毛或披甲,只要稍一处理,就是绝佳的藏匿之处吗?我也听说,那白骨圣杯虽然灵力惊人,尺寸却并不甚大。”

“有道理!唔……你这么一说,我忽然想起一件事来。”苏渐若有所思道。

“什么事?”洛雪穹问道。

“你回想回想,从昨日到今天,我们有几次偶尔靠近了金刚犀牛的队伍,是不是很快就有几个山魈族的武士,有意无意地把我们引开赶走?”苏渐回忆着说道。

“对!”洛雪穹立即道,“我也想起来了,确实是这样。现在想来,那几个山魈武士打扮寻常,但眼睛神光内蕴,走路有风,显然不只是一般的好手,很可能就是石冈的同族亲信。”

“应该就是了,但还是要确认一下。”苏渐看着远方滚滚而去的金刚犀牛,若有所思道。

接下来,他们俩再次靠近犀牛队伍,果不其然,那几个山魈族高手,有意无意地将他俩和牛队隔绝。

苏渐为人谨慎,试了这一次,还觉得不够,便瞅准时机,直接快步绕过这几个阻拦之人,逼近了金刚犀牛。

眼见披甲犀牛近在咫尺,就在这时,远处突然人声大哗,仔细一听,都在说“找到了找到了”,顿时欢呼之声不绝于耳,有如钱塘江潮。

“找到了?”苏渐闻声一愣,就在他这一迟疑之际,已有一群山魈族武士涌过来,簇拥着他再次远离了犀牛群。

“呵!”见得如此,苏渐心中不由得一声冷笑,再次想道:“找、到、了?”

果不其然,稍后一问,刚刚远处爆发的欢呼声,只是一场空欢喜而已。

到这时,苏渐已经不用再察看了。

他立即说了几句场面话,将刚才几次靠近牛队之事遮掩过去,便拉着洛雪穹,一起远离了金刚犀牛群。

两人走出百步开外,苏渐看看身后无人,便向身边的女孩儿低声问道:“看清楚了吗?”

“看清楚了。”洛雪穹不动声色道，“趁你刚才突近，他们只顾赶你时，我已看清，果然其中有一头毛色稍浅的金刚犀牛，披甲侧边略鼓。而这鼓凸之处，若不留意看，根本看不出来；我刚才仔细一瞧，果然似圣杯轮廓。”

“那就是了！”苏渐断然道，“本以为这石冈只是勾结甘文光，配合那黄面奸贼来陷害我俩；没想到，他竟然监守自盗，直接偷了这白骨圣杯！他究竟想干吗？”

“是了，想必这是求龙族帮他夺取妖国大位的投名状了。只是，”苏渐顿了顿，眼神如刀道，“只是你不合惹到我头上，尤其不该连雪穹一并陷害！”

“这样，”说到此处，他侧过脸来，看着少女道，“我们先什么都别说了，还回我们先前歇息的草丘上去。那里人迹较少，视野开阔，正合议事。此事我们须得从长计议，好好商量如何应对才是。”

“嗯。”洛雪穹答应一声，便跟在苏渐身后，朝两人先前停留的草丘悄然而去。

重新回到草丘之顶端坐下，苏渐的神态已经悠闲了很多。

看着洛雪穹开始冥思苦想，他便笑道：“雪穹，不急了。现在主动权已在我手；我们在暗，他在明，总要想出个毒辣招儿，让这等奸人应了因果报应。”

第一百〇八章

暗夜魅影

“呃?”听得此言,洛雪穹转脸看了他一眼,忍不住笑了。

“哎,苏渐,”她笑道,“你知不知道,你现在这副笑容,很贼呀。简直、简直就像那些小说戏文里的反派奸角一样。”

“那当然!”苏渐嘿嘿笑道,“要对付这些奸贼,我就要比他们更奸更贼。否则怎么能让奸人伏法,怎么能让正义伸张?早被他们陷害死了。”

“怎么说都是你有理。”洛雪穹微嗔一句,也笑道,“这么说,是不是算我小女子走运,没成为你这个正义使者的敌人呢?”

“哎呀,话是这么说,你可别称什么‘小女子’了!”苏渐嬉笑叫道,“雪穹啊,你可是一国之君,我虽然是别国的,那也算外臣,都忘了,我得给你补个大礼!”

说着话,苏渐装腔作势要给洛雪穹跪下。

“别闹了!”洛雪穹神色微嗔,既含羞又含笑地看着装腔作势的少年,吐气如兰道,“反正怎么说,都是你有理。那,要不,本女王就等你跪拜了。”

“啊?”苏渐没想到,平时冷若冰山的女子,也会跟他戏言笑谑。

“哎呀,忽然想起来,”面对不按常理出牌的女王,他一拍脑袋,好像突然想起什么似的,一脸正色地说道,“雪穹,我和你可还是同窗同学。既是同窗同学,那便是平辈,就不跪了。”

说着话他便顺势站起来,还故意走近洛雪穹,紧挨着她旁边坐下来。

“哼！”洛雪穹轻轻往旁边移了移，粉面含嗔道，“真是惫懒，不想跪就不跪，偏有这么多说辞。”

“这可不是说辞！”苏渐认真道，“同辈相跪的话，只有一种情况，那便是花烛下、画堂前，新婚夫妇对拜。我们又不是这样，当然不能跪啦。”

“你……”对苏渐的话，洛雪穹有心反驳，却忽然一阵害羞。

晕生双颊之际，她道了句“就是惫懒，偏多歪理，不理你啦”，便扭过头去，看着远处的云天原野，不再理睬少年了。

“不睬我更好。”苏渐乐呵呵道，“正好躺下来，恬恬静静的，想想怎么对付石冈那厮。”

于是他起身走了两步，在丘顶草坡上躺下。躺卧之时，他还从旁边顺手拔了根正含浆发芽的嫩草根，咬在嘴里，双臂枕在脑后，无比悠闲地仰望着白云青空。

见他如此，洛雪穹也移步走到他近前坐下来。

此时丽日青空，白云万里，清风吹拂，扑面而来的馥郁花香、清新草气，让沉浸其中的两个小男女，无比心旷神怡。

这时躺着的苏渐，闭上了眼，似乎很快便要睡着了。

察觉到身边安静下来，洛雪穹转过脸来。

“哎，你倒悠闲。”见少年似睡非睡的模样，少女忍不住嗔道，“即使看破关窍，也得赶紧筹谋，难道你不知‘夜长梦多’的道理吗？”

“雪穹，这你就不知道了。”看似睡着的少年，忽然睁开眼，侧过脸，仰看着少女的明丽脸庞，乐呵呵地说道，“有些事情，得讲究勤快，所谓‘天道酬勤’。不过呢，动脑筋的事儿，也许‘不解解之’，要先清闲。

“你难道没听说过，京华坊间有这么句话儿吗？说的是，‘活儿是忙出来的，主意是闲出来的’。我现在要想出妙计，正要大闲特闲，请女王陛下，快别骚扰我！”

“谁骚扰你啦！”洛雪穹见他不识好歹，没好气地回了一句。转过脸去时，她在心里发誓，半刻以内，不理这满嘴胡言的少年。

刚这么想时，安静躺卧的少年，却猛地蹦起来！

不仅如此，他还立即扑近少女，那势头之猛，惊得洛雪穹身子一歪，竟是侧倒在草坡上。

“你、你想要干什么?”洛雪穹看着势如猛虎的少年,惊恐而怯弱地叫道。

洛雪穹可谓一身绝学,此刻要反击举止异常的少年,不仅轻而易举,手段还要多少种有多少种。

但这时候,不知道为什么,她真的什么都忘了。

她脑子里一片空白,别说高强招数,就连想站起来都难。她本能地动了动手脚,只发觉全身酸软,不仅提不起任何力气,还有一种麻麻的、酥酥的、痒痒的异样感觉,忽然间遍布了整个身体。

异样的感觉,如同暖洋洋的春水,将她包围,让她觉得莫名地羞耻,但很快更觉得是如此地奇怪。

那一瞬间的情绪,如此地复杂,那样地怪异,夹杂着惊恐、惶惑、羞赧、耻辱,在这一切负面的情绪之外,竟还有一丝隐隐的喜悦和欢愉。

五味杂陈,百感交集,最后洛雪穹竟是鼻子一酸,头一偏,那宛若秋水寒潭的明眸里,忽然扑簌簌落下泪来。

“呃?”虽然没看见眼泪,但苏渐还是察觉出女孩儿转过头去后的异常,不由得愣了一下,惊异地问道,“雪穹,你怎么了? 发生了什么事?”

洛雪穹没有说话。

鸟语花香中,只有香肩在风中微微颤动。

“啊,不好意思,刚才情急了些。”这时候苏渐也察觉出刚才举动的不妥,连忙抱歉道,“对不起,没别的意思,就是忽然想起来你刚才说的那句话,不免激动万分。”

“我说的哪句话?”洛雪穹擦擦眼泪,回过头来问道。

“就是那句,‘夜长梦多’!”兴奋中的少年,并没有察觉到少女红红的眼圈,只顾眉飞色舞地说道,“果然‘不解解之’啊! 我本来还以为,要费好大心思想辙,没想到你这一句话,就把我给点醒了。”

“你已经想到好办法了?”洛雪穹也激动起来,忙问道。

“是啊。”苏渐道,“一个‘夜’字,便让我想到很多。

“不过呢,这计策还得再好好想想,务必万无一失。要知道,石冈这厮可是这里的地头蛇，人多势众，还假仁假义，十分奸猾，这种人要对付起来，还是得格外小心。嗯，先不说这个，有件事我倒很好奇。”

“什么事？”洛雪穹看着他。

“就是你怎么会想到，石冈有可能把东西藏在金刚犀牛身上？”苏渐十分好奇地问道。

“也是因为你的提醒，”洛雪穹道，“你说要追根溯源，我便想到了石冈。毕竟披甲长毛金刚犀牛，是由石冈统领。不过这还不是最主要的，先前细细思索时，我忽然想起了小时候的一件事情。”

“小时候？什么事情？”苏渐越发好奇。

“嗯，小时候，我常跟灵山圣门中的小伙伴玩耍。有一次捉迷藏，我躲在了娘亲的长裙里。这样她走到哪里，我也跟着走到哪里，那些小孩儿啊，根本找不到我。”洛雪穹回忆着说道。

“我懂了！”苏渐赞叹道，“没人能想到，一个人或者一件东西，会藏在一个不停活动的地方！这样的话真的很难找到！今日如果能成事，真要感谢你的童年游戏，感谢你的娘亲。”

“嗯……”洛雪穹轻轻应了一声，眼圈又泛红了。

见她如此，苏渐知道她又开始想念死去的娘亲了。想起了那个一生悲情的洛玉心，苏渐心下也十分愀然。

看着洛雪穹泛红的眼眶，他心下十分不忍，忙岔开话题道：“雪穹，有件事，我一直很想跟你说，又不好意思开口……”

“什、什么事？”洛雪穹的心跳忽然开始加速。

“就是找到圣杯的这件功劳，由我来领，如何？”苏渐看着她，一脸期待地说道。

“这样啊……当然行。”洛雪穹淡淡地回答。

看着喜滋滋的少年，这时她心中想道：“嗯，也许，这样的功劳，对他今后的仕途，会有帮助吧。”

洛雪穹这般想时，苏渐已经重新在旁边的草坡上仰卧了。

花香清风里，他依旧口衔草茎，悠悠地看着天空，眼珠儿时不时转动一下，也不知道在想什么主意。

洛雪穹冷眼旁观，看着少年这样，也不禁心思悠然。

她想起和少年的相识相知，想起和他共同经历的一切，忽然觉得有一种不真实感。

最初这少年，看在她眼里，完全不起眼，还很惫懒。

最开始时，她也把苏渐当成好色之徒，唯一的优点便是不怕死，否则怎么敢和自己这么一个凶名在外的塞外女子搭讪？

没想到，小小一张能吟能歌的晶符，一下子将自己吸引。

从那时开始，慢慢地，不知不觉地，她自己这颗心，竟渐渐地系在了少年的身上。无论悲、喜、颦、笑，似都因他而起——要知道，一开始在自己的眼里，这少年完全就是个路人呀！

想到这里，已贵为一国之主的洛雪穹，十分感慨。

因缘起自晶符，她便心想，这，算不算“玩物丧志”……

思绪万千之时，身边的少年忽然转过脸来，看着她笑道：“雪穹，没想到，你已经是一国之君了，刚才却好像还哭了？”

洛雪穹闻言，陷入了沉默。过了一会儿，她并没有否认少年的话，只是幽幽地说道：“别忘了，我也是女人啊……”

听得这句话，苏渐忽然不敢再搭茬了。他扭回头去，重新悠然地看向天空，好像一切又和刚才一样。

只是此时，他忽然觉得，怎么自己口里，弥漫了一股甜涩的滋味？

他愣了一下才反应过来，原来是自己刚才听女孩儿最后那一句话时，不小心牙齿一用力，将衔着的草茎咬碎了。

大约半刻之后，正当两人都神思悠悠时，忽听得有个好听的女子声音，从坡下响起：“两位贵客，就在这里休息吗？”

苏渐闻言，坐起身一看，正是那位岚草女卫，站在草坡下面，笑吟吟地朝这边看着。

“不休息了。”苏渐站起身来，掸掸身上的草屑，还伸了个懒腰，才道，“岚草姑娘，已经休息好了，我还睡了一觉。现在我精神头十足，有个重大的情况，要报与女王陛下听。”

“好啊，”岚草笑道，“苏贵客，有什么事，就说给岚草听吧，岚草会帮您转达给女王陛下的。”

“诶？那不行！”苏渐使劲摇了摇手，一脸凝重道，“岚草，你不知道，这件事无比重大，不仅关系到白骨圣杯的真正下落，还涉及贵族许多贵人，怎么方便多方传话呢？我必须亲自面见女王大人！”

“这么严重啊……好吧，”岚草想了想道，“那就请两位贵客随岚草来，女王陛下正在万灵妖宫中，我带你们去见她吧。”

“那太好了！”苏渐喜滋滋地叫道，“多谢，多谢！”

“客气了，这是岚草应该做的。”秀美的女卫谦逊一声，走在前面，带着苏渐和洛雪穹，往万灵妖宫走去。

见到惑梦女王后，岚草只是稍稍一说，惑梦便用惊异的目光看着苏渐。

“苏渐，你要清楚，我可是灵洲女王。”惑梦威严地说道，“如果你只是异想天开，又或捕风捉影，那便是欺诳大罪；就算你是东土而来的贵客，也一样要受刑罚的。”

“请女王陛下放心，”苏渐面不改色，慨然说道，“好教女王得知，其实我乃东土华夏玄武卫中精锐，专门负责侦缉追踪之事，于此已有多年心得。若不是已经得到确切信儿，我怎敢轻易劳烦女王陛下倾听？只是……”

说到这里，他目光灼灼，跟女王对视了一眼，又看了看左右，欲言又止。

见他这副神情，惑梦女王顿时会意。

她挥了挥手，示意殿中从人全都退下。

当所有从人都往外走时，她又开口道：“岚草，你留下，正好做个见证；若是这东土来的人前言不搭后语，只懂在本女王阶前胡说八道，本女王定要治他的妄言之罪！”

“是！”岚草俯首应答一声，便又转了回来，站在苏渐和洛雪穹的身侧。

见岚草留下，苏渐不禁面有难色。

“你不必为难，”惑梦见状道，“岚草自幼便跟随本女王，若是不能相信她，这灵洲之中，我也不知道能相信谁了。苏渐，你便说吧。”

“是。”听女王都这么说了，苏渐也安下心来。

正当几人都等着听他开口时，却见他趋步向前，倏然便到了惑梦女王跟前，俯首跟宝座上的女王小声地说了几句。

这几句话，极为轻微，又因为隔了一段距离，所以无论洛雪穹还是岚草女卫，都没有听见。

苏渐这个举动，其实非常僭越，只不过他动作极快，等大家反应过来时，他已经说完了悄悄话，又退回到阶下的原点了。

“苏渐，你所言，可当真？”惑梦看着阶下之人，神色已变得无比凝重。

“当真！我敢以性命担保！”苏渐铿锵答道。

“好！那——”惑梦女王抬起手，正要召人过来下命令，苏渐急声打断她道：“女王陛下，先别急，请听外臣把话说完。

“虽然，刚才我说得言之凿凿，但这事情也太过匪夷所思，所以还请女王陛下，多给我点时间，来确证一下。

“在此之间，这花语草原上，却要劳烦女王陛下多派人手，加强警卫，免得那盗宝的贼子转移。”

“怎么这么多要求？”宝座上的女王不悦道，“刚才就觉得你说的甚是荒唐，他……怎么可能？还说什么只从藏宝之地，就能推断出盗宝之人，真是荒唐！

“本女王也就看在你以性命担保的分上，才想召他来对质。没想到，你又说没能确证，还有这么麻烦的要求，难道你是专门来戏弄本王的吗？”

“绝不敢戏弄女王陛下！”苏渐听惑梦这话说得很重，连忙躬身行了个礼，据理力争道，“此事真个重大，我不想冤枉任何人。所以恳请女王陛下，多给外臣我一点时间。”

“好吧。”见他坚持，惑梦女王有些无可奈何道，“那就依你所言，给你时间。不过，决不能拖过明天早上。苏渐，昨天你也在场，本王已跟臣民承诺，这封锁花语草原寻找圣杯之事，只限两天时间。到明天上午，时间便到期了。所以，如果在那之前，你还没给我确证，我就真要对你们用大刑了！”

“没问题！”苏渐拍着胸脯叫道，“我以华夏国最强侦缉好手的名誉保证，若到明早旭日初升之前，还没真凶确证，不用女王您发话，我自己提头来见！"

"好。"惑梦女王看着他，冷冷道，"到时候，苏渐，你可别忘了今日说的话。"

"绝不忘记。"苏渐凝视惑梦片刻，便和洛雪穹一起，返身走出殿门去了。

看着他二人离去的背影，惑梦女王若有所思。

对刚才少年打的包票，她其实并无多少信心。

她此刻更多的只是好奇，好奇自己这么多精兵强将都没解决的问题，他一个东土来的小后生，怎么就能解决。

她也想到一个可能性，便是苏渐使了个拖延之计。毕竟如果白骨圣杯没能在花语草原上找出来，那之前山魈王石冈等人对他的指控，就很可能是真的。

到这时，惑梦已经听到了花语草原上暗中涌动的流言。

这些流言，正在暗中动摇着她的权威，损害着她的威望。所以这时惑梦也怀着一丝希望，希望这个不靠谱的少年，没有骗自己。

从万灵妖宫出来后，苏渐便到处奔走。

每到一处，他都东张西望，指指点点，一副极为认真的验证姿态。

奔走之际，苏渐毫不停歇，最后已是汗流浃背。

这当中，他也几次靠近金刚犀牛队伍，似是若有所思。

到了傍晚之时，可能因为前所未有的高强度奔走，苏渐终于支撑不住，连晚上丰富的烤肉晚餐也只是随便吃了几口，便奔回自己的帐篷去了。

一到帐篷里，他连衣服都没脱，便拉过被子，蒙头睡下。

这一天，他是真的累坏了。不仅身子累，心也累。于是这一睡，他便睡到了满天星斗、月移中天。

这时候，花语草原上虽然仍有不少妖族还在坚持寻找圣杯的下落，但相比白天，人数已经大为减少。

许多妖族，至此已经彻底放弃，这时也和苏渐一样，回到住处闷头就睡。他们中的许多人,已经两天一夜没睡觉,确实累坏了。

喧闹了两天的花语草原,终于安静了下来。

灵丘东侧的帐篷驻地里,更是一片寂静。暗夜中,只听得各处帐篷中此起彼伏的打鼾声。

苏渐的帐篷也不例外,甚至打呼噜的声音,还盖过了附近的牛族大哥。

这时他的帐篷里,也是一片漆黑;黑咕隆咚中,只听得到睡梦香甜的少年发出的阵阵鼾声。

本来这一切,都极为静谧安详。也许过不了多久,睡得充足的少年就会醒来,再次去帐外的草原上确证心中的猜测,来实践对女王的诺言。

只是,就在子夜时分前的某一刻,他这帐篷上的门帘忽然轻微一动,有一道黑影倏然闪身进到里面。

此人速度如此之快,昏暗的帐篷中,只有门帘掀起的那一瞬间,透露出一点星月光辉。瞬间的灰白光色,只是稍纵即逝;即使有人时刻盯牢,也只能感觉到眼前灰光一闪,似有还无,只会怀疑自己眼花,或是出现了幻觉。

但有些事情,已经发生了。

依旧静谧的帐篷内,此时已经多了一人。

这人身形高大,动作却灵活如蛇。

没有一点风声,他已如鬼魅般移动到少年床前。

这时如有人旁观,可能会被这样鬼魅般的行踪给吓死。

立在床前,此人沉默了一阵,便静静地举起了手中的利刃。

他举刀的动作极为缓慢,往下扎时,却是迅猛无俦,带起一股尖锐的风声。

刀锋如此之利,动作如此之快,只听得“扑”的一声,床上之人连喊都没能喊出一声,就彻底没了声息。

一招得手后,这暗夜的刺客点了点头,却并不急着离去。

他转过脸,朝帐篷里东张西望了一番,便朝一个角落走去。

在那里,一只修长的剑鞘正靠在屋角的白毡壁上。虽然帐篷里一片黑暗，但此人视力极佳，朝屋角的剑鞘轻轻走了过去。

当他走近剑器之时，这鞘中之剑如有灵识，还发出微微的龙吟之音。

“果然是好剑！”该人拿起剑鞘，抽出鞘中之剑，将剑锋靠近自己的耳边。

暗夜杀人，此刻这座帐篷中，已成险地，但此人还是不管不顾，听着耳边清越细微的龙吟之声，摇头晃脑，如痴如醉。

聆听剑音一阵，他仿佛无法抑制内心的激动，竟小声地自言自语道：“好剑，好剑！

“如此好剑，岂是黄口小儿配占有的？简直僭越。

“此等卓绝古剑，正是上天留予有德之人；今日为我所得，也算物归原主。”

说着话，他便将剑还鞘，插在自己的腰间，转身便朝门帘外走去。

就在这时，从帐篷另一个角落里，忽然传出一个声音：“这位仁兄，倒是有趣。偷剑便偷剑吧，为什么还斩破我的被子？明天我要在哪儿睡？”

这声略带笑谑的言语，声音并不大，但听在来人的耳里，如同惊雷一般。

“怎么他还活着？”来人心中蓦然惊道。

不过他反应也极快，当屋角声音响起时，才听得一两句，他已是随手一扬，手中牛耳尖刀如闪电一般，朝声音响起处迅疾飞击。

百发百中的尖刀，好像已经扎中了目标，“扑”的一声，和刚才一样发出利刃入肉之音，但让人吃惊的是，这一切完全没有让那继续说话之人停下来。

“不好！”这一下暗夜来人终于觉得不对。刚要拔剑追击时，他却猛然看到另一处屋角，忽然爆出一团强烈的红光！

见得火焰蹿起，他立即往旁边一闪，想躲避即将飞来的火灵法术。

只是，再次出乎他的意料，那火灵法术的目标竟然不是自己，而是朝头顶飞蹿。

“怎么回事？”

“哈！果然是乳臭未干的小子，连个火焰小法术的准头也把握不住。”

来人心里冷笑嘲讽道。

在他嘲讽时，那团炫烈的火光直扑帐篷顶；干燥的白毡布一沾火焰就着，很快整座帐篷都熊熊燃烧起来。

“怎么，急得点着毡房，想跟我同归于尽？”见得这样，来人更是冷笑连连，开始怀疑东土来的小子脑子有问题。

但很快，他便笑不出来了。

那沾火的帐篷以极快的速度燃烧殆尽，原本帐篷里的两个人，全都孤零零地站在了月光地里。

让趁夜而来的神秘刺客没想到的是，当帐篷化为灰烬之时，周围竟然已经围了一圈人。

“你们……怎么会这样！”当他看清周围这些人之后，顿时又惊又怕。

原来，这些人他十分熟悉，惑梦女王、狼王裂风、虎王震林、蛇女族长柔甲，一个个妖族头面人物，全都围着火场，冷冷地看着他。

除他们之外，二三十个万灵妖宫的精锐守卫，已将这里团团围住；那个和苏渐同行的冰雪少女，也站在人群中，朝他冷冷相视。

今晚的月光，皞白皎洁，对目力好的人来说，几乎和白昼无异；明月光里，看到这个场景的惑梦女王，冷笑一声道：“呵，石冈，你能解释一下为什么你会在苏渐的帐篷里么？”

“女王陛下恕罪！”被看破行藏，山魈王石冈立即跪倒在地，带着哭腔叫道，“我有罪，我有罪！我不该一时财迷心窍，来偷苏渐的宝剑。”

“哦？只为偷宝剑？苏渐，你来说说，刚才怎么回事？”惑梦转向苏渐说道。

“禀女王大人，石冈大人的话，只说对了一半。”从石冈身后施施然走来的少年，怒声说道，“他来我帐篷中，是要偷剑，但更重要的目的，却是置我于死地！”

“他说得对！”跪伏在地的石冈，竟是顺着话叫道，“女王陛下，诸位大人，我石冈确实一直认为此人便是盗宝杀人的真凶，见女王宽宥，我心里气不过，才想来把他一刀解决了。

“刚才说是偷剑，其实只是作为战利品，承认偷剑，只是不想让女王陛下和诸位大人，夜里白来一回，所以认了个错。”

“哎呀！”苏渐闻言叫道，“我真没见过你这样的无耻之人！没想到远隔海外的灵洲，也是世风日下、妖心不古哇！你倒是‘一推六二五’，说得义正词严，我苏渐命都差点送掉，你竟然还诡言狡辩！

“石冈，有种的，你就直接认了，今晚来刺杀我，只不过是因为我白天跟女王陛下说，我已知道藏宝之处、盗宝之人，所以你作为真凶，来杀人灭口罢了！”

“你污蔑！你血口喷人！”石冈立即从地上跳起来，一蹦三尺高地怒吼道，“苏渐！我石冈虽然向来仁德，与人为善，但也是有脾性的人。今晚来杀你，实在是义愤不过，但你这东土来的狡诈凶徒，竟然敢把屎盆子扣在本王头上，简直胆大包天！”

“呵呵，”苏渐见状冷笑道，“石冈，你真是不见棺材不掉泪，非要我说出你将圣杯藏在哪儿，你才肯认输吗？”

“哈哈哈！”石冈仰头狂笑数声，而后瞪着苏渐，不屑道，“黄口小儿，还想诈我吗？不要说圣杯不是我偷的，不是我藏的，就算是我干的，也不信你这个小臭贼能知道我们这么多人花了两天时间都没找到的东西在哪儿。”

“好！”苏渐清俊的脸上，如罩寒霜，忽然欺身向前，就在石冈面前一两步停住，然后向他低低说了两句什么。

围观众人，几乎没听到苏渐说什么，但发现苏渐这几句低语，似乎具有某种魔力。山魈之王石冈听了后，不仅立即脸色大变，还召出一把骨刺重锤，朝苏渐狠狠砸来。

只可惜，苏渐一语说罢，已是倏然远逝；石冈一锤没砸着，立即暴跳如雷，继续朝苏渐这边冲来。

这时众人已看到，刚才还被石冈拿在手里的那口宝剑，不知何时已被苏渐夺回。

见石冈如此发狂，惑梦女王眉头一皱，那戴着幻象之戒的纤纤玉手，便轻轻地抬了起来。

就在这时，一直在她身边侍奉的岚草女卫，见女王已然动怒，立即会意，一舞手中双刀，冲上前去挡住石冈，厉声喝道："石冈！你疯了？难不成还想在女王驾前杀人不成?!"

岚草这一声呼喝，犹如当头一棒，立即让石冈清醒了过来。他脸色顿时颓然，如丧考妣，将骨刺重锤抛在一旁，跪下来连声求饶。

见他如此，惑梦女王却是叹息一声，道："石冈，早知今日，何必当初？遍看灵洲域中，你曾是我最看好的一位妖族豪杰。没想到，你一念之差，行差踏错，去跟龙族勾结，助恶龙偷我灵洲至宝。宣你罪罚之前，本女王想问你一句，你，究竟为了什么？"

"我、我鬼迷心窍！"石冈涕泪横流，磕头如捣蒜道，"女王恕罪，我真的是鬼迷心窍啊！不关龙族的事，是我早就听说白骨圣杯乃世间至宝，便想贪为己有，才……我、我知错了！还望女王看在老臣多年忠心追随的分上，饶老臣一命吧！"

"唉！"这一次，惑梦女王是真正沉重地叹息一声。

"石冈啊石冈，你都到了这个关头，还不肯说实话啊。你以为，本女王统领妖国，只会坐在万灵妖宫中，等你们进言奏事么?"惑梦一脸失望，摇了摇头道，"石冈，实话告诉你，原本我没起疑，不过承蒙苏大人提醒，我对你往日行迹多有查问，便知道了根源底细。没想到，刚才我都跟你这么说了，你还执迷不悟。

"那好，既如此，本女王代表灵洲的山川草木诸神宣布，剥夺你山魈族长之位，你的位置，日后于山魈族中另择贤明者担任。

"而如你刚才所言，看在你多年追随的分上，死罪可免，活罪难逃，今夜起你便上路，自此放逐于西海岸阴冷冰滩，永世不得踏入灵洲妖国半步！"

一听此言，方才还痛哭流涕的石冈，猛然间暴跳而起！

他跳起之时，一阵金光瞬间弥漫，本就高大的山魈之王身形上，霎时弥布了一层金光之甲。

"金刚不败甲"，正是山魈之王石冈从他统领的长毛金刚犀牛身上，常年观察领悟的独门绝技。金刚不败甲一覆盖全身，他整个人就像一颗闪着金光的石弹一样，轰然冲向了苏渐。

石冈此时的意图非常明显，正是要一举杀死将他逼进死胡同的罪魁祸首。

并且，从刚才苏渐所言来看，他真可能已看出藏宝之地，此举石冈也是想尽快杀人灭口。

石冈暴怒出手，行动极快，在场所有人即使想有所反应，也根本来不及。

他们唯一来得及做的事，便是眼睛跟随着石冈，看他冲向少年，又看着少年抽出血歌剑，奋力向前一劈。

“能不能挡住?”正当众人这么想时，却猛然听到“啊”的一声惨叫。

“果然还是没挡住。”众人想道。

不过，他们很快就觉得不太对劲：“怎么这惨叫声，像女人?”

察觉到不对时，他们立即转眼一看，见那岚草女卫，被一支寒光闪闪的冰锥打中胸前，正钉在附近那根拴马柱上，凄声惨叫，余音不绝。

而这时苏渐一道火影剑芒，已劈在石冈金刚不败甲身上，同时他往旁边疾速一闪，双管齐下地化解了石冈突如其来的这一招。

他俩一番周旋，暂时没有什么结果，众人便把所有的注意力，都放在了岚草的身上。

他们看见，和苏渐同来的那冷艳女子，正口角含怒，面带不屑地盯着濒死的岚草。

这时在场众人才回想起来，刚才眼角余光分明看到，作为女王亲卫的岚草，竟是在石冈暴跳之际第一时间发力，挥刀劈向了近在咫尺的女王!

“为、为什么……”同样一个疑问，既盘旋在众人的心头，也由口吐鲜血的女卫说出，但两者的含义显然大为不同。

“为什么?”刚才好似无动于衷的惑梦女王，这时却是冷笑一声道，“早看出你不对。你以为，昨日下午殿中议事，为何独留你一人?”

“哈哈！不错不错!”正跟石冈兜圈子的苏渐，忽然大笑起来，叫道，“岚草，还不明白吗？身不正，则目不正，我苏渐也算玄武卫多年老手，一看你眼神就知道。

“不错，这两天是多亏你帮我们挡住那些故意阻挡的山魈武士；可与此同时，不也证明你一直紧盯着我们，否则哪会反应这么快？所以啊，既然你这么聪明机灵，就让你当个传话的也不错。

“呵呵，如果不是你，石冈这厮怎么会知道我可能已经看出藏宝之地，趁夜来杀人灭口？所以真该谢谢你！临死还立个功，你就安心地去吧！”

苏渐这话，语气似乎友好，内容却冷酷无比。于是本来还能苟延残喘的岚草女卫，顿时“啊”的大叫一声，吐出一大口鲜血，就此绝气。

“不！岚草！不——”目睹女卫气绝，山魈之王石冈猛然爆发出一阵凄厉的嚎叫。

从他这声发自肺腑的哀嚎中，旁观的众人心中顿时一凛，顿时想到：“哎呀，莫非这山魈之王石冈，不仅和女王侍卫暗中勾结，两人之间竟还有私情？”

但此刻已经没什么机会细问了。发怒如狂的山魈之王，以金刚不败甲护身，将骨刺重锤挥舞如风，不辨目标，朝人群迅猛冲来。

山魈之王石冈，能够在灵洲众多妖族中称霸一方，仅次于惑梦女王，自有其过人之处。一身高强妖术武艺自不必说，因为山魈族天生的原因，石冈越怒发如狂，战力就越强。

现在他拼死一搏，其威力可想而知！顿时许多妖族人猝不及防，竟被他冲倒在地。

这时他口中又发出狂啸，那些早就在外围留心接应的山魈死士，全都发一声喊，朝这边凶猛杀来。

山魈族的狂呼乱喊声极为独特，犹如暗夜鬼哭。片刻后，一片鬼嚎声中，还传来隆隆的沉重蹄声；在场众人一听就知道，肯定是那些披甲长毛金刚犀牛，被山魈武士驱赶着朝这边冲来。

第一百〇九章

且听花吟

本来一边倒的局面,没片刻工夫便被扭转了过来。

不过对此局面,惑梦女王早有准备,很快谷地中众人便听得远处又是喊杀声四起,转眼金铁撞击,响成一片,呐喊厮杀声更是响彻云天。

谷地的冲突,依然在继续;听到自己的人马已经按时发动,石冈狂笑一声,叫道:"堂堂灵洲,岂能由个九尾女人统领?咱妖国的新时代来了!"

听得他这样的大逆不道之言,惑梦女王固然面沉似水,其他妖族之人也都面面相觑,震惊不已。

众人这么一愣神,便有些泄气;这时苏渐大叫一声"擒贼先擒王",便挥舞着血歌剑朝石冈猛冲。

苏渐喊出的这句话,虽然是东土中原的俗语,但含义一听就懂。于是在场的妖族首领和万灵妖宫的精锐守卫,全都振作精神,朝石冈一人冲来。

众人围攻,靠一身蛮勇奋力突围的山魈王,顿时吃紧。

左支右绌之际,他见虎王震林也提着一柄大斧朝他砍来,顿时大叫道:"虎族长!此时不反更待何时?"

一听他这话,众人便知道,石冈之前肯定跟虎族长私下勾连,让他同自己一起谋反。众人的目光,"唰"的一下子便看向了虎王震林。

"谁跟你反?不要血口喷人!"虎族长咧嘴大吼,手中的长斧舞得更急。

“哎呀!”见他临阵退缩,石冈气得大叫道,“好个言而无信的东西! 真是竖子不足与谋!”

气愤之下,石冈仿佛凭空生出一股子勇力,朝南边奋勇突围而去。

石冈一旦发狠,众人一时很难拦住,很快这片战场迅速扩大,往南蔓延。

纷乱之中,惑梦女王已经抬手作势,要动用幻象之戒的力量,却被苏渐出声制止。

本来女王一言九鼎,但这时众人看到,苏渐劝阻之后,惑梦竟真个放下了手。

见此情形,众人大为惊奇,但情况紧急,他们也没法深究,只顾紧跟在石冈后面,向南边追去。

追赶之时,苏渐腿脚最快,一马当先地紧紧缀在石冈身后。

灵洲山魈族,天生都是木系法术高手,石冈逃跑时不停释放出木灵法术,一路上平地生出许多柔韧木藤,如同绊马索一样,阻止众人的冲击。

以前这一招石冈屡试不爽,今天却很不走运,追在他身后最前面的这位,正是火灵法术的好手;无论石冈召唤了多少木藤,苏渐挥手念咒,一路风火交织,所过之处藤木焚烧一空。

苏渐很快便追到了石冈身后。

听到身后火焰与剑风纷沓而至,石冈只得无奈转身迎击。

“小贼,你真像只附骨蛆虫!”打斗之际,石冈瞪着苏渐咬牙切齿地骂道。

“哈哈! 如果我是蛆虫,那追逐的你就是这块臭肉!”苏渐毫不客气地反骂道。

回骂时,他手底下也没闲着,瞅准机会便奋身扑到近前,飞起一剑就将石冈那把骨刺重锤给削成了两段!

见此情景,石冈大吃一惊! 要知道他这把“骨刺重锤”来历不凡,乃是根据只言片语的传说,仿造于巫龙之王撒菩勒伯那把著名的“黄泉咆哮”,没想到这么快就被苏渐给削断了。

“真是好剑!”石冈一边扔掉半截骨锤,一边在口中嘟囔,也不知是夸还是骂。

“没了兵器,还不束手就擒?!”苏渐大喝一声道。

“没了兵器?”石冈冷笑一声,阴恻恻道,“小贼,你还嫩哪!你不知道你们人族古书里有句话,叫‘未虑胜先虑败’?”

“啥?!”苏渐一脸懵然,因为他没想到妖族这反贼,居然这时候还有心跟他掉书袋。

不过他很快便理解了石冈这句话的意思。

只见石冈将半截骨锤扔掉后,往前奔走几步,转头朝四下看了几眼,往斜前方一冲,俯身在几片乱石中一扒拉,竟抽出一根狼牙棒来!

此后这一连串战斗中,每当石冈武器破裂,便重新奔到一个地点拿出预先埋藏的兵器,竟是一直维系着气势不堕。

这一番耽搁,石冈已冲出了上百步;这时南边那些山魈族死士,驱赶着金刚犀牛群朝这边奋力冲杀,也快冲到近前。

越到后面,他们前进的速度,越不如刚开始快;很快双方的战线,便好似要陷入胶着。

这样的局面,对弱势一方的石冈绝对不利。

毕竟,山魈一族的叛乱虽然筹谋已久,但并没有想到会这么快发动。他们今夜的举事,也是被苏渐的计谋给逼得乱了阵脚,暴露之下不得不提前发动。

一方严阵以待,一方仓促行动,高下立判。

眼看战局陷入胶着,山魈族一方很快便有些支撑不住了。

石冈看到这情形,十分焦急,有心奔过去鼓劲指挥,只可惜自己身陷敌阵,脱身还来不及,怎还可能过得去?

乱战之中,有无指挥其实非常重要。没了指挥,山魈族武士们的情况更加糟糕,眼看就要陷入崩溃。

谁知道这时候,山魈族武士们的身后,却出现了几道身影,全都黑纱蒙面。

这几个蒙面人一现身战场,为首那人便立即大声喝叫:“山魈勇士们,今日到这时候,‘不是你死就是我亡’!就算自己不怕死,难道还眼睁睁看着你们大王葬身敌手？以后你们山魈族人，还怎么在灵洲抬头？”

只是轻轻几句话，顿时便鼓起了山魈武士的余勇。他们狂呼乱喊着，以加倍的凶悍再次朝对面冲杀，几乎突破了惑梦一方的防线。

倏然出现的这几人，不仅出言鼓动，还亲自加入战场。

其中一人，持烈焰之戟，纵横冲杀，如同虎入羊群，挡者披靡；

还有一人，手持黑骨鬼爪钩，出没敌阵，杀进杀出，犹如鬼魅；

而最开始煽动之人，虽然没有亲自动手，却主动负起指挥之责。

各种精妙的排兵布阵命令，从他口中流水般说出；那些山魈死士，本来也只知悍勇杀敌，一听有人下令，一时也不作多想，便立即执行。

一旦执行，他们便发现，己方如虎添翼，进攻效率何止高了数倍！于是他们愈加精神，士气如虹地攻击起来。

于是，本来胶着的战局，被区区三人一搅和，立时松动，双方的胜负转眼变得不可预测。

见此情形，石冈大喜过望，更加奋勇奔逃，眼看就要逃到对面阵营去。

“甘文光，你们还真敢干！”见此局面，苏渐惊怒交加。

虽说甘文光几个都蒙了面，但苏渐哪能不一眼看出？

他没想到，这三位仁兄胆大妄为到这种地步，仗着灵洲孤悬海外，远离本土，竟是公然站到盗宝反叛的一边。

不过苏渐也是愈挫愈勇。他一手挥舞血歌剑，一手发出火灵法术，暗夜中如同火神降临，又似杀神附体，死死咬住石冈仓皇逃窜的身影。

一旦他发狠，已经伤痕累累的石冈，顿时便有些吃不消。

慌乱之中，石冈忍不住回身冲苏渐骂道：“小贼，我石冈究竟是挖了你的祖坟，还是杀了你的妻儿？只不过小小陷害你一次，干吗非要往死里撵我？”

“哈！”听得石冈有告饶求和之意，苏渐不由得大笑一声，喝道，“石冈，我虽无妻无儿，祖坟之地也被龙族侵占，但平生最恨别人平白陷害我。特别是你，不仅想置我于死地，还要安上个盗宝之贼的污名，这对我来说，是不共戴天的死仇！”

“死仇？哈哈！”石冈眼角的余光，不知道瞥见什么，顿时仰面一阵狂笑道，“死仇死仇，那你就去死吧！我石冈可要逃出生天了！”

话音刚落，一头金刚犀牛冲破人群，已到石冈身前；石冈也不再多言，奋起余勇，飞身骑上犀牛，便驾牛朝外疾奔而去。

要知道灵洲之上，山魈族世代驯养统御金刚犀牛；石冈作为这一代的山魈族长，驭牛之术更是出神入化，一旦他骑上犀牛，奋蹄直奔，基本便宣告脱离险境了。

刚骑上犀牛，他便回头得意叫嚣道：“果然果然，你们还是高兴得太早。万妖灵洲的新时代，要来了！”

说罢他一夹双腿，驱动着金刚犀牛朝外奋蹄飞奔，转眼便接近了来接应他的山魈部下。

见得如此，石冈更加得意，回头叫骂道：“臭小子，看你能拿我怎样——”

得意的话儿戛然而止——他赫然看到，本以为被甩得很远的苏渐，竟然就在他身后咫尺之地！

此刻，无论狂奔的犀牛如何颠簸动荡，苏渐都死死拽住牛尾，哪怕身子被高高地甩起，他也死死不放手。

而金刚犀牛身形极为巨大，苏渐抓住它的牛尾，又在犀牛狂奔之时，则整个人都好像惊涛骇浪中的一叶扁舟，十分惊险。

犀牛继续狂奔，拽着牛尾的少年在别人眼里，就好像大树枝头一片被狂风急吹的秋叶，很快就要掉下来。

所以，石冈也只是第一眼见到时有些吃惊，很快他脸上就露出残忍的笑容：“好小子，真是不怕死啊。好，本王就成全你！”

说着话，他从金刚犀牛的披甲侧袋里，抽出一柄钢刀，回身就朝苏渐脖子上一砍。

眼瞅着钢刀带着风声横劈过来，苏渐慌忙往下一坠；那刀锋是躲过了，但身子下坠之时手一滑，他差点儿脱手掉下去。

苏渐心中猛然一惊，再无迟疑，借着石冈钢刀收回再发力的空当，手掌猛一发力，脚朝牛屁股上一点，便身轻如燕地飞起，跳到了金刚犀牛的背上。

见他忽然出现在牛背上，石冈心中一惊，手中钢刀再次横扫过来。

这回苏渐血歌剑往前一挡，另一只手也腾出来，猛然一挥，一道掌心火瞬间激发，正打在石冈的手臂上。

被火焰打中，石冈“嗷”的一声吃痛，更是凶性大发。

这时他见手中钢刀和苏渐的血歌剑撞击之时，钢刀顿时豁了个大口子，便索性将刀脱手飞出，朝苏渐掷去。

金刚犀牛身形巨大，背上地方还挺广阔；石冈这钢刀“嗖”的一声飞来，苏渐拿血歌剑一挡，顿时将它打横击飞出去。

趁苏渐格挡飞刀之时，石冈一声暴喝，那左臂霎时变粗变长，还布上一层石甲，转眼便如一根石柱般朝苏渐横扫过来。

危急时刻，苏渐反应已是十分迅速，身子立即往旁边一歪，但瞬间变长的石臂还是影响了他的判断，肩膀顿时便被扫中。一瞬间，他不仅感觉到一阵刺骨的剧痛，还差点掉下犀牛背来。

“好奸贼！”苏渐疼得差点掉眼泪时，也勃然大怒，立即一手剑芒，一手火焰，忍着剧痛朝石冈攻去。

石冈也不示弱，长巨石臂就不必说了，还再次施展出金刚不败甲，让自己立于不败之地之余，也用如有实质的金刚不败甲，朝苏渐凶狠撞去。

于是这两人，就在一头狂奔的金刚犀牛背上，开始了生死搏杀。

毕竟只是犀牛背，不是通常的战场，很快两人的拼斗就影响到了身下的这头金刚犀牛。在背脊上遭了几次火焰和拳头的打击后，它很快便发狂了。

这时连石冈也无法操控它了，这只巨大的金刚犀牛就如一块山上滚下的乱石，在隆隆的蹄声中，朝远处疯狂奔去。

眼见苏渐置身于失控的疯牛背上，还和力量强大的石冈生死搏杀，无论惑梦还是石冈一方的人，全都开始拼命地追赶阻拦。

只是，失控的金刚犀牛横冲直撞，可谓挡者披靡；很快一路追击阻拦的武士全都东倒西歪，完全无力阻拦。

面对这种情况，许多妖族人追了一会儿，眼见无望，也就回去继续和其他敌人拼杀了。但洛雪穹不一样。看见苏渐跳到疯牛背上跟强敌拼杀，她发了疯一样地追赶。

一路上，遇到那些意图对苏渐不利的山魈武士，洛雪穹雪剑风刃随手生发，所到之处一片光华闪烁，人仰马翻。

在她朝疯牛坚定地追去时，惑梦女王只在后面压阵，并无什么动作。偶尔有近臣向她询问此事，她也只是不置可否。

表面的无动于衷之下，惑梦却在心中想道："'龙之血'啊……我倒要看看，你究竟能做到何等地步。"

疯牛背上的生死搏击还在继续。这时石冈恨不得立即置苏渐于死地，但偏偏这小子灵活无比，每次自己想出什么杀招要杀死他时，他都好像能提前得知，闪避得极为及时。

一来二去，最后石冈气得大叫道："你小子难道是泥鳅族出身的？这滑不留手的。"

眼见情况不妙，石冈也颇为心悸，有心跳下金刚犀牛背。

但他一时还下不了决心，毕竟现在花语草原上的形势对比非常明显，自己这一方人单势孤，要是还逗留在花语草原上，光靠这两条腿跑出去，难如登天。

这时他还在犹豫，不过下一刻，他后悔了！

"噬影渊！"随着疯牛的狂奔，熟知花语草原地理的石冈，立刻从周围景物的变化上，知道他们正奔向花语草原上唯一的一处沟壑深渊。

这处深渊名叫噬影渊，光听名字就知道极险极深。事实上，正因它深得好像连人影都能吞噬，才得了这个名字。

对于地形起伏并不大的花语草原而言，噬影渊就像一条裂缝，或是一处伤疤，嵌在花语草原的东南方向。

一想到噬影渊，石冈顿时脸色煞白，再无犹豫，转身想要跳下牛背。

没想到这时候，那少年无巧不巧地扑了过来，势若疯虎般将他抱住，牢牢地摁在了犀牛背上。

石冈也极力反抗，想要甩脱，没想到这臭小子不知道走什么运，双手竟无巧不巧地都掐住自己的命门，让自己根本提不起力气来。

"你疯了？！想找死吗？？"石冈惊惶地喊道。

少年依旧无动于衷,将他重重地箍在犀牛背上,让他根本离开不得。

“哎呀,是我傻了!”见状石冈立即自责想道,“这厮从东土大陆来,根本不知道花语草原的地形。嗯,只要我跟他说清楚前面有深渊,他也就会放手了。”

想到这一点,石冈略略心安,忙叫道:“小子,前面就是噬影渊,要是掉下去咱俩都要无影无踪、死无全尸!快放手吧!”

喊得如此清楚,苏渐却好像聋了一样,依旧无动于衷,只管使尽全身的力气,将石冈牢牢困在犀牛背上。

“混蛋!”这一下石冈惊怒交加,怒吼道,“难道你想跟我同归于尽?!”

“对。”让石冈没想到,随口叫骂之后,这少年竟然一口承认了这个极为荒唐的可能性。

但这答案,真的太过疯狂、太过荒唐,以至于如此惊险的情况下,石冈愣了一下后,竟认真地问道:“为什么啊?”

“很简单,”苏渐龇牙一笑,在呼呼的狂风中叫道,“要是跳下牛背去,我不一定打得过你。”

“不对!你一定可以的!”石冈大叫道,“年轻人怎么能轻言放弃?要有信心,其实我——”

刚想诱哄苏渐松手,石冈忽然发现,怎么周围的景物不像刚才飞快后退,而是开始急速上升了。

“怎么回事?难道天地异变?”愣愣地想了片刻,他猛然一声惨嚎,“啊——不——”

当整个人都被死亡恐惧攫住时,石冈还特地看了看眼前:

呀,扬言跟他同归于尽的少年,竟真的还在。

于是,已经极度惊恐绝望的山魈之王,心中竟然还鬼使神差地冒出一丝欣慰:“嗯,好歹这个最可恶的小混蛋,也给老子陪葬了。”

这念头刚升起,他便觉得眼前一阵炽热,还没反应过来,转眼间眼前红光大盛,好像有什么炫烈的火光腾空而起。

“啊!不——”

山魈之王再次发出惨嚎,凄厉悲惨的程度是刚才的数倍。

原来他看到，刚才扬言跟他同归于尽的少年，已然化身成一只巨大的火焰朱雀，在自己的上方朝天空悠然升去。

忽然之间，山魈之王石冈那颗心，遭遇了这辈子最痛苦的瞬间。

“人与妖之间的信任呢?”

此时就像回答他一样，那化身神焰朱雀的少年，朝下方大声叫道：“抱歉，山魈之王，我忽然想到有犀牛给你陪葬，就足够了。所以，我就改主意了。”

所以……就改主意了……

怨念，恐惧，悲愤，无穷无尽。

山魈之王连同他那头金刚犀牛，在天地间如同两只微小的石块，朝同样无穷无尽的噬影深渊中坠去……

刚才，苏渐和石冈在狂奔的犀牛上纠缠，无论敌我双方，众人都追之不及，只见他们竟是直直地冲向噬影渊，转眼一同消失在深渊边的地平线上。

所谓“亲戚或余悲，他人亦已歌”，见二人消失，只有洛雪穹，还有石冈的亲信部下，如遭雷击，痛不欲生。

当然他们之间也有不同，便是悲伤持续的长短。

刚刚目睹惨剧的洛雪穹，甚至还来不及掉下眼泪，便看见那边依旧皎洁的月光里，一个英挺修长的身影悄然浮现。

“是苏渐!”洛雪穹顿时破涕为笑，飞奔了过去。

见她如此，那些山魈族武士，也一脸期待，等待同样的奇迹发生。

只是，他们伸长脖子看了很久，那儿的深渊悬崖边别说人了，连个鬼影都没有。

正当有铁杆亲信不死心，嗷嗷叫着朝那边冲去时，那少年已经大喝一声道：“山魈之王已死，识相的快快投降吧!”

虽然距离很远，但苏渐喊出这句话时，已暗蕴灵力，惊人的消息，在灵力的强化下，乘着夜风传遍了整个战场。

这时惑梦女王又是高声叱喝：“罪魁已死，山魈族全都被他蛊惑，现在只要放下武器，放弃抵抗，全都赦免!”

这句话一出，整个战场的形势一下子扭转，山魈族的对抗土崩瓦解，就连最凶悍、最铁杆的石冈亲信，也立即扔下武器，跪地投降。

从这一点也可以看出，石冈多年的收买人心，固然很有效果，但并没有真正瓦解山魈族对灵洲女王出自骨子里的崇敬。

山魈部族冰消瓦解，甘文光、萧龙雀、厉华楚这几个蒙面人，立即如同水落石出。

见得如此，面纱后的甘文光叹息一声，和萧龙雀、厉华楚又冲杀一番，杀死几个追击拦截的妖族武士，奔走如风，很快便消失在茫茫的夜色里。

经此一役，被龙族拉拢的妖族内患彻底消除。那被石冈藏在某一头金刚犀牛身上的白骨圣杯，也被顺利找出。

此后，为策完全，这只牵动各方目光的卓绝珍宝，被藏到一个只有惑梦女王才知道的隐秘之处。

当然，可能因为这几天流落在外，重新被取回的白骨圣杯，莹莹生辉的光泽中，多了一抹细微的暗色光芒，但并不引人注意。

到这时，因为事情已尘埃落定，苏渐也将整个事情的前因后果，告诉了惑梦女王和诸位妖族长老。

这时候他们才知道，苏渐和洛雪穹原来身份都不一般，一个是玄武卫精锐，一个是雪晶国女主。此来灵洲，他们最重要的目的，便是协助妖国粉碎龙族的夺宝阴谋。

不过，虽说苏渐已经看出今晚协助山魈族叛乱的那几人，就是甘文光、萧龙雀和厉华楚，但所谓“内外有别”，为了不让灵洲诸部对神州华夏有什么误解，他在叙述过程中，便对甘文光几人的官方身份轻描淡写地带过了。

虽然如此，他最后还是非常严肃地跟灵洲妖国的女王和长老保证，等回到华夏国，他必定会清查此事，无论对方是多么位高权重之人，只要参与此事，一定要将他们拉下马。

在场的女王和诸位妖族首领都不是一般人，如何看不出苏渐在华夏国中的官衔地位，其实并不太高。相反，今晚那几个神秘人，无论身手还是见识，都极为不凡，在华夏国的身份地位，很可能要比苏渐这个少年高得多。

但奇怪的是，当苏渐最后郑重做出清查此事的承诺时，众人十分自然地相信，他一定会办成此事。

当然，此刻他们最好奇的，还是众目睽睽之下，明明所有人都看到苏渐和石冈一起掉下了悬崖深渊，为什么最后苏渐能幸存，石冈和金刚犀牛却尸骨无存。

狼王裂风为人爽直，等苏渐说明完事情后，迫不及待地问出了这个问题。

在众人期待的目光中，苏渐只是淡淡一笑，说了句“我骑术高明吧”，对这个问题便不再多谈。

见他如此，众人虽然对答案并不满意，也不好往深里追究。而这么一来，苏渐在他们眼中倒显得有几分高深莫测起来。

这时候并不是没有人联想到一种可能，那就是这个叫“苏渐”的东土少年，难道竟是传说中能短暂飞翔的神州星流武士？

不过这念头一闪，便被他们立即否决。

在他们的心目中，神州星流武士，那是传说级别的存在，几乎和他们妖族世代想飞升成为的神仙相似，怎么可能是眼前这个有着亲切笑容的小小少年？

不管如何，从苏渐的叙述中，他们这时也知道，原来那个不苟言笑、宛如冰山寒梅的少女，竟也是此事的大功臣。先前苏渐扬言看出圣杯藏在何处，原来只是诱引石冈上钩的计谋；真正看出这一点的，还是这位雪晶国女国主。

所以，现在这些灵洲妖国的首脑，达成了一致，认定这件差点动摇妖国根基的大事，能够圆满解决，首要功臣便是苏渐和洛雪穹。

当接下来惑梦女王说，为了感激他们二人，将塑他们的像放置于万灵妖宫的“贤灵堂”中时，这些桀骜不驯的妖族首领，竟无一人提出异议。

惑梦女王说这件事时，一时嘴快，竟把苏渐和洛雪穹说成了“贤伉俪”，惹得少女俏靥羞红，少年神情尴尬。众妖族首领看到这个场面，不由得都哈哈大笑。

虽说此事圆满解决，但其余波一时还难以彻底消弭。海外灵洲，已平静了数百年；山魈之王叛乱之事，立即震惊了所有灵洲妖族。

而山魈之王石冈，历年来假仁假义，收买了不少人心；当他发起叛乱、事败身死后，还有很多妖族民众，不敢相信这是真的。

许多妖族已被石冈迷惑，这花了惑梦女王很大的人力物力，向这部分人解释和揭露石冈惑乱灵洲的真实嘴脸。

那一晚之后，甘文光一行人也彻底隐匿无踪。即使如此，惑梦女王还是明令将他们驱逐。

于是前几日还是座上宾的他们，转眼便成通缉犯；画着甘文光三人画影图形的通缉榜文，一夜之间发遍妖国各地城镇乡村，让所有妖族官民人等，一旦发现这三人行踪，立即上报所在部族的首领，将有重赏。

这样的结果，让隐身暗处的甘文光极度不能接受。

向来眼高过顶的甘文光，泛舟盛气而来，想在灵洲大展拳脚，尤其这一回是他罕有的几次真正外派做事，所以这位金面甘参军，极想表现出众，不仅要成功，还要成功得极为惊艳。

没想到，最后落得一地鸡毛，盟友身死、事没办成不说，还被妖族人满妖界通缉，变成了人人喊打的过街老鼠，这让他如何能够接受？

所以，当他找到安全的藏身之处后，便开始着手“秋后算账”了。

即使是萧龙雀这样的身份，甘文光照样命令随行武士，对他处以二十鞭刑。

肉体上的惩罚也就罢了，甘文光还对萧龙雀无情地嘲笑和斥责。

在萧龙雀刚受完鞭刑忍痛时，甘文光便冲他冷笑道：“哈！神戟将，京华第二杰！哈哈哈，可笑可笑！真是盛名之下其实难副啊！

“号称武力卓绝，可那晚需要你迅速冲垮敌方防线时，却耗费多时，还不如那个厉华楚来得迅疾。是这些年你日子过得太好了吗？你对得住丞相大人的信任吗？”

面对甘文光的讽刺嘲笑，萧龙雀双目如喷怒火，却闭口不言。

见他如此，甘文光更是生气，冲他大叫道：“萧龙雀！你别以为不说话就行！武力不如宣称的强也就罢了，最重要的是，你动作缓慢，态度迟疑，不懂速战速决的重要性；屡次错失战机，简直就是个没脑子的武夫！

“你等着，要是这次事情不成，回去后本参军一定会向宰相大人禀明此事！”

“随你。”面对甘文光的滔天怒火，萧龙雀的口中，只是冷冷地蹦出这两个字。

“我一定会的！”甘文光怒吼道。

当然，甘文光如此对待萧龙雀，倒也不完全出自公心。

作为一个极度自傲自恋的人，甘文光一直以来都很难容忍宰相座前，还有个受宠程度不亚于自己的萧龙雀。

瑜亮情结之下，甘文光暗地里一直都把萧龙雀当成平生大敌。所以这一次，算是他好不容易找到了个借口，便赶紧借题发挥罢了。

发完一通脾气后，甘文光也好似冷静下来。

停了半晌后，他缓和了表情，对萧龙雀说道：“萧兄，咱二人都为宰相大人办事，刚才我也是公事公办，请你不要放在心上。

“不管如何，宰相大人交代的任务，一定要办成，否则我二人回去后，谁都没法交代。

“现在看来，光靠我们，还有那个身份古怪的厉华楚，是不行了，我们必须要联络龙族。”

说到这里，他停了停，看着窗外，既像对萧龙雀，又像对自己说道：“嗯，没想到，那个小贼，竟如此麻烦。京华城中久已流传，说此人捣乱坏事的本事出神入化，本来还不信，现在看来，相比恶名，他有过之而无不及。

“这样的话，无论对此事，还是对宰相府的大业而言，这个人都不能再留了。萧兄，你怎么看？”

“嗯，不能再留。”刚才含恨在心的萧龙雀，这次却点了点头，表示赞同。

其实，也不用甘文光说，在萧龙雀的心目中，自从数天前苏渐在他面前扬言要打幽小眉的屁股时，他就暗动杀机了。

甘文光这一方凄凄惨惨、杀机暗动之时，花语草原上却迎来了一场盛大无比的庆祝会。

灵洲妖族，除了个别人，总的来说朴实而热情，尤其喜欢群体活动。千百年来他们已形成一个传统，便是经常举办欢庆聚会。

与其说是传统，不如说是癖好；甭说有事情了，就算没事儿时，他们也总要找个机会聚在一起庆祝。

庆祝的理由千奇百怪，比如庆祝第一朵迎春花开放，庆祝第一片枫叶全红，庆祝青风之丘的穿山甲一家又添新宝宝，甚至庆祝惑梦女王的青丝光泽度更好了。

实在找不到理由时，他们便庆祝今年的季风来早了，或者庆祝今年的季风来晚了，总之作为灵洲世代栖息的妖族，他们总能找到欢庆聚会的理由。

没事还要找事庆祝，更别提刚刚发生了这样的大事。于是，为庆祝丢失的白骨圣杯顺利找回，灵洲妖族立即在花语草原上举办盛大的欢庆聚会。

现在苏渐和洛雪穹已是灵洲妖国的头等座上宾，甚至可以说是这次欢庆活动的主角，毫无疑问被邀请了。

不过，当惑梦女王亲自前来邀请时，苏渐却忧心忡忡地提出了不同的看法。

“女王陛下，”他很恭敬地说道，“贵国之民庆祝圣杯回归的心情，我很能理解。不过，即使圣杯已经藏好，但毕竟龙族始终觊觎，现在最重要的是保持警惕，这么快庆祝是不是不太好？那龙族我可是打过交道，他们不仅强大，还很狡猾，十分难缠，不能不防啊。”

“不要紧。”惑梦摆摆手道，“放心吧，木王已经安排下去，外松内紧。要是有人这时候想来闹事，保管他有来无回。”

“好吧。”苏渐点点头道，“既然您都安排好了，那我和雪穹会准时赴席的。”

“对嘛！”惑梦立即开颜笑道，“这么想就对了。苏渐，你想想，如果这样的大成功，都不能欢喜庆祝，那我们为什么还要努力做成事情呢？”

“有道理。”苏渐点头应答时，想到了之前听说的灵洲妖族聚会的传统。

想到这个，他忽然有些疑惑，便问道："惑梦陛下，为什么这次庆祝的由头，只是圣杯找回？其实解决石冈这个叛贼，也是很好的理由啊。"

"你说得没错。"惑梦挤挤眼睛道，"这不是因为庆祝理由难找，要省着点，下次再用嘛。"

"好吧。"听到这个理由，苏渐无语之余，也是真正认识到灵洲妖族喜欢庆祝聚会的程度，到了何等地步。

灵洲举国欢庆的这一天，晴空万里，阳光和煦。明亮的阳光里，无数妖民从四面八方赶来，穿着节日的盛装，在灵丘之南的花语草原上，开始了盛大的聚会。

今日聚会，无比隆重，惑梦女王已颁下旨意，今日聚会所有用品饮食，都由万灵妖宫提供。于是妖民欢声雷动，无数妖宫侍从往来穿梭，架起无数的烤肉架子，搬来小山一样的食物。

按照灵洲妖族的传统，这样的欢庆聚会，都从烧烤中午的餐食开始。于是日移中天之时，花语草原上不分族类、不分男女老少，人人脸上都洋溢着笑容，亲手烧烤着自己的食物。

很快这片草原上烤肉的焦香，便压过了原本馥郁绵远的花草香气。

当烤肉的香气开始洋溢时，惑梦女王亲自拿了一串肋排肉，走到洛雪穹近前，递给她吃。这时苏渐已被一帮妖族汉子，众星捧月般簇拥到一边，大口吃肉、大口喝酒去了。

惑梦女王一边给洛雪穹递肉，一边问道："雪穹姑娘，先前听苏渐提起来，说你来灵洲，是为了寻找流落在这里的雪晶亲族？"

"是的。"洛雪穹接过烤肉，回答道，"其实，只是有可能，并不太确定。不知女王陛下知不知道什么线索？"

第一百一十章

一夕欢会

“嗯，正要说此事。”惑梦道，“我想起，在我灵洲西北某处隐秘荒山中，有个叫‘寒窟山’的地方。那地方我灵洲之民很少去，但流传着一个传说，说那里有冰妖族出没。

“本来冰妖很少与外人结交沟通，但偶尔也会出来采买用品和食物。我这两日已经找了和他们做过生意的妖民，让他们描绘了一下，很像你想找的冰雪晶灵族。”

“太好了！”饶是洛雪穹不轻易流露感情，这时也喜动神色，敛衽一礼，诚恳谢道：“多谢女王陛下。待此间事了，我便去寒窟山查探。”

“嗯，甚好。对了雪穹，”惑梦含笑说道，“你不要再叫我女王陛下了。听苏渐说，你也是雪晶国国主，你我二人姐妹相称就好。”

“好。”洛雪穹笑道，“此事多谢惑梦姐姐。”

“哈，好妹妹，来，吃了这口肉，便喝喝酒吧。”惑梦笑着一指旁边那只白陶酒坛。

“嗯，肉我吃，只是这酒……”看着那坛酒，洛雪穹有些迟疑。

“没事的。”惑梦笑道，“他们男子自然要喝烈酒，我们女儿家，就喝这‘花吟酿’。”

“花吟酿？”洛雪穹有些疑惑。

“对，如花轻吟，一听这名字，便知酒质轻柔，不妨事的。这酒正是花语草原的特产，采撷这里的果汁花蜜酿成，如果不是今天这样的场面，我们一般还舍不得拿出来喝呢。光说干吗？来，我给你倒一杯。”说话间，惑梦便为洛雪穹亲自倒了一杯花吟酿酒。

端起瓷杯，喝了一口，洛雪穹才知道惑梦女王所言不虚。

这花吟酿，闻一闻，已是芳香射鼻；轻尝一口，更是甘爽香冽。

最奇的是，这酒滋味软糯，香气甘甜，但又和神州的花果酒不同，其酒质爽朗清冽，完全不似寻常果酒那样。

以前洛雪穹一般不喝酒，要喝也不喜喝那种所谓专供女子的花果酒，就因为那些花果酒喝起来，太过绵柔，还有一种说不清道不明的软绵感。

怎么说呢，那样的酒，一口下肚，如同奋力一拳，却打在棉花上，总觉得不上不下，十分难受。但灵洲的花吟酿，既清香甘甜，又一扫阴柔之气，喝起来十分畅快。

于是接下来，雪穹便放开心怀，和惑梦推杯换盏起来。

酒饮微醺之际，洛雪穹看着自己杯中的美酒，正呈现出一种美丽的琥珀红，便悠悠然地想道：“嗯，这花吟酿，既好喝，又好看，换了苏渐来，他就该嚷嚷，将来要往来东土和灵洲，做这贩酒的生意……”

想到这里，洛雪穹忽然一阵迷茫。

她侧过脸，看了看远处正和一群妖族汉子打得火热的少年，不由得心中想道：“苏渐，他到底是一个什么样的人？

“胸无大志么？不是。但又常常嘻嘻哈哈，没个正形，让人头疼。

“那就是志趣低下么？更不是。若有大事发生，别人推诿退缩时，他却敢锐身自任，甚至不顾生死安危。”

想到这里，洛雪穹的眼前，再一次浮现出一个熟悉的场景——

那是苏渐为了救她，喝令她先走，自己却在熊熊烈火中，和兽龙强敌殊死奋战……

这一幕场景，这一个身姿，洛雪穹觉得自己能记一辈子。

想到少年烈火中奋战的英姿，本就酒饮微醺的女孩儿，眼神变得更加迷离。

不知不觉，时间到了下午。

花语草原上的天气，变得更加晴朗。丽日高悬，蔚蓝的天空澄净通透，如同一整块巨大的蓝水晶。偶尔有几缕白云飘过，仿若蓝水晶上用白玉镶成的微雕纹采。

吃饱喝足的妖族，开始了各种传统的嬉戏游乐。其中不乏摔跤、角力，甚至比武的游戏，不过刚才和妖族汉子们打得火热的苏渐，在被邀请参加这些游戏时，却连说太过暴力。

见他这样，妖族众人以为是他作为东土来的贵人，自作矜持而已；苏渐内心真实的想法却是，这几天大风大浪，劳心劳力，自己实在没精神再参加这些同样劳心劳力的游戏了。

正当他一个人独自出神时，那狼王裂风却凑了过来。

作为狼族首领，裂风举止强劲、身姿坚挺，还没走近，便热情叫道："苏族好汉渐！"

裂风这样别扭的叫法，实在是因为在他的认知中，苏渐既然叫苏渐，便和他裂风全名"狼裂风"一样，出身一个血统为"苏"的独立人类种族。所以他这个叫法，等同于别人叫他"狼族好汉裂风"。

虽然他这样的理解，从姓氏的角度没错，但人族作为一个单一的种族，和他们这里五花八门的妖类种族，姓名的含义完全不一样。

对这一点，苏渐在第一次听到狼王裂风这么叫自己时，就十分认真地纠正。但很可惜，灵洲草原上这位白狼族大王，脑袋好似一根筋，怎么说都听不懂，最后苏渐只好放弃。

虽然放弃，但这个"苏族好汉渐"，被带着浓重狼族口音的裂风叫来，苏渐听着真好像在叫"苏族好犯贱"，十分无语。

听到裂风叫自己，苏渐苦笑一声，才应答他道："狼王，什么事？"

"我不是看你闷闷不乐嘛，看来这些戏耍都不适合你。"裂风热情说道。

"我其实没有闷闷不乐——"

苏渐刚解释到这里，狼王裂风就打断了他，还一脸神秘兮兮地道："好汉渐，别解释了，咱俩谁不知道啊，其实俺也不爱掺和那些戏耍，不就是因为没啥女人参加嘛。但待会儿就不同了，有个戏耍你绝对喜欢。"

"是啥？"见他如此热情，苏渐只得配合着问道。

“那便是‘奔马鞭男戏’了。”裂风满脸放光地叫道。

“奔马鞭男戏？”苏渐一脸茫然道，“这是啥？”

“听这名字也明白嘛，”裂风道，“便是咱们男人汉子，骑马在前面跑，女人们骑马在后面追。追上了的话，她们便拿马鞭打汉子，这就是‘奔马鞭男戏’。”

“啊？！”苏渐一听便连连摆手道，“嗯，这游戏听起来不错，但、但我今天确实身子乏累，不想参加了。”

“走吧！”裂风一把拉住他就往外拽，一边拽还一边叫道，“相信我！这戏耍儿是咱灵洲男人们最喜欢的玩意儿了，不知道多少男的挤破了头要参加呢！我还是用白狼族长的权力，给你要了一个名额。”

“……那好吧。”苏渐听他都这么说了，只得勉强跟着他走。

一边走时，他还一边苦笑想道：“唉，真不知是怎么回事。难道灵洲的妖族男子们，都有自虐倾向吗？骑马被女人追着鞭打，竟然还甘之如饴，听口气被鞭打的机会，还要削尖脑袋挤破头才能取得，真是一种变异心态啊。

“唉，果然是海外王化未至之地，将来有一天，等驱逐了龙族，我倒是可以贩卖些圣人典籍到这来。”

怀着哀怨的心情，想着未来的文化输出事宜，苏渐被狼王裂风拉着来到了奔马鞭男戏的场地。

到了这地儿一看，还有些心存怀疑的苏渐，立即相信了狼王裂风的话。他看见，这里人山人海，喧声沸反盈天，无论男女老少都在死命地往前挤。

“也罢，”苏渐见状心道，“参加就参加，免得辜负狼王一番美意。其实我骑术还行，待会儿只要一马当先，使劲跑在最前面，也就不用挨鞭子了。”

心中这么一想，苏渐心情便好了很多。他乐呵呵地跟着狼王裂风挤过了人群，来到那群用来游戏的骏马前。

苏渐在京华时，玄武卫配给的坐骑，便是一匹白马。于是来到马群前，他只是稍微一看，便选中一匹白马，再拿手摸了摸毛皮筋骨，发现这匹马根骨也挺好。

按照裂风的提示，苏渐也脱掉了上衣，露出英挺健美的上身，光着膀子便跳上了白马。

妖族的游戏充满了奇异的异族风情，接下来苏渐惊讶地看到，让大家纵马开跑的信号，竟然是一个狼族之人甩起一只硬壳龟，砸在一个大腹便便的野猪族胖子圆滚滚的肚皮上。

于是“砰”的一声，这处草原上顿时万马齐奔，无数妖族儿女骑着骏马朝远处的大地云天扬鞭奔腾。

本来苏渐主意打得很美，想要靠自己出众的骑术脱离厄运，没想到才跑出两三里地，他就知道自己大错特错了。

直到这时他才发现，灵洲草原上的妖族儿女对骑术竟是罕见地精通；勉强撑过了三四里后，他就陷入一群妖族女骑手之中。

还没怎么反应过来，他便觉得身周飞起漫天鞭影，朝自己前胸后背铺天盖地地打来。

苏渐顿时大骇，心说几天前没死在石冈手里，难道这会儿要被一群妇人打死？

惊恐之际，他却奇怪地发现，那些鞭子落在自己身上时，竟是十分轻柔，感觉并不太疼。

苏渐见状顿时大喜，心说果然只是些妇人，又要骑马，又要鞭打，这力气便有些不足。

得知此情，他顿时精神大振，一夹胯下白马，朝前面冲去。

本以为这样能冲出重围，没想到接下来的一路上，苏渐发现自己身边依旧环绕女骑手，重重的鞭影依旧漫天打来。

这一下苏渐终于慌了。

“不行啊！”他想道，“鞭子虽然不重，但架不住多啊，再这样被鞭打下去，落个伤病残疾可怎么办？

“最重要的是，若是前日跟石冈搏杀受伤还好说，回去就报个因工致伤。今天要是被这群女人给打残，回去怎么开口？我好意思说吗？”

想到这点，苏渐慌忙使出浑身解数，真正铆足了劲儿突围。

他不知道的是，就在他焦头烂额突围之时，洛雪穹却和惑梦女王一道，在附近的一座草丘上居高临下地观赏着这个人气极高的游戏。

“咦？惑梦姐姐，”看了一阵，洛雪穹忽然奇怪地问道，“怎么苏渐被这么多女人追打？他什么时候得罪了这么多灵洲女人？”

“妹妹，你想差了。”惑梦笑吟吟道，“刚才没跟你细说，这‘奔马鞭男戏’，其实是我们妖族女子，对男儿表达爱慕的游戏。”

“爱慕？”洛雪穹大奇。

“是呀。”惑梦道，“这是我们灵洲妖族千百年来的传统。平时男女之间，也和你们神州差不多，有男女大防，不能轻易接触。每一次聚会，都是男女之间表达爱意的好时机。

“尤其这个重大聚会才有的‘奔马鞭男戏’，是我们灵洲年轻女子表达爱意的最好机会。难道刚才你没看出来吗？参加这个游戏的，都是些妙龄少女呀。”

说到这里，惑梦女王忽然一笑，看着洛雪穹道：“嘻，莫非雪穹妹妹，心疼苏渐了？”

“没有。”洛雪穹冷冷道，“才不心疼他。削尖了脑袋参加这个游戏，他怕是希望被鞭打得重伤不起吧。”

“倒也不会重伤。”惑梦女王道，“这当中，女孩儿们鞭打的力度，是有讲究的。遇上心仪的男子，她们会鞭打得很轻；要是遇上不合意的，总在自己马前碍眼，那出手才叫重呢。好妹妹，你看，我们那些妖族女孩儿，冲苏渐挥鞭都极轻呢，简直挠痒痒，打不成重伤的。”

“咦？”说到这里，惑梦忽然奇道，“怎么回事？苏渐还左躲右挡的，难道他不知这个规则？不过不知道规则也没关系，到达终点后会有人告诉他的。到那时，最后和他一起冲到终点的头名女子，便有了特权，今天能和他待上一整晚，共度良宵呢。”

“啊？！”一听此言，刚才还冷若寒梅的少女，顿时跳起来，一阵旋风般朝草丘下冲去。

“惑梦姐姐，我想还是早点救他回来。”丘下的清风，送来她的最后一句话，“我看他手忙脚乱的样子，即使不被鞭子打死，也怕是要坠马跌成重伤，到那时卧床不起，还要劳烦我照顾他。”

“哈哈哈，知道，知道！”惑梦女王仰面长笑数声，朝丘下喊道，“好妹妹，丘下有我那匹‘落霞红’，神骏无匹，你就骑它去救人吧！”

骑上女王御马的洛雪穹，神武无比，何况这一路使尽平生绝技，很快就让她追上了马群。此后她左冲右突，还将一身绝学灌注于手中的长鞭，终于将那些两眼放光、直流口水的妖族小妹妹，给悉数驱离了。

“雪穹！”见她一来就解了围，不明真相的苏渐如见了亲人一样，哽咽叫道，“雪穹，雪穹，还是你好，我都差点被打死了，多谢多谢！”

“谢什么？”洛雪穹纵马而来，和他并驾齐驱，转过脸朝他展颜一笑，“苏渐，不用谢，你我既是同窗，又是挚友，结伴同来灵洲，见你身陷困厄，自然要奋力解救的。”

说话间，还有些不死心的妖女纵马赶到近前，结果洛雪穹横眉冷对，灵力涌动，周身的气温霎时降至冰点。

无数雪花，开始围绕着她飞舞，将她衬托得犹如雪神降临；那些妖族女子一见这情形，只好悻悻调转马头，往别处而行。

这时她们心思一样，全都在十分气愤地想：“这个东土来的女人，真可恶！苏渐这样的大英豪，就该妻妾成群，哪能被你一人占着？这么浅显的道理，难道你不懂吗？真是未开化的东土野蛮女人！”

虽然心中义愤填膺，觉得洛雪穹有悖灵洲世代奉行的真理，但这些妖族妙龄少女，眼见洛雪穹一身寒气宛若冰仙雪神降临，哪敢轻撄其锋？也只好恨恨打马离去了。

这时候苏渐丝毫不知道，自己已经失去了在灵洲妻妾成群的机会，还十分高兴地对洛雪穹连声道谢。

没过多久，灵洲“奔马鞭男戏”便接近尾声了。

这时候就看出灵洲妖族的奔放劲儿来。

到了晚上篝火升起时，下午奔马鞭男戏中最先奔到终点的那一对，直接就在篝火晚会上举行了成婚礼。

苏渐也是第一次看见妖族的婚礼，只觉得事事新奇。不过看到最后，他发现妖族和人族的婚礼之间，也有不少相通之处。

比如，最终宣布成婚时，他们妖族也有三拜，只不过除了夫妻对拜之外，前两拜跪拜的对象，从东土中原的拜天地和拜高堂，变成了拜灵丘方向和惑梦女王。

除此以外，成婚的妖族新人，也穿上了华美的新装，虽然并非贵重的丝绸材质，但各种装饰的花纹也精美繁密，一看便是成婚的男女各自精心准备了很久。

看见一身美丽华服的妖族新婚夫妇，苏渐不由得心中一动，转脸看了看身边人。

他发现，洛雪穹此时也全神贯注看着那对成婚的新人；见他们喜笑颜开、含情对视，一向冰霜雪冷的俏靥上，也浮现出喜悦的笑容。

此时篝火耀映，红光盈盈，洛雪穹雪白的脸庞如染烟霞之色，显得格外动人。

“雪穹，她真的挺好看的。”苏渐望着她，心想道。

正想时，洛雪穹察觉到他的目光，转过脸来，看着他，一脸疑问的神色。

“没什么。”苏渐笑道，“只是觉得，被篝火一照，你变得更好看了。”

“嗯。”洛雪穹轻轻应了一声，也不再说话，只是转过脸去，不再看他，继续看那两位新人怎么成婚行礼。

“雪穹。”苏渐看着她，又轻轻唤了一声。

“嗯？”洛雪穹再次回过头来，奇怪地看着他。

“本来没事，不过刚想起来一件事。”苏渐笑道，“很难想象，有一天你穿上出嫁的新装，会是什么模样。”

不知道为什么，苏渐这么一句挺寻常的话，洛雪穹听在耳里，再看看那一对笑语晏晏的新人，忽然鼻子一酸，竟有一种想哭的冲动。

“我这是怎么了？”洛雪穹心里一惊，想道，“怎么来到灵洲之上，我就变得多愁善感了？以前我可不是这样的。”

她忍住悲情，看向苏渐，想说些什么，却有一种莫名的悲屈再次涌上心头。

停了一下，她发现这样的悲意一时难以排解，便索性一跺脚，什么话也没说，转身跑了开去。

见她忽然如此，苏渐也是愕然不已。

等他反应过来，想要再找回女孩儿时，却发现到处人来人往；努力拨开几处人群找寻，却再也没看到少女的身影。

正忙着寻找间，苏渐忽然听到身后有个动听的女子声音，叫了他一声。

此时人声嘈杂，苏渐没怎么听清，还以为是洛雪穹叫他，连忙一回头。

没想到，喊他的是惑梦。

美艳无双的灵洲女王，此时已换了常服，正披着一袭斗篷，手中提着一只酒坛，站在灯火阑珊处，笑盈盈地看着自己。

“你怎么……”

苏渐一句疑问还没问完，那美貌女王已经倏然游移到近前，一把握住他的手腕，在他耳边低声说道：“苏渐，此地人声嘈杂，想必你也不喜，我们换个地方说说话吧。”

“这……”听了惑梦的话，苏渐不知道怎么有些迟疑。

“怎么，不想和我说话吗？”惑梦嗔道，“我可是很怀念，那一晚云荷谷中的月夜对答。你忘了吗，那一夜我二人无话不谈，是多么的轻松优雅？”

“好吧。”听她这么说，苏渐也就不再挣扎，老老实实地让女王握着手腕，拉出了人群。

没过多久，他们两人就来到附近的一座草丘顶上。

这处草丘，虽然离篝火聚会现场很近，但并没有什么人来，篝火的光芒也映照不到，可以说是闹中取静，竟有几分清幽之意。

此时星月辉映，明河在天，耳中听着随风传来的笑语欢声，苏渐的心情也变得磊落舒畅。这时惑梦正斟满美酒，递过一杯来。

一杯香冽甘醇的美酒下肚，苏渐便彻底放开了心怀。这时他想起女王方才之语，忽然好生感慨。

他回想起这些年来走过的路，忽然发现，自己一直忙忙碌碌，或疲于奔命，或刻意经营，偶尔还逃亡异域，总之时时斗智斗勇，日日进退周旋。

当然也不能说没有舒心开怀的日子，但细细想来，能给自己留下印象的，还真不多。

火枫林中，和幽小眉围炉夜话，算吗？可下一刻，自己就在风雪夜中出门，对吴山云那一群乱党下最后的死手。

那雨宿湖中，和洛雪穹月夜泛舟呢？可灵湖之中，扁舟之上，自己倾诉的还是那些悲苦愁肠。

若要真论畅快，还就数星降高原那一晚。月夜下，高原上，在神州离苍穹最近的地方，和同窗好友畅言抒怀，吹笛舞剑，果然快意无比。

除了它，再想想，还就只有近来云荷谷中，和眼前这位妖族女王的一夕清谈。

想到这里，苏渐百感交集，便举杯对身边之人说道："女王陛下，你听过我们东土华夏的诗歌吗？"

"略有耳闻。"惑梦看着他道，"怎么，你想作一首给我听吗？"

"你真是料事如神。"苏渐笑应一句，便在心中酝酿。

没过多久，苏渐看着远处篝火光中雀跃奔舞的幢幢人影，便慨然吟道：

醉舞狂歌二百年，
花中行乐月中眠。
海外无心传名字，
腰间最乐足酒钱。

苏渐吟时，星垂平野，月涌天河，其气度慷慨，其声音滑烈，短短几句中，浩然之意十足。

惑梦听了，只觉得心旌摇动，一双美目盯着少年，一瞬不瞬。

不得不说，这一刻，惑梦对苏渐心生好感。

本来异域来人，便别有情调；又见他临事绝烈，手段奇绝，幕后能运筹帷幄，人前能破阵杀敌，到了花前月下时，竟还能吟诗作赋，真可称得上一个奇人。

心生好感之际，本来只想小谈片刻的女王，便安下心来，驻足不走，和苏渐席地而坐，推杯换盏起来。

一边饮酒，一边赏月，二人天南海北地闲聊，尤其谈及神州灵洲两地的风物差异，更是好像有说不完的话题。

两人的距离，也在不知不觉中离得越来越近。于是这闹中取静的草丘气氛，不仅融洽，还有些旖旎。

再说洛雪穹。一时郁积，她从苏渐身边跑开。穿越熙熙攘攘的人群，洛雪穹眼见身边全是陌生的异族之人，便忽然觉得，虽然眼前人山人海，欢声如雷，自己却好像在穿越一座广袤无垠的无人荒漠。

于是，忽然之间，她对这样的欢庆盛会彻底失去了兴趣，便随便找了一个僻静的角落，悄然伫立。

正满心孤独，静静出神之时，她忽然听到一个爽朗的声音说道："洛族雪穹，你在这里呀！"

"嗯？"洛雪穹闻声微微侧头，正见白狼之王裂风，提着一坛美酒往这边走来。

"怎么不去跟大家一起跳舞喝酒？"裂风走到近前，看着洛雪穹独处此间，奇怪地问道。

"我不惯灵洲之舞。"洛雪穹简洁答道。

"哦。"这时候，走得近了，裂风看见了女子脸上一脸的落寞。

"喝酒吗？"他举了举手中的酒坛，问道。

"不喝，也不惯灵洲烈酒。"洛雪穹随口答道。

"不烈不烈！"裂风笑道，"看见你一人在这里，好似有些发愁。发愁便该喝酒，我特地带来这坛'花吟酿'。别看它也有酒意，但用我们花语草原的花果酿制，它——"

裂风正要好好介绍花吟酿，没想到洛雪穹打断了他，手伸了过来："不用说了。这酒我知道。给我，我喝。"

"呃？"见她态度忽然转变，裂风一愣，转而大喜，咧嘴笑着把手中的酒坛递给洛雪穹。

洛雪穹接过酒坛，拍开泥封，也不用酒杯，便仰脸直接对着坛口喝了起来。

"哎呀！"见她如此喝法，裂风惊讶道，"看来，雪穹，你的愁不小啊。"

“嗯？”正喝酒的少女，忽停下来，柳眉一扬道，“你叫我什么？”

“雪穹啊。”裂风有些莫名其妙。

“雪穹也是你叫的？”女子寒声道。

“怎么了？”裂风更加奇怪道，“不该叫你雪穹吗？那叫你什么——哦，洛雪穹？可这么叫不别扭吗？你看就从来没人叫我狼裂风，平常对答，族名不须叫的。”

“哦。”洛雪穹闻言，也不争论，抿了一口酒，淡然应答。

“你，不开心？”裂风看着她，关心问道。

但洛雪穹再没有回答他。她只是又闷下一大口酒，然后转过脸去，看向远方——那里，夜色深沉，流云如缕，月色迷离。

见她如此，裂风安静了片刻，忽然大声说道：“苏渐不是好汉！要是真正的好汉，怎么会让自己的女人这么难过？他也真是可恶，有这么好的女人不知道疼爱，还让她难过伤心！”

洛雪穹闻言愕然，转过脸来看着他，冷冷说道：“你错怪了他。我，不是他的女人。”

“不是他的女人？”裂风先是一讶，转而惊喜叫道，“太好了！太好了！不是他的女人，那就好办了！”

“你说什么？”已经酒意上头的洛雪穹，一脸愠怒地看着状若癫狂的狼王。

“我是说，你不是他的女人，太好了！”裂风连连搓着手，喜不自胜道，“洛族雪穹，你知道吗，自打看到你第一眼起，我就认定你是俺裂风今生唯一的女人！”

裂风突然冒出的这句话，对洛雪穹来说，是如此匪夷所思，以至于她怔怔地看着狼王，怀疑是不是自己听错了。

“你没听错！”裂风好像看穿了少女的心思，热切叫道，“雪穹，我就是想这么叫你，想这辈子都这么叫你！你知道吗？我作为白狼之王，号称白狼之神的传人，一直在找一位能够跟我匹配的女人。

“什么样的女人呢……对了，这些天我也在紧急看你们神州的书籍，我要找的女人，用你们书里的一个词来说，就是‘绝世凛冽’——娘的，果然要多看书哇，俺想了这么多年的事儿，都不知道怎么说它！

“对！就是‘绝世凛冽’！我部族中不是没有好女人，可是再烈性的母狼妖，都不及你身上一根毫毛啊！”

说此话时，狼王已经欺身向前，鼻子几乎挨到洛雪穹的头发边了。

见得如此，洛雪穹想也不想，便用力一推。

裂风被推出去，踉跄了好几步才停住。

被洛雪穹推得差点摔倒，他却丝毫不以为意，反而哈哈大笑道：“哈哈，绝世凛冽、绝世凛冽！什么叫‘绝世凛冽’？就是这样！”

说着话，裂风又冲到近前，带着酒气叫道：“雪穹，你不习惯这样吗？其实这些天突击看你们的典籍，其他什么都好，就是什么礼教啊，道德啊，看得直让人脑仁子疼！

“不像我们灵洲妖族，生于天地，长于山林，性最自然。喜欢就喜欢，讲那么多虚礼干什么？刚才你也看到了，下午‘奔马鞭男戏’，那几对公母看对了眼儿，晚上就成亲了。

“你知道吗？他们今晚就会在这草原野地里交合，正是什么来着……对，你们书里说了，‘幕天席地’！娘的，真应该多看看书哇！”

说到这里，狼王变得极为兴奋，立即冲前一步，张开手臂，便要来抱洛雪穹。

这时候洛雪穹有心再次推开他，却不料花吟酿喝得爽口，饮得就多，结果这时候酒劲儿无巧不巧地猛然发作，一股辣劲儿涌上头，洛雪穹只觉得腿脚一软，差点摔倒。

站都站不住，更别说推开狼王了；作为白狼首领，裂风此时伸过来的臂膀，可真是名副其实的“强劲有力”了。

于是，很快洛雪穹便闻到，狼族身上特有的那股强烈的腥气，铺天盖地地熏来……

他们这边到了紧急时刻，苏渐那边的气氛，也逐渐绮丽旖旎。

清谈多时，惑梦女王对苏渐越来越另眼相看。

当某一刻流云遮月，惑梦心神不知怎么便一荡，看着少年近在咫尺的清俊脸庞，忽然腻声说道：“苏渐，前几日我们不是一夕相会么？”

“对啊，怎么了？”苏渐奇怪地看着她。

“你有没有想过，前日一夕相会，今日为何不索性一夕欢会？”惑梦眸蕴春水般说道。

“这、这是何意？”苏渐面皮忽然有些发红。

“你听懂了，是吗？嘻嘻，”惑梦笑道，“不明白的话，我来告诉你，我们灵洲之族，性近天然，喜欢便喜欢，才不讲那些虚礼呢。

“今晚你也看到了，下午奔马之戏，那几对雄雌互相看中了，晚上便行了婚礼。

“你知道吗？他们待会儿就会在这荒原野地里交合，以草为床，以月为灯，正合我族本性天然。”

“这、这……”苏渐听了，臊得脸通红，忙将惑梦推远一点，叫道，“女王陛下，你、你喝醉了。”

“别叫我女王，叫我惑梦。”惑梦呢喃道，“你不要怕，今夕之事，只求君之良种，无关嫁娶。他日我二人之子女，将为妖王。”

“惑梦你真喝多了。”苏渐道，“你我一个人族，一个天狐，怎好相配？”

“有何不可？”惑梦道，“人中龙凤，固然可喜；人中天狐，亦成佳话。”

说这话时，惑梦竟也似那边狼王一样，欺身向前，靠近苏渐。苏渐转身欲走，惑梦却吃吃笑着，一伸手，捉住了他的手腕。

苏渐何曾见过这样的场面？美貌无俦的灵洲女王，主动诱引，苏渐霎时间只觉得脑子里一片空白。

朦胧月色中，酒气花香里，苏渐只觉得身边的女子遍体异香；当她捉住自己的手腕时，肌肤接触间，只觉得女子脂肤腻软。

而惑梦并不满足于握住少年的手腕；她一使劲儿，下一刻苏渐已被她抱了个满怀。

苏渐不甘心地一挣扎，没想到却扯到惑梦肩头的罗衫。那纱衣霎时滑落，玉肌乍露，一时间热香四流，饶是苏渐再有定力，也顿时口干舌燥，心乱如麻。

偎抱之间，相隔无间，无论苏渐怎么规避，一举手一抬足，却都碰到了不该碰的地方。于是苏渐的挣扎就好像是在主动亲热一样，很快惑梦的鼻息就变得沉重，浑身香汗熏蒸。一种独特的体香，馥郁氤氲，很快将苏渐整个包围……

“汝醉矣，宜扶归。”看似沉醉于温柔乡中的苏渐，忽然推开惑梦，笑着说道。

“真无趣，被你看穿。”刚才好似醺醺然的女王，被少年一推，神色顿时正常。

“其实，你不妨顺势而为，”惑梦看着他，“权当那一晚云荷谷蒙你相救，给你报恩了。”

“不可不可。”苏渐摇了摇头，认真道，“若如此，与禽兽之行何异？”

女王闻言，笑道：“不作禽兽之行，则禽兽不如也。”

说话之间，她又欺身向前，一张俏面，红得像三春的桃花瓣。

只是，她毕竟已经喝了不少酒，这一趋一进之间，步履踉跄，身子摇摇晃晃。

刚才只是托词说“汝醉矣，宜扶归”的少年，见这情况，连忙一笑上前，扶住醉意醺醺的女王，往草丘下走去。

只是，他自己也喝了不少酒，脚下并不稳。醉扶下山之际，饶是他留了小心，还是踩中了一个凹坑，身子往旁边一歪，带着惑梦一起跌倒在地。

出于本能，摔倒之际，已经醉醺醺的惑梦，一把抱住苏渐，于是两人便搂抱着顺着草坡滚了下去。

当然，这草坡比较平缓，上面长着浓密的花草，滚落之时身下绵软如毯，滚了没几圈后两人便也停住了。

“幸好幸好。”苏渐一边挣扎着爬起，一边庆幸道，“幸好坡不陡，酒也不多，否则——”

刚说到这里，他却戛然而止。

这时，惑梦还微嗔地说着让苏渐扶她起来的话，苏渐却好像已经完全听不见了。

“怎么了？”察觉出异常，惑梦奇怪地支起身子一看，只见月色下，那个梅清雪妩的冰雪少女，正立在不远处，怔怔地看着这里。

“雪穹，你听我解释——”看见少女脸上的神色，苏渐心中一紧，连忙叫道。

可是他已经没办法解释了。

月光中，那少女眼角晶莹浮现，还不待苏渐追过来，她已经一转身，朝着远方的荒野飞奔而去了。

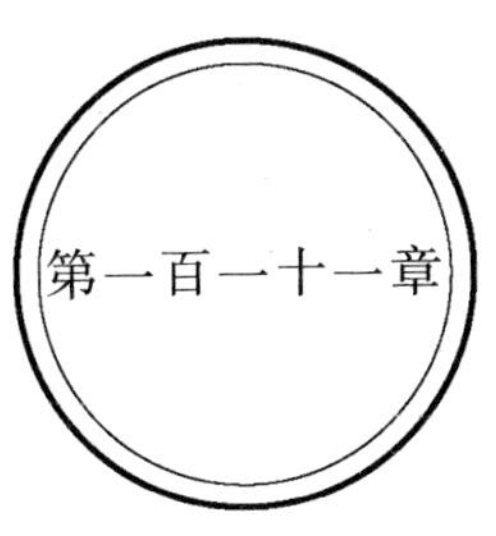

第一百一十一章

今世红颜

“雪穹！”苏渐呼喊一声，也不顾还在地上的女子，起身朝那边急追而去。

见他远逝，谑言善笑的万妖女王，望着他倏然远去的身影，神色竟有些黯然。

苏渐的脚力虽极快，但跟洛雪穹相比还是差了一点。而心中剧痛之际，冰雪少女的足步尤其飞快。

此时她并不辨方向，只知朝苍茫的原野大地任意奔去。

如风飞奔中，晶莹的泪水，肆意地流淌，在星月光中闪耀着悲伤的光芒。

这时候的洛雪穹，已经在心中发誓，今夜即离开灵洲，永不回头。

她快步如飞，犹如刮过原野的一阵雪风。苏渐即使使尽了一切办法在后面飞奔，也还是追不上她。

在前面飞奔的少女，也不是不知少年在身后拼命追赶，但此刻她的心中，已经被痛苦绝望悲伤愤怒充满，再也容不下任何其他想法。

这时候她仅存的理智也在提醒她，苏渐对她并没有什么承诺，两人之间也没有恋人间的羁绊，自己不应该怪他。同时她也在告诉自己，别哭，纵使难过，也要笑着离开。

只是这么想时，她眼中的眼泪却流淌得更加肆意。

“他，应该永远也追不上了吧……”

洛雪穹心中转着这样的念头，为自己能果断迅疾地离开而感到庆幸。

可是，她又觉得有些奇怪，为什么既然成功脱离，自己这颗心却如同被刀剜了一样。

今夜的月光，皎洁明亮，洛雪穹看到的道路，却是模模糊糊。她一路飞奔，似乎觉得只要这样一直飞奔下去，就能减轻心中的痛苦。

正在这时，她忽然听到身后的旷野上，传来一缕笛歌。

笛音清越悠扬，高渺婉转，如月夜四起的暮雾，似黎明晴空的流霞，带着让人悸然心动的力量，在这一夜灵洲的原野上肆意飘扬。

"这是……"听到这缕笛歌，发誓要一直奔走、今夜就要离开灵洲的少女，忽然足步踌躇。

依着惯性，又奔出了十几步后，她终于在悠扬缥缈的笛歌声中，停下脚步来。

她驻足不前，仿佛是一个信号，让那缕令人心动魂摇的笛歌，也停了下来。

苏渐扔下了手中的芦笛，飞奔到洛雪穹的身前。

看到女孩儿满面的泪光，少年也是心痛如绞。

他立即对洛雪穹解释了刚才的事，说自己只是扶酒醉的女王回去，不小心踩了一个凹坑，才就此倒地翻滚。

听他之言，洛雪穹却是半信半疑。

她不是三岁小孩，自知血气方刚的男子，在美色之前很难克制。

尤其，在柔软的草坡上翻来滚去，还是被自己亲眼看到，那还能有假？

况且，就算真如苏渐所说，只是因醉扶归，因坑而倒，但这种事，原因真的很重要吗？重要的是，她看到了结果。她亲眼看见两个人在坡上翻滚，那美艳的女王还紧闭双眼，似乎一脸的陶醉。

一想到当时的"丑态"，本来已心软的少女，便又生起气来。

见她如此，苏渐大急。他指天画地，极力剖白，说恨不得剖心给洛雪穹看。

正在坚持不下时，苏渐胸前那枚"星降之心"链坠，忽然闪烁出异样的光芒，片刻后便有一位美丽不可方物的少女，带着圣洁的光影，悄然浮现在二人的身旁。

“月歌，是你?”正极力剖白的少年，看到月歌魂影浮现，先是一惊，转而大喜。

“月歌，你比上次见到时，魂影更稳健了。”苏渐欣喜说道。

“嗯。”月歌温婉一笑，点了点头。

“不过，你怎么出来了?”苏渐奇怪地问道。

“为了帮你。”容貌盖世无俦的少女，脸上浅浅地一笑，霎时便如万花开绽。

“帮我?”苏渐还没反应过来，月歌已转向满脸震惊的冰雪少女，柔声说道:“你是雪穹吧?”

“嗯……”洛雪穹呆呆地答道。

“我是圣龙公主，月歌，是苏渐的朋友。”月歌微笑说道，“因为一些事，我寄魂在他的链坠里，今晚出来，特地帮他跟你解释一件事。”

“什么事……”洛雪穹还有些没反应过来。

“便是今晚，你真的冤枉他了。”月歌道，“他不仅没这个心思，也没有故意过格的举动。”

“唉。”还不等洛雪穹答话，苏渐却叹息一声，对月歌歉然说道，“其实，今晚之事，我最应该对其解释的人，是你……”

“我不妨的。”月歌温柔笑道，“你忘了吗? 我二人，心魂相通，便宛如初时，我，已懂你，便相信你。”

苏渐与月歌对答之时，洛雪穹在一旁听着，百感交集。

听到月歌出面作证苏渐是不贪女色的君子，洛雪穹本应该高兴，但她觉得自己比之前更加难过。

“对不起。”她强忍着悲意，对苏渐说道，“我不该不相信你，不该不告而别，不该使性子……”

“没事没事!”苏渐连忙摆手道，“我俩谁跟谁? 我怎么会怪你!”

“嗯，谢谢你。”洛雪穹敛衽一礼，谢了一声，便转过脸去。

这时，她已想起当年在灵鹫学院中，那一晚和少年泛舟雨宿湖时，听他说起的心事和秘密。

“原来，这位月歌，便是他心心念念的梦中恋人，那个背生双翼的少女。”一念及此，洛雪穹神色愀然。

悲伤之际，她在心里对自己说，“洛雪穹，你不要哭”，可刚刚止住的泪水，还是不受控制地流溢。

泫然泣泪之际，最让洛雪穹感到悲哀的，不是自己看见了月歌，心生嫉妒，如“醋娘子食酸梅”，而是她看到月歌圣洁美绝的模样，如睹天人，心中全是崇敬和爱怜，丝毫泛不起任何醋意，这才让她格外悲伤，泪难自抑。

见她香肩耸动，再次流泪，苏渐急得手足无措，张口结舌，不知道该怎么再劝。

见他如此，魂影摇动的月歌公主，默然不语，若有所思。

看着眼前两人，她在心中暗想：“嗯，月歌，你也要振作，一切从头再来，努力赢回爱郎的心。”

这一夜，月动星摇，河汉灿烂。花语草原上，三人默然伫立，各怀心事。

这时灵洲草原上亘古吹拂的夜风，仿佛带来一首歌谣，在风中低低吟唱：

那一年，
你是我的旅伴。
那一月，
你是我的红颜。
那一天，
你变成我心中永远珍藏的图画……

就在花语草原盛大庆祝集会的第三天，苏渐准备启程，陪洛雪穹去西北海岸的寒窟山探访冰妖族，没想到，忽然间就出事了。

这一日大清早，还是在日出之前，灵丘西侧一处荆棘丛生的乱石丘陵，忽然间杀声四起。

喊杀声震天动地，哪怕苏渐睡得再实，也立即被惊醒了。他立即披衣而起，提剑走到毡房外。这时他看见洛雪穹也正巧出来，两人便并肩而立，朝西方杀声震天处眺望。

现在正是黎明前最黑暗的时候，天空又无星无月，本来应该漆黑一片，但此刻西方的天空已被火光照得通红明亮。

无数高亢的呼喝和凄厉的哀嚎，直冲云霄，林中的宿鸟全都惊起，扑簌簌地从头顶飞过，在西天火光的映照下，如同飘过一大团乌云。

“是万灵圣庙方向，”洛雪穹道，“定是甘文光那一伙人不死心，又来夺宝了。”

“是了，不过可惜，”苏渐冷笑道，“他们打错了算盘。几日前有山魈王这个大内应，他们都失败了，现在惑梦女王肯定严加戒备，连白骨圣杯的藏匿地点也不为人所知，他们又怎么能得逞——哎呀不好！”

忽然间苏渐好似意识到什么，猛地一声惊叫。

“怎么了？”洛雪穹奇怪地看着他。

“我想起来了，白骨圣杯这次并没有放在万灵圣庙中，”苏渐道，“惑梦女王说，她已藏在只有自己才能找得到的地方。”

“这样不好吗？”洛雪穹更加奇怪。

“当然不好。”苏渐苦笑道，“你看，虽然是万灵圣庙方向，但仔细辨别，那火光冲天处还在灵丘之西挺远的地方。不用说，那儿肯定是圣杯藏匿之地了。”

“这！”洛雪穹倒吸一口冷气道，“这么大动静，定是藏匿之地被找到了。苏渐，那女王心智，远超常人，连她仔细布局藏匿的地点，都这么快被人发觉，来人一定不凡。”

“没错。”苏渐表情凝重道，“就算甘文光那厮，也做不到这一点。现在出现这情况，只有一个可能：龙族出手了！”

“不对啊，”洛雪穹忽然犹疑道，“即使是龙族，也不可能这么快看穿女王的布置。难道她身边又出了奸细？”

“不太可能。”苏渐摇摇头道，“女王不是常人。经此一役，肯定已肃清身边奸佞，就算还有奸细，女王藏匿圣杯时，肯定也是小心又小心，怎会被第二人知道？

“这两日我看她在花语草原多处布置人手，就是在故布疑阵；不仅外人，就连自己人都不知道。”

“那怎么会这么快就被看穿了？莫非，现在那处也非真正藏匿地点？”洛雪穹若有所思道。

“希望如此。”苏渐怀着侥幸道。

这时候，虽然直觉告诉苏渐，事情没这么简单，但他一时也想不通，对手究竟有什么办法，能这么快找到真正的藏宝地点。

所以，他还是怀着侥幸心理，希望甘文光和龙族那伙人搞错了。

很快这种侥幸心理，就被急匆匆赶来的女王卫士给证实是错的。

“快！快！”女王亲卫上气不接下气地叫道，“洛国主、苏大人！情况紧急，龙族来袭，意图夺宝，女王陛下恳请两位前去助力！”

“啊?!”这一嗓子，把两人最后一丝侥幸都打破了。苏渐和洛雪穹对视一眼，立即飞身而起，一阵风般扑向出事的地点。

飞奔途中，苏渐蓦然叫道：“雪穹，我知道了！”

“是怎样？”洛雪穹问道。

“那圣杯，曾失落了三天多，已被石冈接触。很可能，他已按照龙族指示，在圣杯上做了手脚。”苏渐恍然道。

“一定是了。”洛雪穹道，“如果没有特别的指引，那帮人不可能这么快看穿藏宝地。”

“那就不好了！”苏渐神色一紧道，“这等布局，绝非甘文光这厮能做出来。看来一定是隐龙君出手了。可笑我们前日还在大肆庆祝，现在看山魈王的失败，恐怕根本就在隐龙君的算计之中；今日她才真正露出爪牙，定是势在必得了。”

“势在必得又怎样？”洛雪穹一振手中月神白虹剑，寒声叫道，“既然来了，就准备付出代价吧！”

“说得好！哈哈！”苏渐豪气顿生，长声大笑道，“雪穹，待会儿我们便畅快厮杀一场，让这些到处搅局闹事的贼子，不死也脱层皮！”

等他二人赶到乱石丘陵时，那里已经乱成了一团。

这里是妖族的地盘，就算到处故布疑阵，分散防卫，这地方的人数也比敌人多得多。

相比之下，敌人寥寥无几，却各个精干。甘文光、萧龙雀、厉华楚自不必说，他们依旧黑纱蒙面，在妖族战阵中往来冲突，如入无人之境。最要命的是，他们如此犀利，纵横捭阖，但在来敌当中，竟然还只是辅助地位；真正的主力，却是五六名龙族精锐。

苏渐猜得没错，所谓“螳螂捕蝉，黄雀在后”，隐龙君雪冽迩，到这时才显露真容，带领着龙族精锐，在甘文光一伙的引路助战之下，轻而易举地控制了战局。

到这时苏渐终于明白，如果没有山魈王前面那一番搅局，白骨圣杯还放在万灵圣庙中，面对数百年来不断加强的守卫，隐龙君想正面夺取，正是千难万难。

于是，她许以重利，策反了野心勃勃的山魈王；山魈王能成事最好，不能成事，也大大搅闹了一番，必然能够找到空子，而不像原先那样无处下嘴。

至于为什么这么快就能找到惑梦女王精心藏匿圣杯的地点，事实的真相也和苏渐二人猜想的差不多。山魈王石冈先前盗宝时，就按照隐龙君的指使，在圣杯上涂了一抹特殊物质。

这抹物质来自隐龙君，正是巫龙族的秘物；涂抹在圣杯上时，淡若无物，只是偶尔有隐隐的微光，平时根本看不出来。旁人看不出，作为巫龙王族的雪冽迩，却能够极其敏感地嗅到它的气味。

所以，无论惑梦女王怎么藏匿，藏宝地点对雪冽迩而言，都近乎是透明的。

所以，这一晚，她来了。

当苏渐和洛雪穹赶到时，正看见雪冽迩身形如电，朝妖族战阵迅猛扑击。

什么叫“挡者披靡”？眼前的场景就是最好的诠释！

普通的妖族武士，根本不是隐龙君的对手，往往还没冲到近前，只在一丈开外，就莫名其妙地倒地，惨嚎着死去。

这时候，还是惑梦女王、裂风狼王、震林虎王、柔甲蛇王，还有各部妖族的高手们，拼命向前，才挡住了雪冽迩通往白骨圣杯藏匿点的道路。

但很可惜，巫龙王亲妹岂是这般容易阻挡的？纵然妖族高手们奋身拦截，但依旧挡不住雪冽迩节节进逼的脚步。

洛雪穹一见如此，立即叫道："我们快去帮他们！"

"好！"苏渐应了一声，便和她一道，各施绝技，朝雪冽迩杀去。

苏渐二人，可谓强援，其剑术法技，甚至还在虎王狼王之上；更何况苏渐还跟隐龙君交过一次手，便更和其他人不一样。

别人和雪冽迩对敌，都是有守无攻，但苏渐冲过来后，竟然能和随手激发奇异光焰星辉的雪冽迩在打斗中有攻有防。

这时候，更有洛雪穹和苏渐心意相通。共同战斗过那么多次，于是每当苏渐主攻之时，她便随手激发冰雪风暴，从旁辅助，和苏渐配合得天衣无缝，立即就挡住了雪冽迩原本不断前进的步伐。

见得如此，原本还不太清楚二人真正实力的妖族首脑们，终于暗自惊叹，心服口服。

尤其狼王裂风，赞叹之余，还有些惆怅："唉，怪不得那一晚……原来，他们俩才是最相配的啊……"

见被挡住去路，雪冽迩也不慌张。她口中尖啸一声，还在外围突击的甘文光和萧龙雀，立即扑到近前，挡住了苏渐二人的攻击。

暗夜之中，这是场乱战，实际根本不可能有那么多条理，而甘文光、萧龙雀都是世间罕见的绝顶高手；他们一扑近，立即也挡住了苏渐和洛雪穹，很快将他二人从雪冽迩的身边调离。

于是，战场上，雪冽迩又恢复了之前的节奏，纵使妖族首脑和武士们泼命向前，也依旧挡不住她前进的步伐。

到了这时候，苏渐反而冷静下来。

他朝始终陪伴在身畔一起战斗的少女看了一眼，口中轻呼了一声。

洛雪穹一听，立即会意，晓得苏渐这是告诉她，不能急，既然甘文光这两人碍事，就先把他们解决了。

一旦决定，这场小范围的战斗，立即变得激烈起来。这四人兔起鹘落，在万军丛中纵横往来，杀得难解难分。

他们战斗的烈度如此之大，法术光辉漫天乱窜，吓得许多功力低微的妖族纷纷远离,免得受他们的池鱼之殃。

乱战之中,别看甘文光是功力最低的一个,但他心眼儿实在太多,心思太过狡猾。他打得极其聪明,竟然在某种程度上弥补了武力的不足。原本双方战局胶着,但变化就是从他这处发起。

剧斗片刻,甘文光已经判明了形势,觉得苏渐这厮不仅武力高强,心眼儿竟也不亚于自己,打得十分狡猾,一时半会儿根本拿他不住,因此他把目光投向了那位冰霜美人。

趁着暗夜光影迷乱,他有意无意地朝洛雪穹身侧凑近。

终于,在萧龙雀一阵猛攻之下,甘文光找到了机会,瞬间突近了洛雪穹身子的左侧。

这样的机会,在面对洛雪穹这样的高手时,简直千载难逢;甘文光压抑住心中的狂喜,极其沉稳地接连打出两招冥系绝技:

幽冥地刺、黑煞指。

霎时间,洛雪穹身周的乱石地上,腾起一根根冒着黑气的黑骨刺,如同牢笼栅栏一般,将她牢牢困住,一时逃避不得;然后甘文光运起“黑煞指”,一道道乌黑的煞气从指尖飞出,毫无阻碍地穿过了同质同源的幽冥地刺,朝洛雪穹以迅雷不及掩耳之势击去。

到得此时,甘文光凭着战斗经验,知道铁定得手了。他立即阴笑一声,喝道:“贱人,竟敢挡我们的大业!”

喝叫之时,他脸上得意的笑容,还没来得及舒展,就凝固了——

因为他看到,本应该毫无察觉、不可能有任何反应的洛雪穹,这时候也笑了。

“笑了?!”甘文光是何等机灵之人?一看到洛雪穹的笑容,他就知道不好,因为他很清楚,无论自己的幽冥地刺还是黑煞指,都没有让人发笑的功能。

只是,就算他这么机灵,也来不及作过多反应。一个恍惚间,他刚要凭着本能闪避,肋下却传来一阵剧痛!

不知是被重击,还是被刺穿,总之甘文光觉得,这辈子所有经历过的伤痛,都没有这一瞬的痛苦来得强烈。

他甚至觉得，这种痛已经不是肉体上的了，那一瞬间的痛，几乎把他的三魂六魄，都从腔子里给打出去了。

当他再次反应过来时，发现自己已经远离刚才的战场，躺在三四丈开外的乱石地上了。

“哎呀！”察觉此情，甘文光这一惊非同小可。

作为华夏宰相的首席谋臣，甘文光非常有自知之明，知道自己的武力比萧龙雀差得太多。所以，来到灵洲之上，前后两次战斗，他都和萧龙雀紧紧地挨在一起。可是，他现在，却被打飞得这么远！

一阵浓重的恐惧，瞬间攫住了甘文光的内心。

他不顾肋下依旧传来的剧痛，转头朝萧龙雀大叫道：“救我！救我！”

这时候，在他视线所及之处，萧龙雀还在和洛雪穹激斗。

甘文光这会儿，当然不会纠结为什么洛雪穹没被自己的幽冥地刺困住，也没被黑煞指伤到；他现在满心思所想的，就是萧龙雀萧大人啊，你赶紧过来救我！

“快点快点快点！”他在心中一连串地呼喊。毕竟他已经看到，比自己还凶恶、还狡猾的苏小混蛋，已经提着剑朝自己奔来了。

甘文光并没有十分害怕，因为自己的战友同伴萧龙雀，号称“神戟将”，还是拥有“赤焰雄狮”星流术的顶级星流武士；别说他赶过来，就算只是一招“狮吼火震波”，恐怕也能让追过来的苏渐一个趔趄吧？

只是，接下来的场景，让他忽然觉得匪夷所思：

情况已经这么紧急，自己明明已经呼救，但那个萧龙雀依旧不紧不慢地和洛雪穹拼来斗去。

而这时，冲自己奔过来的苏渐，好像也意识到什么，追击的脚步慢了下来，竟是不那么急了。

“怎、怎么回事？”甘文光的心，一点点地沉下去。

“萧将军！”他再次大声吼叫。

因为焦急和恐惧，甘文光这声高吼已经变腔变调，显得十分怪诞。

“萧将军！快救我！看在多年同僚的情分上，快快快！”甘文光嘶声嚎叫道。

到这时候，他已经不惜暴露身份，连萧龙雀的姓都叫出来了。

虽然只要是个妖族高层，就能看出来他们俩是谁，但这层蒙面纱就像一块遮羞布，他们自己不扯下来，任谁也无法明确指认他们的身份。

所以，从他叫出“萧将军”来可以看出，甘文光现在是有多焦急。

直听到他这般失态的嚎叫，萧龙雀才有了反应。他随手格挡洛雪穹飞来的一剑，转身朝甘文光这边赶来。

一见如此，甘文光简直痛哭流涕。

一瞬间他心中许下无数美好的愿望，赞美“萧龙雀真是世上最美的人”！

只是他很快就发现，自己还是高兴得太早了。

萧龙雀什么身手？真心来救援，那身形绝对动如脱兔；但这时候，甘文光看到，萧龙雀的动作极度迟缓。若说慢似八十岁老叟，有些夸张，但也实在快不了多少了。

“萧、萧兄？”甘文光看着他，好似不敢相信自己的眼睛。

但他很快就反应过来，立即爆发出更大的一声嚎叫：“快！快点啊！”

“哎呀，没办法。”萧龙雀忽然开口了，“我，就是个没脑子、动作慢的武夫，而且，武力根本就不强。”

说到这里，萧龙雀看着苏渐已经对甘文光举起利剑，便脸露嘲讽笑容，一字一句地说道：“唉，来、不、及、了……”

“你！”这一刻，从来趾高气扬、孤高傲世的宰相府第一谋臣，竟哭了。